Werner J. Egli,
wurde 1943 in Luzern, Schweiz, geboren und lebt heute als freier Schriftsteller in Tucson (USA), in Freudenstadt (D) und in Egg bei Zürich. Seine erfolgreichen und in viele Sprachen übersetzten Jugendbücher wurden unter anderem mit dem Friedrich-Gerstäcker-Preis, mit dem Preis der Leseratten (ZDF) und mit dem Jugendbuchpreis der Ausländerbeauftragten des Senats Berlin ausgezeichnet. 2002 wurde er für den Hans-Christian-Andersen-Preis nominiert, die international höchste Auszeichnung für Jugendliteratur.

*Unter **www.egli-online.com** ist der Autor auch im Internet zu finden.*

Von Werner J. Egli bei ARAVAIPA:
Der letzte Kampf des Tigers
Black Shark
Aus den Augen, voll im Sinn

Andere:
Heul doch den Mond an
Martin und Lara
Tage im Leben eines Feiglings

WERNER J. EGLI

DER ERSTE SCHUSS

Roman

ARAVAIPA

AutorenEdition Egli

ISBN 978-3-03864-004-2

Lektorat: Horst u. Fritz Eibl (A)
Umschlaggestaltung: Agentur flin, unter Verwendung einer Illustration von Bert Silberstein (A)
Druck: SOWA-Druck, (PL)

7 6 5 4 3 2 1

ARAVAIPA im Internet: www.aravaipa.ch
Zu diesem Buch gibt es Unterrichtsmaterial als Download auf www.aravaipa.ch

Hickman, Texas, am 16. August.

Ein Junge und ein Mädchen in einem Mitsubishi Colt halten an Jim Colders Tankstelle.

Colder sitzt neben der Tür zu seinem Laden auf einem alten Polsterstuhl. Aus dem Schatten des Vordaches heraus beobachtet er, wie der Junge aussteigt.

Es ist ein gutaussehender Junge in verwaschenen Jeans und einem sauberen weißen Hemd, dessen Ärmel er bis über die Ellbogen hochgerollt hat.

Das dunkle Haar des Jungen ist auf der linken Seite gescheitelt und sorgfältig gekämmt.

Jim Colder schätzt den Jungen auf ungefähr sechzehn oder siebzehn Jahre. Obwohl er ihn nicht kennt, scheint es ihm, als ob er ihm schon einmal begegnet wäre.

Der Junge trägt einfache braune Cowboystiefel und einen Gürtel, der aus weißem und schwarzem Langhaar eines Pferdes geflochten ist.

Etwas unsicher wirkt er auf Jim Colder, als er um die Tanksäule herum kommt. Nicht sicher, ob er hier am richtigen Ort ist.

»Ist das hier Selbstbedienung?«, fragt er und deutet auf eine der beiden alten Zapfsäulen.

Jim Colder nickt.

Der Junge blickt sich um. Schaut zur Kreuzung hinüber, der einzigen in Hickman. Die Häuser hier sind verwittert. Überdachte Gehsteige vor falschen Fassaden. Ein knallroter Hydrant beim ehemaligen General Store, dessen Fenster mit Spanplatten verschlossen sind.

»Ist das die Hauptkreuzung in Hickman?«, fragt der Junge.

Jim Colder nickt bedächtig.

»Solange ich zurückdenken kann, Kid.«

Der Junge steht still. Starrt auf die Kreuzung hinaus, dann die Straße entlang, die von Norden her nach Hickman führt. Die Straße zieht sich im blassen Licht dieses heißen Nachmittages in die Einöde hinaus, verschwindet im Nichts, noch bevor sie die kaum erkennbare Linie des Horizontes erreicht.

»Ist da was?«, fragt Colder. »Würde mich freuen, wenn da mal was wäre.«

»Was denn?«

»Irgendwas.«

»Da ist nichts«, sagt der Junge. »Wie lang sitzen Sie schon hier, Sir?«

»Heute?« Colder kratzt sich im Nacken. »Heute und eine Ewigkeit zuvor, Kid.«

»Erinnern Sie sich an einen Unfall?« Der Junge nimmt den Blick nicht von der Kreuzung und plötzlich weiß Colder, wo er ihn in seiner Erinnerung finden kann.

»Es passierte vor mehr als fünfzehn Jahren«, sagt der Junge.

Colder steht jetzt von seinem Stuhl auf. Er ist alt. Seine Hüfte schmerzt. Krumm steht er da und holt die Bilder zurück, die er vergessen glaubte. Und er weiß jetzt, warum der Junge hier ist.

»Deine Eltern kamen von dort«, erklärt er ihm und zeigt mit einer vagen Handbewegung nach Norden. »Webster in seinem Pickup kam von da drüben. Er hätte an der Kreuzung anhalten müssen. Das Stoppschild von damals steht noch immer dort. Aber er hat nicht angehalten. Hier hat nie einer angehalten, weil nie zwei Autos gleichzeitig in die Kreuzung hinein fuhren. Nie, bis zu jenem Tag, und danach auch nie mehr.«

Der Junge gibt ihm darauf keine Antwort.

»Du musst Rafael sein«, sagt Jim Colder.

Jetzt lächelt der Junge. »Danke«, sagt er und geht zum Mitsubishi zurück. Er öffnet die Beifahrertür und anständig, wie er es zu sein scheint, ist er dem Mädchen beim Aussteigen behilflich.

»Hier geschah es«, sagt er zu dem Mädchen. »Dort drüben auf der Kreuzung«.

Der Wind weht dem Mädchen Strähnen seiner langen schwarzen Haare quer übers Gesicht. Es streicht sie sich zurück, hält sie mit einer Hand fest und blickt auf die Kreuzung hinaus.

Der Junge nimmt das Mädchen bei der Hand, geht mit ihm über die löchrige Straße zur Stelle, wo damals, an einem Tag wie diesem, Websters Pickup mit dem Auto seiner Eltern zusammengeprallt ist.

Über den Häusern von Hickman ballen sich dunkle Gewitterwolken.

Der Junge und das Mädchen stehen auf der Kreuzung. Sie halten sich aneinander fest, als wollten sie verhindern, dass der harte Wind sie wegbläst.

Weit draußen in der Wüste tanzt ein Staubteufel durchs Dornengestrüpp.

Der Junge und das Mädchen sehen ihn nicht.

Jim Colder sieht ihn.

Er setzt sich wieder in den Stuhl und denkt an den Tag, als er in letzter Sekunde das Baby aus dem brennenden Auto gezerrt hat.

Der Junge hier, der war damals das Baby, dem er das Leben gerettet hatte. Er ist zurückgekehrt zum Ort, wo seine Eltern starben und für ihn noch einmal alles angefangen hatte. Zum Beginn seines Weges.

*

»Was ist passiert, Lalo?«, keuchte Rafa. »Was hast du denen getan?«

»Nichts! Ich hab's dir schon einmal gesagt. Nichts! Nada! Ich weiß nicht einmal, wer sie sind.«

»Dafür, dass du ihnen nichts getan haben willst, sind die aber ganz schön scharf auf dich!«

»Du weißt, was ich getan habe«, stieß Lalo schwer atmend hervor, während er angewidert sein neues weißes Hemd betrachtete.

Es war völlig verschwitzt und voller Blutflecke.

Auch auf den staubigen Stiefeln, die er vor noch nicht einmal zwei Stunden gekauft hatte, entdeckte er ein paar dunkle Flecke.

»Sie haben Gato und den Kleinen getötet, Lalo! Mein Gott, der Kleine war noch nicht mal zwölf Jahre alt.«

»Hau ab, wenn du Angst hast, Rafa! Wenn du bei mir bleibst, werden sie auch dich töten.«

Rafa verzichtete darauf, seinem Freund eine Antwort zu geben. Mit brennenden Augen starrte er den Karrenweg entlang bis zu einer Kurve, wo der einzige Baum stand und einen Schatten über die holprigen Radfurchen warf.

In einigen Pfützen spiegelte sich der Himmel, ein blasses Blau mit schmierigen hauchdünnen Wolken und einigen Kondensstreifen von Flugzeugen, die in über 10 000 Metern Höhe über die Stadt und über das öde Wüstenland hinweg flogen.

Lalo kauerte hinter dem Wrack eines alten Dodge, den jemand irgendwann vor langer Zeit einfach hier zurückgelassen hatte.

Der Wind hatte im Laufe vieler Jahre so viel Sand gegen dieses Hindernis geweht, dass nur noch die Fensteröffnungen und das verbeulte, von Revolver- und Gewehrkugeln durchlöcherte Dach herausragten.

Etwa fünfzig Meter vom Karrenweg entfernt befanden sich die Überreste eines Hauses. Teile der Mauern standen noch. Ein Stück des Giebeldaches überragte das Dornengestrüpp. Auf den obersten zwei Stufen einer Treppe, die aus Beton gebaut und mit ziegelroten Kacheln belegt worden war, döste im Gewirr der Schatten eine große Klapperschlange. Ihr fetter Leib hing von der oberen Treppenstufe auf die untere hinunter.

Lalo lehnte mit der linken Schulter an rostigem Blech, das einmal grün lackiert gewesen war. Noch immer waren Reste des Autolacks zu sehen.

Lalos Gesicht und seine Hände waren blutverschmiert. Die Finger seiner Rechten umklammerten den Griff einer Pistole.

Auch die Pistole war blutverschmiert.

Blut überall.

Im Mund hatte er den Geschmack von Blut.

Er wünschte sich, er hätte ihn mit einem eiskalten Bier loswerden können. Oder mit einem Schluck Mescal. Oder mit einem Joint. Egal was.

Aber hier draußen gab es nichts dergleichen.

Hier draußen war die Hölle.

Rafa kniete hinter einigen Kakteen in einem Graben, keine drei Schritte von seinem Freund entfernt.

Sein Mund war ausgetrocknet. Sein Atem flatterte.

Beide waren sie etwa zwei Meilen gerannt, nachdem Lalo einen fast neuen Jeep zu Schrott gefahren hatte.

Hier, bei der Hausruine und dem halb im Sand vergrabenen Dodge, würde ihre Flucht zu Ende sein.

Jetzt warteten sie nur noch auf ihre Verfolger, von denen sie nicht wussten, wer sie waren. Killer auf jeden Fall, die nicht zögern würden, Lalo zu töten.

Aber auch Rafa konnte weder Mitleid noch Gnade erwarten, denn er war Lalos Freund, solange er zurückdenken konnte. Und er war sein Freund, auch in dieser Situation, in die er nicht nur zufällig hineingeraten war.

»Wo bist du getroffen?«, rief er Lalo leise zu, während er noch einmal mit bebenden Händen alle Taschen nach dem Handy durchsuchte.

»Hier irgendwo.« Lalo zeigte auf seine rechte untere Brustseite und obwohl er furchtbare Schmerzen hatte, grinste er schief, als er Rafas sorgenvollen Gesichtsausdruck bemerkte. »Falsche Seite, Rafa. Mein Herz schlägt hier.«

»Wenn sie dich erwischen, werden sie die richtige Stelle treffen, Lalo.«

»In den Kopf. So machen sie es immer. In die Stirn. Ich weiß wie es geht.«

»Woher willst du das wissen, wenn du es noch nie getan hast?« fragte Rafa argwöhnisch.

»Ich weiß es einfach«, antwortete Lalo. »Glaube mir, ich weiß es.«

Dort, wo die Straße um eine niedere Anhöhe herum verschwand, tauchte jetzt der Pickup auf, ein silbergrauer Nissan mit fetten Reifen. Er fuhr langsam, beinahe im Schneckentempo. Schaukelte zwischen den Fahrrillen und durch die Schlaglöcher.

Wuchtig sah er aus, mit dem über der vorderen Stoßstange montierten Kuhfänger aus dicken verchromten Stahlrohren. Die Windschutzscheibe war herausgebrochen. Vom Fahrer und vom Beifahrer, der eine Pistole in der Hand hielt, waren trotzdem nur die Silhouetten zu erkennen.

Hinten auf der Ladefläche standen zwei weitere Männer. Einem wehte der Fahrtwind Haarsträhnen ins Gesicht. Der andere trug eine Baseballmütze und eine dunkle Sonnenbrille. Sie waren beide bewaffnet, einer mit einer AK-47, der andere mit einer automatischen Pistole.

Lalo packte nun seine Pistole mit beiden Händen und hielt sie so, dass der Lauf zum Himmel zeigte. Dicht vor seinem Gesicht. Dabei schloss er die Augen und für einen Moment schien es Rafa, als betete Lalo. Mit der Pistole in den Händen, die er im Gebet versunken sachte küsste, als wäre die Waffe ein Kruzifix, das ihn vor allem Übel bewahren könnte.

Nur einige Sekunden dauerte es, bis Lalos Einkehr zu Ende war, aber seinem Freund Rafa prägte sich dieses Bild so tief in sein Gedächtnis, dass er es nie mehr vergaß.

»Lalo!«

Lalos Kopf fuhr herum.

»Was ist?«

»Was ist, wenn wir sterben?«
»Was soll dann sein?«
»Ich weiß es nicht, Rafa.«
»Vielleicht ist da doch noch was nachher.«
»Nein. Ich glaube nicht.«
»Warum hast du dann gebetet?«
»Ich habe nicht gebetet.«
»Du hast gebetet und die Pistole geküsst.«
»Die Pistole, ja. Auf die Pistole kann ich mich verlassen.«
»Lalo ...«
»Ja.«
»Leb wohl.«
»Verdammt, mach dich klein, Rafa!«, zischte Lalo.

Rafa duckte sich. Dabei spürte er, wie sein Herz erneut zu rasen begann. Sein Mund war jetzt völlig trocken. Er brauchte Wasser. Nichts anderes brauchte er mehr als einen kleinen Schluck Wasser. Und ein bisschen mehr Luft zum Atmen.

Aber er bekam beides nicht. Alles was er bekam, war furchtbare Angst. Todesangst, denn er war sicher, dass Lalo mit seiner Pistole gegen diese Killer keine Chance hatte.

Sie würden beide sterben. Hier, in dieser Einöde, in der man sie niemals finden würde, obwohl der Freeway und die Stadt so nahe waren, dass man sie hören konnte.

Rafa dachte daran, aufzuspringen und sich zu ergeben, aber er wusste, dass die Verfolger ihn auch dann nicht verschonen würden.

Noch etwa hundert Meter betrug jetzt die Distanz zwischen ihnen und dem Pickup. Hundert Meter karg bewachsene Wüste, mit vereinzelten Büscheln von Drahtgras und kleinen Kakteen mit langen Dornen. Mesquite Gestrüpp, jeder Ast mit Dornen bewehrt. Steine. Die zwei tiefen Reifenfurchen und die Ruine des Hauses. Der blasse Himmel über ihnen und das im Flugsand begrabene Wrack.

Sonst nichts.

Rafa zog das Amulett mit einem Abbild der Heiligen Mutter Maria von Guadalupe, das an einer Goldkette von seinem Hals hing, aus dem Ausschnitt seines T-Shirts und hielt es an seine Lippen. Eben noch waren sie beide in der Kirche des Heiligen Ignacio gewesen und hatten einer für den anderen gebetet.

Eben noch war die Welt für sie beide fast in Ordnung gewesen und zumindest Rafa hatte gehofft, dass der Himmel sie beschützen würde.

Und jetzt? Würde Gott sie hier überhaupt noch sehen? Warf er in diesem Moment einen Blick auf diesen Ort?

Wohl kaum, dachte Rafa. Dieser Ort gehört zur Hölle.

Wer hier stirbt, stirbt allein.

Auf der Flucht vor den Killern waren bereits Gato und Kaká gestorben. Gato, ein Junge, nicht älter als sie selbst, und doch schon ein Killer. Und der Knirps, der Kaká genannt wurde. Beide waren von mehreren Kugeln getroffen worden, die diese Killer im Pickup abgefeuert hatten.

Rafa fuhr sich mit der Zunge über die spröden Lippen, auf denen sich eine Kruste aus Staub und Speichel gebildet hatte.

Ob seine Mutter und sein Vater ihn jetzt sehen konnten? Ob es sie überhaupt gab, dort oben im Himmel? Ob es den Himmel überhaupt gab …

Manchmal war er sich dessen so sicher gewesen, dass nicht einmal der leiseste Zweifel seinen Glauben trüben konnte. Aber jetzt, in diesem Moment, als er das Amulett an seine Lippen drückte, schien ihn der Glaube in Stich zu lassen. Er ließ es zurückfallen auf seine Brust, an der das schmutzige T-Shirt klebte.

Das Geräusch des Pickup Motors war noch immer leise, weil der Fahrer kaum Gas gab. Langsam, beinahe im Schneckentempo, näherte er sich der Stelle, wo Rafa und Lalo sich versteckt hatten. Noch zwanzig Meter mochten es sein, die der Pickup zurückzulegen hatte, um bei ihnen anzukommen. Zwanzig Meter.

Lalo war bereit zu kämpfen und auch bereit zu sterben. Rafa sah es dem Gesicht seines Freundes an. Lalo atmete durch den aufgerissenen Mund. Auch die Augen hatte er weit geöffnet. Im nächsten Moment würde er aufspringen und zu schießen anfangen, aber gerade in dem Moment, als der Pickup keine zehn Meter mehr von ihnen entfernt war, hielt er plötzlich an.

Der Motor des Nissans im Leerlauf, stieg der Fahrer aus.

Er machte die Tür nicht zu. Im schmalen Schatten des Pickups öffnete er seine Hose und begann zu pinkeln. Rafa und Lalo hörten es. Er pinkelte wie ein Pferd.

»In dieser Scheißgegend können sie sich verkriechen wie zwei Wildkaninchen«, sagte er. »Schaut euch nur um. Überall Steine und Gestrüpp und überall ausgewaschene Gräben und zerfurchte Hügel. Sie können sich dort drüben versteckt haben oder dort. Oder dort drüben.. Oder dort. Es gibt hier tausend Orte, wo sie sich versteckt haben können.«

»Was machen wir jetzt? Etwa aufgeben?«, fragte der Beifahrer, der ein paar Blutspritzer im Gesicht hatte.

»Es bleibt uns wohl nicht viel anderes übrig!« Der Fahrer hörte auf zu pinkeln und packte ein. »Vielleicht haben sie sich dort drüben hinter der Mauer versteckt.«

»Soll ich mal nachschauen?«, erkundigte sich einer der beiden Männer auf der Ladefläche.

»Okay. Schau mal nach! Aber pass auf. Am besten gehst du mit ihm, Pollo, und deckst ihm gefälligst den Rücken!«

Die beiden Männer sprangen vom Pickup und schlichen geduckt auf die Hausruine zu. Bis auf wenige Schritte kamen sie an die Mauerreste heran, als die Schlange auf der Treppe zu klappern anfing.

Erschrocken sprangen die zwei Männer zurück und stießen dabei ein paar derbe Flüche aus.

»You motherfucking bitch«, schnappte einer von ihnen auf Englisch, nahm die AK-47 an die Schulter und schoss auf die

Schlange, aber die Kugel zerstörte nur die roten Kacheln der Treppenstufen. Im nächsten Moment glitt die Schlange über den Boden und war in einer Ritze des Gemäuers verschwunden.

»Pendejo, Arschloch! Was ballerst du einfach drauflos!«, brüllte der Fahrer.

»Das war eine Klapperschlange!«, rief der Mann, der geschossen hatte.

»Da sind überall verdammte Klapperschlangen! Das wisst ihr doch. Schüsse können weit herum gehört werden. Wenn der Teufel es will, ist eine Patrouille der Migra in der Nähe. Los, lasst uns von hier abhauen, bevor die Bullen auftauchen!«

Die beiden Männer eilten zum Pickup zurück und kletterten hastig auf die Ladebrücke. Der Fahrer und sein Beifahrer stiegen ein. Mit viel Mühe gelang es dem Fahrer, den Pickup auf dem schmalen Karrenweg zu drehen.

Schnell fuhren sie davon, viel schneller als sie gekommen waren, und als sie hinter der kleinen Anhöhe verschwunden waren, schloss Rafa die Augen und schlug sich beide Hände vors Gesicht.

Regungslos verharrte er, wo er zwischen den Steinen kauerte und er spürte, wie ihm die Tränen kommen wollten.

Lalo ließ die Pistole sinken, aber als er aufzustehen versuchte, gehorchten ihm seine Beine nicht. Er verlor das Gleichgewicht und fiel hin. Ohne sich zu rühren lag er am Boden, den Kopf seitlich gegen einen Stein gelegt, sodass er seinen Freund Rafa sehen konnte.

»Rafa«, flüsterte er. »Wir haben verdammt viel Glück gehabt.«

Rafa ließ die Hände sinken.

»Du solltest vielleicht nicht fluchen, Lalo. Nicht ausgerechnet hier.«

»Warum? Glaubst du, dass es jemand hören könnte? Es ist niemand da. Nur du und ich.«

»Und ein Schutzengel.«

»Ein Schutzengel.« Lalo lachte leise auf. »Du meinst die Klapperschlange? Oder glaubst du etwa noch an richtige Engel, Rafa?«

»Vor einigen Minuten, als sie Gato und Kaká erwischten, fing ich an zu zweifeln.«

»Und jetzt?« Lalo wischte sich mit dem Handrücken sachte über den Mund.

»Jetzt weiß ich wieder, dass es sie geben muss. Nur nicht für jeden.«

Lalo stemmte sich mit einer Hand auf. Mit der anderen hielt er noch immer die Pistole.

»Ich weiß, du hast einen Schutzengel, seit du auf die Welt gekommen bist.«

»Sonst wäre ich damals in Hickman auch gestorben. Zusammen mit meinen Eltern.«

Lalo legte die Hand an die schmerzende Wunde.

»Ich hatte nie einen. Von allem Anfang an nicht. Aber ich lebe immer noch. Genau wie du. Zugegeben, dieses Mal sind wir nur knapp davongekommen, stimmt's? Ich meine, ich wollte eben aufspringen und zu schießen anfangen, als der Pickup angehalten hat. Hast du den Fahrer pissen gehört? Wie ein Gaul hat der gepisst, wie ein Gaul.«

Lalo stand langsam auf und schaute sich um. Krumm stand er da, das Gesicht schmerzverzerrt und voller Staub. Das schmutzige Hemd hing ihm schief von den Schultern.

»Weißt du überhaupt wo wir sind?«, stöhnte er.

»Nicht genau. Aber dort drüben, dort muss der Schlot der Asarco-Kupferschmelze sein.« Rafa erhob sich. Die goldene Kette mit dem Amulett hing ihm über das schwarze T-Shirt herunter.

Sie befanden sich in einer Senke. Vom riesigen Schlot war nichts zu sehen. »Wir müssen irgendwo Wasser herkriegen. Und deine Wunde muss gepflegt werden.«

Lalo warf einen Blick auf seine Armbanduhr. Dann klaubte er sein neues Handy aus der Hosentasche, steckte es aber sofort wieder dorthin zurück, weil ihm einfiel, dass der Akku noch nicht geladen war.

»Es ist vier. So lange es hell ist, können wir nicht von hier weg und zum Freeway hinauf. Bestimmt patrouilliert die Migra in dieser Gegend. Wenn es dunkel ist, haben wir eine bessere Chance, nicht gesehen zu werden, obwohl sie über Nachtsichtgeräte verfügen. Vom Freeway aus können wir dann meine Freunde anrufen. Die holen uns und bringen uns in die Stadt zurück.«

»Deine Freunde? Wer sind denn deine Freunde? Etwa die, die dir das Geld gegeben haben? Oder waren etwa Gato und Kaká deine Freunde? Kannst du dich in der Not auf deine Freunde verlassen?«

»Hast du denn Freunde, auf die du dich verlassen kannst, Rafa? Verdammt, tu nicht so, als wären meine Freunde schuld daran, dass wir hier …«

»Das habe ich nicht gesagt. Ich zweifle nur daran, dass deine neuen Freunde dir aus dieser Scheiße heraushelfen würden. Lalo, du hast dich mit Leuten eingelassen, die unberechenbarer sind als verwilderte Hunde. Wenn du diesen Bastarden lästig wirst, bringen sie dich um.«

»Du weißt überhaupt nicht, wovon du redest«, antwortete Lalo mit einer Stimme, mit der er am liebsten die Schmerzen aus seinem Körper herausgeschrien hätte.

»Ich war eben dabei, wie zwei deiner sogenannten Freunde ermordet wurden! Und wenn die Klapperschlange nicht gewesen wäre, wären wir beide jetzt auch erledigt. Tot in der Wüste. Wie so viele vor uns. Einfach abgeknallt wie zwei Hunde.«

»Du sollst keine Gedanken an diese Sache verschwenden. Wie oft habe ich dir das heute schon gesagt? Es ist mein Leben! Wie oft habe ich es schon gesagt, und zwar nicht nur heute?«

Rafa wich dem Blick seines Freundes nicht aus.

Dieses Mal nicht.

»Wer sind deine Freunde, Lalo, mit denen du dich in den letzten Wochen so oft getroffen hast?«

»Einfach Freunde, verdammt!«

»Wer sind sie, verdammt?«

»Was hast du davon, wenn ich es dir sage? Du wirst dir nur noch mehr Gedanken machen. Und vielleicht läufst du eines Tages zur Polizei, weil du denkst, dass du mich beschützen musst. Oder du sagst es Loretta, weil du denkst, dass Loretta mich auf einen besseren Weg bringen könnte. Aber mein Weg ist mein Weg, Rafa. Niemand wird mich davon abbringen, nicht einmal Loretta.«

Lalo starrte ihn wütend an.

»Du auch nicht, verdammt! Ich bin fünfzehn Jahre alt. Ich weiß was ich will.«

»Das glaubte Gato auch zu wissen. Der Kleine vielleicht noch nicht. Der dachte, es kann mir nichts passieren, weil ich so klein und fein bin und aussehe, als ob ich keiner Fliege etwas zuleide tun könnte.«

»Gato und Kaká hatten einfach nur Pech!«

»Und wir beide? Wir hatten höllisch viel Glück.«

»Ich will meinen Weg gehen!«, keuchte Lalo. »Dazu habe ich mich entschlossen, als ich weggegangen bin. Es ist die einzige Chance, die ich habe. Wir leben eingesperrt in einem Heim für Kinder ohne Eltern und unsere Chancen im Leben sind gleich Null. Ich will das nicht, verstehst du?«

»Was willst du dann, Lalo?«

»Alles.«

»Alles?«

Lalo lachte auf. "Schnelles Geld, Rafa. Eine andere Uhr. Schau her, das hier, das ist eine Timex, die achtzehn Dollar gekostet hat.«

»Du hast sie damals geklaut.«

»Ja, aber trotzdem, hätte ich sie nämlich kaufen wollen, hätte sie mich achtzehn Dollar gekostet. Hatte ich jemals achtzehn Dollar? Nein. Ich hatte nie im Leben achtzehn Dollar, die ich für eine Uhr hätte ausgeben können. Aber heute ist das anders. Heute habe ich mehr als hundert Dollar in der Tasche, sogar jetzt noch, nachdem ich das Handy und die teuren Klamotten und die wunderschönen Stiefel gekauft habe, die nun ruiniert sind!«

»Mein Gott, du begreifst überhaupt nichts«, schnaufte Rafa verzweifelt. »Du hast heute ein paar Dollar mehr, das stimmt, aber du musstest für dieses Geld deine Seele dem Teufel verkaufen!«

»Verdammt, wann begreifst denn du was? Du hast keinen blassen Schimmer von nichts.«

»Dann verrate mir, was du für das Geld tun musstest, Lalo! Sag mir, wer deine Freunde sind und wer unsere Verfolger waren, die Gato und Kaká getötet haben.«

»Du kannst fragen solange du willst, ich sage es dir nie!«

»Dann hast du doch jemanden umbringen müssen?«

Jetzt schwieg Lalo.

»Mit dieser Pistole? Hast du auf jemanden geschossen? Waren sie deswegen hinter dir her? «

Lalo presste die Lippen zusammen.

»Ich sag es dir nie.«

»Warum nicht?«

»Weil es nichts mit dir zu tun hat, verdammt! Und weil ich mir diesmal eine Predigt von einem Moralapostel, wie du es bist, lieber nicht anhören will.«

»Dann muss es etwas Schlimmes sein, wenn du es mir nicht sagen kannst!«

»Ist es nicht.«

»Warum sagst du es mir dann nicht?«

»Weil du mein Freund bist.«

Rafa senkte den Kopf und starrte auf seine staubigen Schuhe hinab. Da ging Lalo zu ihm und packte ihn am Arm.

»Ich habe niemanden umgebracht«, stieß er wütend hervor.

»Ich schwöre es dir. Wenn ich jemanden umgebracht hätte, hätte ich nicht nur ein paar hundert Dollar bekommen. Für einen Mord bekommt ein echter Sicario ein paar tausend Dollar. Stell dir das mal vor, Rafa, wir hätten ein paar tausend Dollar anstatt nur ein paar hundert.«

»Was würdest du tun?«

»Wenn ich ein paar tausend Dollar hätte?«

»Ja, wenn du ein paar tausend Dollar hättest. Was würdest du tun?«

»Neue Klamotten kaufen«, lachte Lalo heiser.

»Für Blutgeld Klamotten kaufen«, sagte Rafa angewidert.

Lalo schnaubte durch die Nase. »Was tust du so doof? Geld ist Geld. Das stinkt selbst dann nicht, wenn es Blutgeld ist. Mein Hemd stinkt. Riechst du das? Mein Hemd stinkt, weil ich Angst hatte wie ein feiger Hund. Da fängst du an zu stinken. Wenn du einen umbringst, fängst du nicht an zu stinken. Der andere ist der, der stinkt. Du nicht. Du bringst ihn um, kassierst die Kohle und gehst einkaufen. So einfach ist das.«

Rafa packte seinen Freund am Hemd und zog ihn an sich heran. “Lalo, ich hätte nie geglaubt, dass ich dich einmal auf diese Art reden hören würde! Was ist aus dir geworden? Was haben sie mit dir gemacht? Ist aus dir in wenigen Tagen ein Killer geworden, ein Sicario?«

»Lass mich los, Rafa und denk lieber darüber nach, wie wir von hier wegkommen.«

»Zu Fuß«, schnappte Rafa und stieß Lalo von sich.

Lalo setzte sich auf einen Stein und wischte sich mit dem Handrücken den Schweiß von der Stirn.

»Ohne Wasser kommen wir nicht weit.«

»Es ist nicht weit zu den nächsten Häusern oder zum Freeway.« Rafa blickte in die Ferne. Irgendwohin.

»Woran denkst du?«, fragte ihn Lalo.

»Ein Mord würde ausreichen, einen Swimming Pool zu

bauen«, antwortete Rafa lauernd, ohne seinen Freund anzusehen. »Ein einziger Mord.«

»Wie du das sagst, Rafa. Als ob ich schon ein Mörder wäre. Dabei solltest du lieber mal nach meiner Wunde sehen. Wahrscheinlich ist es nur ein Streifschuss, aber sie brennt wie die Hölle. Und bluten tut sie auch. Schau mal, dieses neue Hemd ist ruiniert.«

Rafa drehte sich um und ging auf den Karrenweg hinaus. Ohne sich noch einmal umzudrehen, marschierte er zwischen den Radfurchen nach Osten. Keine zwei Meilen entfernt waren die ersten Häuser der Stadt. Hütten armer Leute.

»Was machst du, verdammt?« Lalo hatte sich schnell vom Stein erhoben und humpelte gekrümmt hinter seinem Freund her. »Halt an! Wir können nicht einfach zur Stadt gehen. Wir müssen uns irgendwo verstecken!«

Rafa hielt bei einer Pfütze an, durch die wenige Minuten zuvor der Pickup gefahren war. Das Wasser darin war braun. Rafa kauerte nieder, schöpfte mit beiden Händen vom Wasser und trank es.

»Hoffentlich ist das nicht die Pfütze, in die er reingepinkelt hat«, lachte Lalo, als er bei seinem Freund anlangte.

Rafa erhob sich und ging weiter, damit Lalo die Tränen nicht sehen konnte, die ihm über das Gesicht liefen.

Erst bei Dunkelheit wagten sie sich noch näher an die Stadt heran.

Die Stadt war El Paso.

Eigentlich ist der ganze Name der Stadt El Paso del Norte, was ungefähr »Der Pass im Norden« bedeutet. Eine Furt durch den Fluss, an dem die Stadt liegt, dem Rio Grande, der einmal mit vollem Namen Rio Grande del Norte geheißen hatte. Weder die Stadt noch der Fluss werden heute noch so genannt. Sie heißen einfach nur El Paso und Rio Grande.

Der Fluss ist, wie es sein Name schon sagt, ein großer Fluss, einer der größten Nordamerikas. Auf seinem Weg zum Golf von Mexiko fließt er mehr als zweitausend Meilen an der Grenze zwischen Mexiko und den USA entlang. Der Fluss, trennt die Vereinigten Staaten von Amerika von Mexiko.

Leute, die nördlich des Flusses geboren werden und leben, sind US-Amerikaner. Leute, die südlich des Flusses leben, sind Mexikaner.

Aber die Grenze trennt nicht nur die Menschen, sie trennt auch die Städte El Paso im Norden und Ciudad Juárez im Süden voneinander.

Dort, wo einmal die Furt gewesen ist gibt es jetzt eine große Brücke, über die man bequem von Texas nach Mexiko gelangt und umgekehrt.

Dass mehr Leute vom Süden in den Norden wollen als anders herum, das ist eine andere Angelegenheit.

Und dass die Leute im Norden die Leute aus dem Süden nicht gerne einreisen lassen, ist nochmal eine andere Angelegenheit.

Im Süden, also in Mexiko, leben viele arme Leute. Und weiter im Süden, in mittel- und südamerikanischen Staaten wie Honduras oder Bolivien, noch ärmere. Daher wollen viele in den Norden, in die USA, weil es dort leichter scheint, sein Leben zu meistern, Geld zu verdienen, sich etwas auf die Seite zu legen, ein Häuschen zu bauen und bis ans Lebensende glücklich zu sein.

Nur, die Leute im Norden wollen nicht immer mehr Leute aus dem Süden bei sich haben, die ihnen die Jobs wegnehmen und gewissermaßen das Essen vom Teller klauen. Behaupten sie wenigstens. Um die anderen daran zu hindern, über die Grenze zu kommen, gibt es die Border Patrol, eine Grenzschutz-Truppe, die Tag und Nacht die Grenze überwacht und alle verhaftet, die versuchen, illegal vom Süden in den Norden zu gelangen.

Die Leute in Mexiko fürchten diese Truppe. Sie nennen sie die »Migra«, eine Kurzform des Wortes Immigration.

Und die Leute im Norden nennen diejenigen, die versuchen illegal in ihr Land zu kommen, »Wetbacks«, was Nassrücken bedeutet. Nassrücken deshalb, weil sie früher durch den Rio Grande mussten und am nördlichen Ufer bis auf die Haut durchnässt ankamen. Manchmal, nach Regenfällen und Sommergewittern, geschah das auch heute noch, aber die meiste Zeit führte der Rio Grande so wenig Wasser, dass man von einem Ufer zum anderen waten konnte.

Zu denen, die illegal in die USA eingereist waren, gehörten vor langer Zeit auch Rafas und Lalos Eltern.

Vor über fünfzehn Jahren zogen sie aus dem Süden Mexikos nach Norden, durchschwammen an einer unübersichtlichen Stelle den seichten Rio Grande del Norte und suchten in Texas und in New Mexico ihr Glück.

Nur fanden sie es nicht.

Das passiert vielen illegalen Einwanderern.

Sie meinen, die USA sind ein Paradies mit nur glücklichen Menschen. Doch wo gibt es denn das auf dieser Welt?

So beginnt die Geschichte von Rafa und Lalo eigentlich nicht am Tag, als sie in der Nähe von El Paso haarscharf einigen Killern entkamen.

Die Geschichte beginnt mehr als vierzehn Jahre früher.

*

Vierzehn Jahre sind eine lange Zeit, und trotzdem schien es Rafa und Lalo manchmal, als wäre die Zeit ihrer Kindheit so schnell verflogen wie einer dieser merkwürdigen Staubwirbel, die manchmal wie aus dem Nichts über den Wüstengegenden erscheinen und wie verrückt durch das Dornengestrüpp tanzen, bevor sie ohne wirklich eine Spur zu hinterlassen, wieder verschwinden.

Vielerorts galten Staubteufel von jeher als geheimnisvolle Vorboten merkwürdiger Geschehnisse.

Am Tag, als einer von ihnen durch die staubige Hauptstraße von Hickman tanzte, als wollte er die Leute auf das Unglück aufmerksam machen, das an diesem glühend heißen Tag, in dieser kleinen, ruhigen Stadt geschehen würde, schenkte ihm kaum jemand Beachtung.

Ein Unglück, mit dem keiner der Bewohner rechnete, denn hier in Hickman war seit geraumer Zeit nichts mehr passiert, nichts mehr, was in der Zeitung von Del Rio, dem nächstgrößeren Nest, für eine fette Schlagzeile gereicht hätte.

Die Leute in Hickman durchlebten einen Tag wie den anderen, in kleinen Holzhäusern an staubigen Straßen, die links und rechts der Hauptstraße angelegt waren und in die gleichen zwei Richtungen führten wie die Hauptstraße, nämlich nach Westen und nach Osten, oder von Nirgendwo nach Nirgendwo, wie Jim Colder, der Mann von der Tankstelle an der Hauptkreuzung von Hickman jedem zu sagen pflegte, der zufällig hier anhielt, weil er Benzin brauchte oder ein erfrischendes Getränk aus der Kühltruhe im kleinen Lebensmittelladen.

Drei Männer saßen an diesem heißen, staubtrockenen Nachmittag in Colders Laden und Café, Garage und Tankstelle an einem Tisch und tranken Malzbier aus der Dose, und als der steinalte Eugene Pook sie später mal fragte, ob denn keiner von ihnen diesen verrückten Staubteufel gesehen hätte, der auf der Hauptstraße Staub, Plastik und Papier durcheinander wirbelte und mitten auf der Kreuzung Main Street und Rio Grande Street, also vor der Tankstelle mehrere Sekunden lang stillstand, bevor er dann ostwärts davonbrauste.

Ein paar Stunden zuvor war das Unglück passiert. Draußen, auf der Kreuzung, glitzerten immer noch Glassplitter von den Scheiben und den Lampen der beiden Autos einige blutrot, wie Rubine.

Niemand ging an diesem Abend quer über die Kreuzung, wie es sonst die meisten Leute taten.

Mitten auf der Kreuzung war nämlich dieser dunkle Fleck auf dem Asphalt, wo das eine Auto, ein verbeulter Ford Falcon Stationwagon, mit dem kleinen Pickup von Bill Webster mit voller Wucht zusammengeprallt war und Feuer gefangen hatte.

In Hickman war für kurze Zeit die Hölle los gewesen.

Es gab zwei verbrannte Leichen, nämlich die eines Mannes, der den Ford gefahren hatte, und die einer Frau, wahrscheinlich der Mutter des Kindes, das hinten im Kindersitz angeschnallt und in letzter Sekunde mit vereinten Kräften von Jim Colder und drei Gästen aus seinem Café, gerettet worden war.

Wer was genau gesehen hatte, wurde später nie ganz geklärt.

Bill Webster konnte sich einige Tage später, als er mit zwei gebrochenen Beinen und einem schweren Schädeltrauma im Spital von Del Rio aus der Ohnmacht erwachte, an nichts mehr erinnern.

Henry Rabensack, einer der drei Männer, saß mit dem Rücken zum Fenster am kleinen Tisch und hatte den Unfall nur gesehen, weil er rein zufällig in dem Moment den Kopf drehte und zur Kreuzung hinüber blickte, als es geschah.

Webster hätte, so gab Rabensack der Polizei zu Protokoll, an der Kreuzung das Stoppschild nicht beachtet, weil er niemals damit rechnen hätte können, dass ihm ein anderes Fahrzeug in die Quere kommen könnte. Diese Möglichkeit bestünde in Hickman höchstens alle hundert Jahre einmal.

»Webster«, gab er der Polizei weiter an, »war dabei, das Seitenfenster herunterzukurbeln, weil an seiner alten Karre die Klimaanlage noch nie richtig funktioniert hatte und dies auch an diesem heißen Nachmittag, kurz vor einem Gewitter, nicht tat. »Ich sah Webster ins Auge, als die beiden mitten auf der Kreuzung ungebremst aufeinander prallten.«

»Ungebremst? Weiß der Teufel, was Henry da gesehen haben will, aber ich sah, wie die Bremslichter von Billys Pickup aufgeleuchtet haben«, gab Walt Keene, der ebenfalls in Colders Café gesessen war, zu Protokoll.

»Fraglich, ob die überhaupt funktioniert haben«, meinte dazu Jim Colder in seiner Zeugenaussage. »Wenn ich mich nicht irre, war das rechte Bremslicht seit Wochen kaputt. Ich habe Webster mehrmals aufgefordert, vorbeizukommen, um eine neue Birne einsetzen zu lassen.«

Bei all den Fragen der Polizei waren sie sich nur in einigen wenigen Antworten einig, nämlich dass der Mann den Ford Stationwagon gefahren hatte, dass kurz nach dem Zusammenprall die ersten Flammen aus dem Heck des Fords züngelten und bald das ganze Heck des Wagens brannte und eine dunkle Rauchwolke die Sonne verhüllte, sodass es auf der Kreuzung fast so dunkel wurde wie bei einer Sonnenfinsternis.

Das lag aber auch an den wuchtigen Gewitterwolken, die sich zur Zeit des Unglücks über der Stadt türmten.

Zwei Menschen starben an diesem schwülheißen Tag. Ein junges Paar auf der Fahrt nach Del Rio.

Ihr Kind, nur wenige Monate alt, überlebte dank des heroischen Einsatzes der drei Männer in Colders Café.

Das Heck des Fords brannte bereits lichterloh, als es Jim Colder und Henry Rabensack gelang, mit dem gebogenen Ende eines Stemmeisens die linke hintere Seitentür des Fords aufzubrechen.

Flammen schleuderten ihnen heißen Rauch in die Gesichter.

»Wasser!«, brüllte Walt Keene den Leuten zu, die auf die Straße hinausrannten, sich aber aus Furcht vor einer Explosion nicht in die Nähe des Fords wagten. »Lieber Gott, da hinten ist ein Baby drin. Ein Baby, Leute! Wir müssen es retten.«

Vorne, zum Fahrersitz kamen sie nicht an das Baby ran, denn dort war Websters Kleinlaster mit dem Ford verkeilt. Und auf der anderen Seite, wo sich der Einfüllstutzen des Benzintanks befand, brannte das Auto bereits lichterloh.

Die einzige Tür, die sie aufzwängen konnten, nachdem sie die Scheibe eingeschlagen hatten, war die hintere linke Tür.

Henry Rabensack war ein Schrank von einem Mann und auch Jim Colder verfügte in diesem Moment über Bärenkräfte, obwohl er im Gegensatz zu Rabensack eher schmächtig war, aber es dauerte trotz ihrer vereinten Anstrengungen fast vier Minuten, bis sie die Tür weit genug aufgehebelt hatten, damit Colder mit einem Arm hineinlangen konnte.

Das Kind war in einem Babysitz festgeschnallt und dort, wo sich die Schnalle befand, brannte es.

»Ich brauch ein Messer!«, rief Colder. »Gott, jemand soll mir ein Messer bringen.«

Keene rannte in die Werkstatt und kam mit einem Teppichmesser zurück.

Inzwischen war die Tür schon ziemlich weit auf, aber das Feuer hinderte Colder daran, sich ins Innere des Wagens zu beugen. Seine Augen tränten. Seine Lunge brannte bei jedem Atemzug. Die Hitze versengte ihm die Haare am Arm, die Brauen über den Augen. Er verbrannte sich den linken Arm, als er nach der Schnalle tastete. Die Schmerzen waren kaum mehr auszuhalten, aber Jim Colder gab nicht auf. Und schließlich reichte Keene das Messer Rabensack und Rabensack gab es an Colder weiter und Colder gelang es, den Gurt zu durchschneiden und das Baby den Flammen zu entreißen.

Dies geschah keine Sekunde zu früh, denn als sie alle drei davonrannten, explodierte der Tank des Fords und das Inferno brach los.

Brennendes Benzin ergoss sich über den Asphalt und die Leute fürchteten um ihre Häuser, um ihre Stadt.

Ein Notlöschwagen der Hickman-Feuerwehr kam herangebraust und begrub die beiden brennenden Wracks in einem Teppich von Löschschaum.

Kaum eine halbe Minute später, nach einigen krachenden Donnerschlägen, welche die Erde erbeben ließen, prasselte das heftigste Gewitter seit Menschengedenken auf die kleine Stadt nieder.

Die Wracks standen im strömenden Regen wie schwarze Skelette zweier Urwelttiere, die sich im Todeskampf ineinander verbissen hatten.

Ein schmutziger zäher Brei aus Schaum und geschmolzenem Gummi löste sich von den Reifen, die eben noch gebrannt hatten. Er bildete kleine und größere Inseln im Wasser, das über die Kreuzung floss und die Rio Grande Avenue in einen reißenden Fluss verwandelte.

Nicht einmal eine Stunde lang dauerte das Gewitter, aber danach war in Hickman nichts mehr, wie es einmal gewesen war.

Beim Doc lag ein kleiner Junge, der wie durch ein Wunder nicht nur am Leben, sondern nahezu unverletzt geblieben war.

Um den Hals trug das Baby eine Goldkette mit einem winzig kleinen Anhänger. Auf dem war das Geburtsdatum eingraviert. Und die Buchstaben R. R.

Die Zeitungen, ja sogar das Fernsehen, berichteten über den Unfall und das Baby, das seinen Vater und seine Mutter verloren hatte. Und sie berichteten auch über den Heldenmut der drei Männer, die das Baby dem sicheren Flammentod entrissen hatten.

Zum Glück ließ das öffentliche Interesse bald einmal nach und die Medien fanden Gefallen an anderen Unglücken mit anderen Opfern und Helden.

Einige Wochen vergingen und schon glaubte in Hickman niemand mehr, dass man jemals herausfinden würde, wer das Baby war, als sich herausstellte, dass es in Lubbock das Licht der Welt erblickte, und wer in den USA zur Welt kam, wurde dadurch automatisch zum amerikanischen Staatsbürger. So geschah es, dass der Junge, der Rafael Robles hieß, nicht nach Mexiko ausgewiesen wurde, sondern in El Paso in ein Kinderheim kam, in dem die meisten Kinder Vollwaisen waren.

Verwandte von ihm waren nicht aufzuspüren. Es meldete sich auch nie jemand, um sich nach ihm zu erkundigen oder gar Sorgerechtsansprüche anzumelden.

»Little Rafa«, wie ihn der Doc und seine Frau liebevoll nannten, war mutterseelenallein auf dieser Welt.

Nur hin und wieder kam ihn der Doc aus Hickman mit seiner Familie besuchen. Am Anfang ein- oder zweimal im Jahr. Und an seinem Geburtstag erhielt er jedes Jahr ein Paket von ihnen. Mit Spielzeug. Einem Teddy. Einem Xylophon. Zwei kleinen Fellhasen.

Aber so allein war der kleine Rafa dann doch nicht. Denn an jenem Tag, als in Hickman das Unglück passierte, bei dem seine Eltern ums Leben kamen, wurde ganz woanders, nämlich in der kleinen Stadt Mesilla in New Mexico, ein Junge geboren, der auf den Namen Hilario getauft wurde.

*

Genau so liebevoll, wie der Doc und seine Frau den kleinen Rafael »Little Rafa« nannten, wurde Hilario von seiner Mutter Lalo, oder auch »Lalito« genannt.

»Hilario »Lalo« Gutierrez«, hieß es auf seinem Geburtsschein. Der Name seiner Mutter war Theresa. Dort, wo der Name seines Vaters hätte sein sollen, stand das Wort »unbekannt«.

Lalo hatte also keinen Vater, er wusste zumindest nichts von ihm. Auch Jahre später noch nicht, als ihn die Polizei schnappte, weil er ein Auto geknackt hatte und es illegal über die Grenze nach Mexiko bringen wollte, um es dort zu verkaufen.

Lalo war damals, als er in der Polizeistation Downtown El Paso von Detektiv Burton Mills verhört wurde, zwölf Jahre alt.

»Wie heißt du, Kid?«

»Lalo.«

»Lalo?«

»Hilario.«

»Hilario und wie noch? Verdammt, muss ich dir jedes Wort aus der Nase ziehen?«

»Gutierrez.«

»Okay. Jetzt dein Vater. Wie heißt der?«

»Weiß ich nicht.«

»Du weißt nicht, wie dein Vater heißt?«

»Nein. Ich habe keinen Vater.«

Detektiv Mills, runzelte die Stirn.

»Ich hatte nie einen«, sagte Lalo und blickte dabei direkt in die Augen des Beamten. Nur hatte dieser das Gefühl, als blickte Lalo durch ihn hindurch.

»Schläfrig wie ein müder Hundewelpe«, schrieb der Beamte in den Rapport.

»Und eine Mutter? Hast du vielleicht eine Mutter oder bist du ein Außerirdischer?«

»Klar hatte ich eine Mutter. Sie hat mich in Mesilla geboren. In New Mexico.«

»Wo ist deine Mutter jetzt?«

»Sie starb nach meiner Geburt.«

Detektiv Mills wischte sich mit einem Papiertaschentuch das Gesicht ab und warf es zerknüllt in einen Plastikeimer.

Obwohl die Klimaanlage eingeschaltet war, lief dem Mann der Schweiß in Bächen ins Uniformhemd.

»Dann bist du Vollwaise?«

»Was immer das ist, ich bin es«, antwortete Lalo dem Beamten.

Detektiv Mills sah ihn an. Sekunden vergingen, während denen das einzige Geräusch in dem kleinen Raum von der Klimaanlage stammte. Lalo blickte zu Boden. Dann zur Decke hinauf. Zum Spiegel hinüber, durch den man ihn vielleicht beobachtete. Zum vergitterten Fenster, das Milchglasscheiben hatte, sodass man weder hinein noch hinaus sehen konnte.

»Ist das alles, was du über deine Herkunft weißt?«, fragte Mills, nachdem er in seinem Notizblock einige Einträge gemacht hatte.

»Das ist alles«, bestätigte ihm Lalo.

»Hast du einen Ausweis, Kid?«

»Nicht bei mir.«

»Wo kann ich den Ausweis bekommen?«

»In der Casa Loretta.«

»Im Kinderheim?«

»Ja.«

»Weißt du die Nummer dort?«

Lalo gab dem Detektiv die Nummer.

Burton Mills rief von seinem Handy aus an. Er beobachtete dabei Lalo. Der saß auf dem kleinen Hocker am Tisch und betrachtete seine Fingernägel. Früher hatte er Nägel gekaut. Jetzt betrachtete er sie nur noch. So als suchte er nach etwas, was er hätte anknabbern können. Aber Lalos Fingernägel waren makellos. Sauber. Er mochte seine Hände. Besonders die rechte. Sie hatte den Revolver gehalten, mit dem er vor einigen Wochen zum ersten Mal in seinem Leben auf einen Mann geschossen hatte. Bei einem Überfall auf einen kleinen Lebensmittelladen in Ciudad Juárez. Lalo hatte bei diesem Überfall knapp tausend Pesos erbeutet. Mehr war nicht in der Kasse gewesen.

Dafür hatte er einen Klumpen Crack gekauft, ihn stückweise zerrieben und geraucht.

Das wusste der Detektiv, der ihn beobachtete, jedoch nicht. Der wusste gar nichts über ihn. Außer, dass er Hilario Gutierrez hieß und Lalo genannt wurde.

Und dass er das Auto geklaut hatte, weil er bettelarm war.

Gerade viel war das nicht.

Hilario lächelte.

Oder war es viel mehr, als er selbst glaubte?

Ein Name ist immer mehr als nur ein Name. Er gehört zu einem Menschen. In diesem Fall gehörte der Name zu einem Jungen, der sich seinen Weg suchte, und zwar seinen eigenen.

Das erkannte Burton Mills und er schrieb es zum Abschluss seines Berichtes pflichtbewusst ins Protokoll.

»Dieser Junge sucht seinen eigenen Weg«, schrieb er. Und dann noch ein Gedanke in die Zukunft, wie eine Vorwarnung.

»Das wird nicht gut ausgehen«.

*

Vierzehn Jahre waren seit dem Unfall in Hickman vergangen, und knapp drei, seit Lalo das erste Mal von den El Paso-Cops erwischt und verhört worden war.

Der Mond stand über schwarzen Hügeln im Norden, als die Rafa und Lalo die ersten Häuser von El Paso erreichten.

Lalo war am Ende seiner Kräfte. Er hatte auf dem Marsch viel Blut verloren und Rafa musste ihn manchmal stützen, damit er nicht zusammenbrach.

Eigentlich waren das gar keine Häuser, die vor ihnen in der Nacht auftauchten. Es waren ein paar Hütten, aus Zementblöcken gebaut, mit Teerschindeldächern; deren Fenster mit Stofftüchern zum Schutz gegen die Sonne verhängt waren.

Überall im Gestrüpp und auf staubigen Plätzen standen Autos, einige bloß Wracks, aber bei vielen war der Unterschied zwischen jenen, die noch gefahren werden konnten und den schrottreifen kaum zu erkennen.

Der Westen El Pasos, südlich der Autobahn und entlang des Grenzzaunes bis fast hinaus zur alten Asarco-Kupferschmelze, das war ein armseliger Teil der Stadt, in dem die Ärmsten der Armen lebten, und wo kleine Kinder sich mit Hunden um Essensreste balgten.

Hier also, keine Meile von der Grenze entfernt, begann das gelobte Land von Superman und Spiderman, von Mickey Mouse und Donald Duck, von Ham- und Cheeseburgern, Apple Pie und Marshmallows, von Dickärschen und Silikonbusen. Wer hier lebte, war entweder Amerikaner oder wollte zumindest Amerikaner sein.

Auch Rafa und Lalo waren stolz, Amerikaner zu sein. Als Lalo klein war, wollte er beim Spielen immer Batman oder Spiderman sein. Später, mit etwa zehn Jahren, träumte er davon, einmal ein Navy Seal zu werden, ein Mitglied einer erlesenen Elite-Einheit der US-Streitkräfte. Er konnte stundenlang mit kleinen Figuren spielen, die Soldaten darstellten, kleine Panzer und Unterseeboote oder Militärjeeps; und die Feinde waren fast immer dunkelhäutig und sahen bösartig aus.

Und Rafa? Rafa wusste nie so recht, was aus ihm werden sollte. Vielleicht würde er es an eines der Colleges schaffen, an eine Uni im Osten, wenn er Glück hatte.

Es war zwischen neun und zehn Uhr, als Rafa bemerkte, dass ihnen ein paar streunende Hunde folgten.

Die Straße zu den Hütten war nicht asphaltiert. Lalo strauchelte immer wieder wegen der Steine, die im Weg lagen, oder er verlor in Schlaglöchern das Gleichgewicht, weil er kaum mehr die Kraft hatte, sich auf den Beinen zu halten.

Je schwächer Lalo wurde, desto kürzere Wegstrecken legten sie zurück. Immer wieder hielten sie an, um zu verschnaufen. Manchmal setzten sie sich am Straßenrand einfach in den Sand, obwohl sie wussten, dass es in dieser Gegend auch Taranteln, Schlangen und Skorpione gab, alles Tiere, die nachtaktiv waren, und deren Biss oder Stich zum Tod führen konnte.

Die Hunde, ein Rudel von mindestens acht Tieren, kamen manchmal so dicht an die beiden Jungen heran, dass Rafa sie nur durch gezielte Steinwürfe davon abhalten konnte, ihnen gefährlich zu werden. Vielleicht rochen diese verwilderten Biester das Blut, vielleicht dachten sie nur, dass von Rafa und Lalo irgendetwas Essbares zu holen wäre.

Die Hunde der Hüttenbewohner schlugen an. Wie verrückt begannen sie zu bellen und zu jaulen, und die verwilderten Hunde wagten sich nicht näher an die Hütten heran, wo die Menschen vor ihren Fernsehern oder draußen in der kühlen Abendluft saßen, und leise über ihre Kinder sprachen und über ihre Träume und das Stück Leben, das sie bisher gelebt hatten.

Ihre Hunde wurden immer verrückter, und schließlich holte einer, ein Mann, der Pedro Mendoza hieß, sein Gewehr aus dem Haus und stellte sich in den Schatten seiner kleinen Hütte.

Etwa fünfzig Schritte entfernt taumelten zwei Gestalten durch das Licht der einzigen Straßenlaterne, zwei Gestalten, die sich aneinander festhielten wie Betrunkene, aber Pedro Mendoza hatte in seinem Leben schon zu viel gesehen und zu viel erlebt, als dass er nicht zwischen einem Betrunkenen und einem Verletzten hätte unterscheiden können.

Er rief nach seiner Frau und seiner Tochter, sein Sohn war nicht da, und er sagte ihnen, dass sie sofort die Polizei anrufen sollten, wenn er sie dazu aufforderte.

Argwöhnisch beobachteten Pedro Mendoza, seine Frau Maria und ihre Tochter Latisha die beiden Gestalten, die sich taumelnd ihrem Haus näherten und deren dünne Schatten, die ineinander verschmolzen waren, immer länger wurden, je weiter sie sich von der Straßenlaterne entfernten.

Schließlich trat Pedro Mendoza aus dem Schatten seines Hauses heraus ins Licht der Laterne und des Halbmondes, und er machte keine Anstalten sein Gewehr zu verbergen. Im Gegenteil, er zeigte es ihnen demonstrativ und rief ihnen sogar zu, dass sein Gewehr geladen war und er nicht zögern würde, es zu benutzen.

»Wer seid ihr beide?«, rief er und forderte sie auf, stehenzubleiben und ihre Namen zu nennen.

»Ich bin Rafa«, antwortete der eine, und es war seiner Stimme anzuhören, dass er ziemlich aufgeregt und außer Atem war. »Und das ist mein Freund Lalo.«

»Was ist los mit euch beiden?«

»Lalo hat sich verletzt. Wir brauchen Hilfe und wollen in die Stadt.«

»Wie hat er sich verletzt? Hat er sich den Fuß vertreten?«

»Jemand hat auf ihn geschossen.«

»Und wer, wenn ich mal fragen darf, hat auf ihn geschossen?«

»Das wissen wir nicht.«

»Und wieso wisst ihr das nicht? Seid ihr etwa illegal über die Grenze gekommen? Seid ihr Sicarios und gehört zu diesen Mafiabanden im Süden? Wollten euch eure Konkurrenten umbringen?«

»Nein, wir sind von der Casa Loretta.«

»Von der Casa Loretta in El Paso?«

«Ja. Wir sind Amerikaner."

«Und was tut ihr hier draußen in dieser gottverlassenen Gegend und mitten in der Nacht? Was habt ihr hier zu suchen. Warum kommt ihr ...«

»Papa, der eine braucht Hilfe«, unterbrach Latisha ihren Vater. »Du hörst nicht auf mit deiner Fragerei, obwohl wir ihnen besser helfen ...«

»Halt bitte den Mund, Latisha. Die sind womöglich gefährlicher als Klapperschlangen. Am besten ist es, wenn sie weiterziehen. Weg von unserem Haus, sonst ...«

»Papa, wer immer sie sind, wir helfen ihnen. Und wenn sie nichts Gutes im Schilde führen, kannst du sie notfalls immer noch niederschießen.«

»Bueno! Das sehe ich ein. Ihr könnt näher kommen, aber versucht nicht, irgendetwas zu tun, was mir nicht gefällt. Dann blase ich euch nämlich mit dieser Knarre hier weg, darauf könnt ihr euch verlassen. Ich weiß wie das geht. Ich war Soldat ...«

»Papa, rede nicht so viel«, unterbrach ihn seine Tochter und sie ging Rafa und Lalo entgegen und griff nach Lalos Arm, als sie das Blut an seinem Hemd und sein schmerzverzerrtes Gesicht bemerkte. »Mama«, rief sie zum Haus hinüber, »komm und hilf mir. Dieser Junge blutet.«

Die Mutter zögerte nur einen Augenblick, bevor sie über den Vorplatz lief, um ihrer Tochter zu helfen.

»Warum nur kommt ihr ausgerechnet hierher?!«, rief sie dabei. »Wir wollen nichts als in Frieden leben, aber andauernd wird geschossen, alles nur wegen der Drogen.«

»Wir haben nichts mit Drogen zu tun, Señora«, keuchte Lalo. »Wir haben uns dort draußen verirrt und da trafen wir auf irgendwelche Männer, die auf uns geschossen haben.«

»Spar dir die Worte, Junge. Ich weiß, dass du lügst. Es hat heute in der Nähe eine Schießerei gegeben. Die Polizei und die Migra waren überall. Hierher verirrt sich niemand freiwillig. Nicht in diese Gegend. Hier, auf dieser Seite des Flusses schießen sie aufeinander und auf der anderen verstecken sie sich vor dem Gesetz. Hierher bringen die einen Geld und die anderen Drogen. Hier werden Menschen und Waffen geschmuggelt. Hier passieren jeden Tag Morde.«

»Damit haben wir nichts zu tun«, beteuerte Lalo schwach.

»Das glaube ich euch nicht. Mein Gott, wie siehst du denn aus, Junge? Voll mit Blut. Du musst zu einem Arzt, aber ich weiß nicht, ob ein Notarzt überhaupt hier herauskommt. Pedro, ruf mal bitte 911 an.«

»Nein!«, heulte Lalo auf. »Nein, ich will das nicht!«

»Was willst du dann? Etwa bei uns sterben? Das geht nicht, Junge! Ich bestimme in diesem Haus, wer hier stirbt. Pedro, ruf endlich 911 an! Dieser Junge muss dringend ins Spital!«

»Ich habe Freunde, die ....«

»Ist ein Arzt unter deinen Freunden, der mit dem Skalpell umgehen und dir die Kugel eventuell aus dem Leib schneiden kann, Junge?«

»Nein, aber es ist nur ein Streif...«

»Dann halt still! Heilige Maria Mutter Gottes, wenn dich deine Mutter so sehen würde, ich glaube, ihr Herz würde brechen. Wie alt bist du, mein Junge?«

»Fünfzehn.«

»Fünfzehn? Heilige Maria Mutter Gottes, diese Welt wird immer schlimmer.«

»Er hat keine Mutter«, erklärte Rafa, während er den beiden Frauen half, Lalo zum Haus zu schleppen. »Meine Eltern sind auch beide tot. Bei einem Autounfall ums Leben gekommen. Deshalb leben wir im Kinderheim.«

»Das könnt ihr alles der Polizei erzählen. Es ist eine Schande, dass…«

»Mama, sie brauchen Hilfe, keine Belehrungen«, fiel Latisha ihrer Mutter ins Wort. »Vielleicht genügt es, wenn wir das Kinderheim anrufen. Dort wird jemand entscheiden, was zu tun ist.«

Das schien ihre Mutter einzusehen. Als sie bei der Veranda des Hauses anlangte, forderte sie ihren Mann auf, nun endlich das Gewehr weg zu tun und einen Stuhl und eine alte Decke aus dem Schuppen zu holen.

Murrend gehorchte ihr der Mann und ging in den Schuppen. Als er herauskam, hatte er einen Stuhl, eine Decke und noch immer das Gewehr in den Händen. Die Decke stank nach Hühnermist und der Stuhl fiel fast auseinander, als sich Lalo darauf niederließ. Er fror erbärmlich und er war so schwach, dass ihn Rafa und Latisha festhalten mussten, damit er nicht vom Stuhl kippte.

»Gib ihr mein Handy«, stieß Lalo hervor. »Sie soll Loretta anrufen.«

»Dein Handy funktioniert noch nicht, Lalo.«

»Wer ist Loretta?«, wollte die Frau wissen. Sie war misstrauisch. Am liebsten hätte sie gleich die Notrufnummer gewählt. Dann wären hier in Kürze der Sheriff und ein paar Hilfssheriffs aufgetaucht, und die Feuerwehr mit mindestens drei Wagen und wahrscheinlich auch die Migra. Und ganz zuletzt wäre auch der Krankenwagen gekommen und man hätte den verletzten Jungen ins Spital gefahren und den anderen wahrscheinlich zum Revier gebracht um ihm ein paar Fragen zu stellen.

»Wer ist Loretta?«, wiederholte die Frau noch einmal, da sie beim ersten Mal keine Antwort erhalten hatte.

»Mama, hast du denn nicht gehört? Sie sind beide vom Kinderheim.«

»Loretta ist die Leiterin im Kinderheim«, erklärte ihr Rafa. »Loretta Aguirre. Für uns ist sie wie eine Mutter. Nicht wahr, Lalo, sie ist für uns wie eine Mutter?«

»Das stimmt«, keuchte Lalo. »Sie hat uns noch nie im Stich gelassen.«

»Noch nie!« bestätigte Rafa. Er sah die Frau an. »Würden Sie bitte von Ihrem Telefon aus anrufen, Señora?«

Die Tochter lief ins Haus und kam mit ihrem Handy zurück.

»Sag mir die Nummer«, forderte sie Rafa auf. Rafa sagte sie ihr und einige Sekunden später war Lathisa mit Señora Loretta Aguirre verbunden, aber die Verbindung war so schlecht, dass während des Gesprächs einzelne Worte oder ganze Satzabschnitte kaum zu verstehen waren.

»Hola, Señora, ich bin Latisha Mendoza und wohne mit meiner Familie auf der Westseite der Stadt, fast draußen bei der Asarco-Schmelze. Nun sind zwei Jungs hier, von denen einer verletzt ist und ziemlich stark blutet. Ich weiß nicht ...«

»Verzeihen Sie, aber haben die beiden ihre Namen genannt?«, unterbrach Loretta das Mädchen. »Ich meine, sind die beiden Rafa und Lalo?«

»Ja. Sie sind es. Meine Mutter wollte 911 anrufen, aber ...«

»Entschuldige Latisha, aber das wäre nur nötig, wenn einer von ihnen lebensgefährlich verletzt ist.«

»Das können wir hier nicht beurteilen. Es ist möglicherweise ein Streifschuss.«

»Ist er bei Bewusstsein?«

»Ja. Ich denke, dass es wirklich nicht allzu schlimm ist. Und er will nicht ins Spital. Er will zu Ihnen.«

»Lalo?«

»Ja. Das ist sein Name. Der andere, der nicht verletzt ist, das ist Rafa.«

»Dann geben Sie mir mal Rafa.«

Latisha reichte Rafa das Handy.

»Rafa?«

»Ja.«

»Rafa, mein Gott, was ist geschehen?«

»Ich weiß es selbst nicht. Wir waren in der Lombard Street, als es geschah. Am Nachmittag. Wir wollten ins Kino. Da waren ein paar Männer in einem Pickup, die an uns vorbeifuhren und plötzlich losballerten.«

»In der Lombard Street?«

»Ja.«

»Wo ist denn dort ein Kino?«

»Wir wollten zum Cinemax.«

»Das ist aber ganz woanders, Rafa.«

»Ich weiß, aber …«

»Gut, das ist jetzt nicht wichtig. Wichtig ist allein, dass Lalo durchkommt. Weißt du vielleicht, ob er dieses Teufelszeug inhaliert hat, Crystal Meth?«

»Nein.«

»Crack?«

»Nein. Wahrscheinlich nicht. Ich weiß es nicht. Seine Augen sind klar. Aber er hat furchtbare Schmerzen.«

»Mein Gott, wenn er dich nur nicht in eine seiner Angelegenheiten hineingezogen hat. Lass mich mit dem Mädchen reden. Sie soll mir die Adresse geben, dann fahre ich gleich los und hole euch.«

»Loretta, bitte entschuldige, dass wir …«

»Rafa, wir unterhalten uns, wenn ihr da seid«, unterbrach ihn Loretta etwas schroffer, als sie es beabsichtigte. »Gib mir jetzt das Mädchen, bitte.«

Rafa reichte Latisha das Telefon und sie nannte Loretta die Adresse. Dann gab sie Rafa das Handy zurück. Rafa nahm es noch einmal ans Ohr, aber die Verbindung war beendet.

Lalo blickte zu ihm auf. Obwohl es sich offenbar nicht um

eine lebensgefährliche Verletzung handelte, war Lalos Gesicht jetzt leichenblass.

»Kommt sie?«, stöhnte er.

»Ja. Sie kommt uns holen.«

»Es wird mehr als eine Stunde dauern, bis sie da sind«, sagte die Frau. »Ich hole euch Limonade.« Sie verschwand im Haus.

Rafas Blick kreuzte sich mit dem des Mädchens.

»Entschuldige«, sagte er leise.

Latisha schüttelte den Kopf.

»Du brauchst dich nicht zu entschuldigen, Rafa.«

»Ich weiß. Aber es ist mir alles sehr unangenehm.«

Sie sah ihn nur an. Gab ihm keine Antwort. Wusste nicht, was sie ihm hätte sagen können, weil sie ahnte, dass Worte nichts an der Situation geändert hätten.

»Wir sind zusammen im Kinderheim aufgewachsen, Lalo und ich«, meinte Rafa sich erklären zu müssen.

»Warum sagst du ihr das?«, sagte Lalo ärgerlich. »Es interessiert niemand, wer wir sind.«

»Vielleicht irrst du dich, Lalo«, sagte Latisha leise.

Lalo presste die Lippen fest zusammen.

Die Frau kam aus dem Haus und brachte einen Glaskrug randvoll mit Limonade und zwei Plastikbecher.

»Hier, das wird euch gut tun. Limonade, frisch gepresst und eiskalt.«

Rafa nahm einen der Becher, ließ die Frau einschenken und wartete geduldig, bis sich Lalo etwas aufgerichtet hatte. »Hier, Lalo, trink.«

Mit zitternden Händen ergriff Lalo den Becher und schlürfte die kalte Limonade so vorsichtig, als fürchtete er, sie würde ihm im Hals stecken bleiben.

Pedro Mendoza hatte das Gewehr noch immer in der Hand. Irgendwo in der Ferne ertönten Polizeisirenen. Blaulicht flackerte durchs Gestrüpp. Dann krachten Schüsse.

»Er hört nie auf«, sagte der Mann. »Dieser verfluchte Krieg hat schon tausende von Menschenleben gefordert, aber er hört nie auf, so lange es ihnen gelingt, Kinder wie euch mit Pistolen zu versorgen.«

»Ich habe keine Pistole«, sagte Rafa.

»Du nicht, aber er«, schnaubte der Mann und deutete mit dem Lauf seines Gewehres zur linken Hüfte Lalos. Unter dem über die Hose herabhängenden Hemd steckte dort die Pistole im Hosenbund, für ein ungeübtes Auge unsichtbar.

Lalo hörte auf zu trinken. Die Schmerzen hatten etwas nachgelassen, aber er musste sich übergeben. Er beugte den Oberkörper weit vor und Rafa und das Mädchen mussten ihn stützen, damit er nicht vornüber fiel. Fast eine Minute lang übergab sich Lalo. Danach war er schweißgebadet. Das Hemd klebte an seinem Körper, als hätte jemand einen Eimer über ihm ausgegossen.

»Er sollte Wasser trinken«, sagte der Mann. »Das ist für ihn besser als Limonade.«

Die Frau eilte ins Haus und kam mit einem Becher voll Wasser zurück, den Lalo bis auf den letzten Tropfen leer trank.

Der Mann gab Rafa einen Wink. »Ich muss dir was sagen«, flüsterte er.

Lalo bemerkte es nicht.

Pedro Mendoza und Rafa entfernten sich einige Schritte. In der Ferne heulten immer mehr Polizeisirenen. Ein Nachbarshund, der an einer Kette lag, begann zu jaulen. Aus einem der anderen Häuser drangen Gitarrenklänge. Ein Mann brüllte auf Spanisch ein paar gotteslästerliche Flüche.

»Hör zu, ich weiß, dass Lalo dein Freund ist, aber ich sage dir, pass höllisch gut auf dich auf. An seiner Seite bist du deines Lebens nie sicher.«

»Ich verstehe nicht was Sie meinen«, log Rafa.

»Das glaube ich dir nicht. Du weißt, dass er schlecht ist und zwar bis ins Mark seiner Knochen.«

»Lalo hat nichts getan, was Sie dazu veranlassen könnte, solche Sachen über ihn zu sagen. Außerdem kennen Sie ihn genauso wenig wie mich.«

»Das stimmt zwar, aber ich habe in seine Augen gesehen. Das genügt. Eines Tages wird er töten, falls er es nicht schon getan hat.«

»Das bezweifle ich sehr. Ich kenne ihn seit vielen Jahren. Er ist anders als ich, das gebe ich zu. Aber das heißt nicht, dass er schlecht ist.«

»Er hat böses Blut, Rafa«, sagte der Mann eindringlich und fuhr sofort beschwörend fort. »Und er ist ein Junkie. Keine Ahnung, was er nimmt, aber was immer es ist, es hat ihn kaputt gemacht. Da drin.« Der Mann rollte die Augen und zeigte auf seine Schläfe. »Und hier drin auch.« Er legte sich die Hand auf die Brust. »Er wird sich und dich ins Unglück stürzen, wenn du dich nicht von ihm trennst.«

»Das werde ich bestimmt niemals tun«, entgegnete Rafa dem Mann mit fester Stimme. »Wir gehören zusammen wie Brüder.«

»Wie Kain und Abel?« Mendoza blickte zu seiner Tochter hinüber, die sich über Lalo beugte. »Latisha ist unsere einzige Tochter, Rafa. Wir hatten auch einmal zwei Söhne. Bei ihr und bei ihrem Bruder Paolo wusste ich immer, dass sie einen guten Weg einschlagen würden. Bei meinem Sohn José aber, da fürchtete ich das Schlimmste.«

»Und? Ist es eingetroffen?«

Der Mann nickte. »Er hat seiner Mutter das Herz gebrochen, Rafa, als er nach Mexiko ging. Die Drogen haben ihn erledigt. Zuerst haben wir das nicht gemerkt. Dort im Schuppen habe ich ihn mal mit einer Glaspfeife überrascht. Er war völlig weg. Als ich ihn zur Rede stellte, nahm er die Axt und stürzte sich auf mich. Stell dir das vor, mein Kleiner stürzt sich auf seinen Papa. Er wollte seinen eigenen Papa umbringen. Meine Frau glaubt das bis heute nicht. Aber ich weiß, dass er es getan hätte. Ich schlug ihn mit einem Eimer voll mit Hühnerfutter nieder. Da lag er am Boden, und als ich ihm auf die Beine helfen wollte, schlug er meine Hand zur Seite. Das hat wehgetan, sag ich dir, Junge, das hat so wehgetan wie nichts zuvor in meinem Leben.«

»Das kann ich mir denken.«

»Kannst du nicht. Du hast keinen Sohn. Du weißt nicht, wie das ist, wenn du so verdammt hilflos bist, dass du nur noch weinen möchtest, Tag und Nacht, bis du ausgeweint bist. Bis keine einzige Träne mehr in dir drin ist. Nur noch der Schmerz, Junge. Und der vergeht nie mehr.«

Der Mann rieb seine zerfurchte Stirn.

»Danach war nichts mehr so wie es einmal war. Es war, als ob jemand in seinem Kopf einen Schalter umgelegt hätte. Ich existierte nicht mehr für ihn. Seine Mutter auch nicht. Nicht einmal seine Schwester, die er geliebt hat. Er ging weg. Kam manchmal nach Hause. Völlig am Arsch, verstehst du. Ein paar Mal brachte ihn die Polizei nach Hause. Dann brannte er irgendwo ein Haus nieder, in das er eingebrochen war. Um die Spuren zu verbergen. Er erhielt fünf Jahre dafür. Jugendknast. Als er rauskam, hatte er zwei Augen auf seine Lider eintätowiert. Blaue Augen. Ich habe nie vorher sowas Schreckliches gesehen. Er hatte dunkle Augen, wie seine Schwester und seine Mutter. Wenn er die Augen schloss, sah er dich mit seinen neuen blauen Augen an. Nach der Entlassung kam er nur einmal nach Hause. Holte seinen Kram und verschwand. Später erfuhren wir, dass er als Sicario für eines der mexikanischen Drogen-Kartelle gearbeitet hat. Wegen dem Geld. Damit er sich die Drogen kaufen konnte. Und wegen dem Ansehen. Vor einem Jahr hat man ihn mit Blut an den Händen verhaftet und in ein Gefängnis gesteckt, in dem Leute von einem anderen Kartell eingesperrt waren. Die haben ihn in der Nacht nach seiner Einlieferung zu Tode geprügelt.«

Der Mann schloss für einen Moment die Augen. Hing seinen Gedanken nach. Sah vielleicht Dinge, die Rafa nicht sehen wollte.

Rafa hörte Lalo stöhnen. Er hing am Arm des Mädchens. Die Frau wischte ihm den Schweiß und die Kotze vom Gesicht.

»Unser Sohn José war achtzehn Jahre alt, als er einen elenden Tod starb, in einem vergitterten Loch dort unten in Mexiko. Das hat meiner Frau das Herz gebrochen und seiner Schwester und seinem jüngeren Bruder auch, obwohl wir alle immer befürchtet haben, dass es einmal so kommen würde.«

Rafa blickte für einen Moment zu Boden. Dann in die Augen des Mannes.

»Es tut mir leid. Aber Ihr Sohn ist Ihr Sohn und Lalo ist Lalo.«

»Du schützt ihn, weil du ihn magst, Rafa. Das kann ich sehen. Aber nimm dich in Acht vor ihm. Er ist einer, der nicht weiß, was Zuneigung oder Liebe bedeutet. Er hat keine Ahnung was Nächstenliebe ist. Ich glaube nicht einmal, dass er begreifen kann, welchen Wert ein Menschenleben in Wirklichkeit hat. Nimm dich in Acht vor ihm, auch wenn du denkst, dass er dein Freund und Bruder ist!«

»Sie kennen ihn nicht, Señor«, versuchte Rafa noch einmal, sich schützend vor seinen Freund zu stellen, aber der Mann wischte die Worte mit einer schnellen Handbewegung weg, als wären sie lästige Insekten.

»Ich kann dir nicht mehr sagen, Junge. Eines Tages wirst du dich an meine Worte erinnern, nur wird es dann zu spät sein. Die Mafia lässt keinen wieder los, den sie mal in ihren Klauen hat.«

Ohne ein weiteres Wort zu verlieren, drehte sich Pedro Mendoza um und ging zum Haus zurück.

Fast eine Stunde verging danach, bis endlich das Scheinwerferlicht eines Autos die Holperstraße mit den tiefen

Furchen und Schlaglöchern ausleuchtete. Wenige Minuten später hielt ein Chrysler Minivan unter der Straßenlampe. Loretta stieg aus und eilte herbei. Ihre Blicke streiften Rafa nur, dann kniete sie beim Stuhl nieder, auf dem Lalo saß und nahm seinen Kopf in ihre Hände.

»Mein Gott, Lalo«, flüsterte sie, »was hast du getan?«

»Nichts«, keuchte Lalo. »Bitte, bring mich nach Hause.«

Loretta blickte Señora Mendoza an, die ein paar Schritte zurückgewichen war.

»Wissen Sie, was geschehen ist?«

»Jemand hat auf ihn geschossen«, sagte die Frau. »Mehr wissen wir nicht.«

Loretta atmete tief ein und aus. Einen Moment rang sie nach den richtigen Worten, aber sie fand sie nicht.

»Danke, dass Sie ihm geholfen haben, Señora«, sagte sie schließlich ergeben. »Sie haben ihm vielleicht sogar das Leben gerettet.«

»Wer weiß, wofür dies gut wäre«, wandte der Mann ein. »Vielleicht hätten wir doch einen Krankenwagen rufen sollen und die Polizei.«

»Nein, ich werde mich darum kümmern. Zuerst wird er uns sagen müssen, was geschehen ist.«

»Wird er das?«, antwortete Latishas Mutter sanft. »Wird er das wirklich?«

Jetzt sah sich Loretta nach Rafa um. Ihre Angst um Lalo und ihre Verzweiflung konnte sie vor ihm nicht verbergen.

»Rafa, hilf mir.«

Rafa zögerte keinen Augenblick. Gemeinsam mit Loretta schleppte er Lalo zum Minivan und half ihm auf die Rückbank. Er selbst setzte sich daneben und hielt ihn fest. Latisha kam mit einer Milchflasche aus Plastik zurück. Sie war voll Wasser. Sie reichte sie zum Fenster hinein. Rafa nahm ihr die Flasche aus den Händen. Sah dabei in ihre Augen. Loretta startete den Motor des Minivans. Und warf einen Blick über die Rücklehne zurück.

»Alles okay?«

Rafa nickte. Sie legte den Rückwärtsgang ein.

»Sehen wir uns wieder?« Latisha fragte es leise und sie hielt sich dabei am Rahmen des Seitenfensters fest, so als hätte sie dadurch das Auto am Fortfahren hindern können.

Rafa hob die Schultern.

»Vielleicht.«

»Willst du nicht?«

»Nein, aber …«

»Hast du ein Handy?«

»Ja.«

»Willst du mir die Nummer geben?«

»Ja, klar …«

Rafa sprach nicht weiter, denn Loretta setzte zurück. Die Räder drehten durch, Staub wirbelte auf, als der Minivan sich halb um seine eigene Achse drehte und in die Straße einbog, die nach El Paso führte.

Rafa kam nicht mehr dazu, Latisha seine Handynummer zu sagen, oder dass sie zum Kinderheim kommen sollte. Er kam auch nicht mehr dazu, ihr zu sagen, wie schön er sie fand, aber das war vielleicht in diesem Moment auch besser so.

Er lehnte sich zurück und ließ Lalos Kopf gegen seine Schulter fallen. Auf der Fahrt in die Stadt ging ihm Latisha nicht aus dem Sinn.

Aber er dachte auch an die Worte ihres Vaters.

Einen Arm hatte er um Lalo gelegt. Mit der anderen Hand strich er ihm sachte über das Haar, während Loretta auf Nebenstraßen durch die Stadt fuhr, um eventuellen Polizeistreifen oder einer Patrouille der Migra auszuweichen.

Auf der Fahrt blickte sie immer wieder in den Rückspiegel, den sie so eingestellt hatte, dass sie die Köpfe von Lalo und Rafa sehen konnte. Und immer wieder fragte sie Rafa, ob Lalo noch atmete.

Einmal hob Lalo den Kopf.

»Entschuldigen Sie, Señora Loretta«, sagte er so laut, dass sie es hören konnte.

Sie drehte den Kopf und blickte zurück.

»Das sagst du immer, Lalo. Mein Gott, das sagst du immer. Doch einmal werde ich nicht da sein, wenn du das sagst.«

»Am Tag, an dem ich sterbe«, antwortete ihr Lalo und trotz der Schmerzen und der Schwäche gelang es ihm, dabei fast fröhlich zu lachen.

*

Das Kinderheim Casa Loretta befindet sich in der Cebada Street in El Paso.

Es ist ein großes, aus dunkelrot gebrannten Tonziegelsteinen erbautes Haus, ziemlich verschachtelt, mit Flachdächern auf den Anbauten und einem Giebeldach über dem Hauptgebäude, das auf der Frontseite eine breite überdachte Veranda hat.

Zur Straße hin ist das Haus durch eine Steinmauer und eine dichte Hecke abgeschirmt. Außerdem ist das ganze Grundstück von einem Maschendrahtzaun umgeben.

Ein paar alte Maulbeerbäume stehen im Garten. Von den stärkeren Ästen hängen Schaukeln. Eine knorrige Pinie beschattet eine Rutsche und einige aneinandergereihte Betonröhren, die von Kindern wie eine Schlangenhaut bemalt worden waren, mit Zickzack-Streifen und Punkten. Die vordere Röhre hat gelbe Augen und ein aufgerissenes Maul mit spitz gebogenen Giftzähnen.

Es gibt einen kleinen Sportplatz für Volleyball und Basketball, einen Maschendrahtkäfig, in dem man mit Aluminiumschlägern auf steinharte Bälle einschlagen kann, ohne Gefahr zu laufen, jemand zu treffen oder eine der Fensterscheiben zu zertrümmern.

Was sich die Kids in der Casa Loretta jedoch wünschen, ist ein Schwimmbecken. Einen Pool, blau wie ein Türkis, mit weißer Umrandung und mit einem Sprungbrett, von dem sie Saltos ins Wasser schlagen können.

»Wenn ich einmal reich bin, lasse ich dort drüben, wo die kleine Holzhütte steht, ein Schwimmbad bauen, mindestens zwanzig Meter lang und zehn Meter breit.«

Und jedes Mal, wenn Lalo das sagte, blickte Rafa zu dem Platz, wo im Distelgestrüpp der alte Geräteschuppen stand, in dem all die Werkzeuge aufbewahrt waren, die es zur Gartenarbeit oder zum Errichten einer Mauer brauchte.

Und dann sah Rafa das Schwimmbecken, blau wie ein Türkis, von der weißen Poolumrandung eingefasst, spiegelblank das Wasser, und manchmal von einem Sonnenstrahl aufblitzend, dass Rafa die Augen zusammenkneifen musste, um nicht geblendet zu werden.

Eine einzelne Fächerpalme stand dort, wo das Schwimmbad einmal sein würde, mit ihren Wurzelsträngen tief in die ausgetrockneten Lehmerde reichend.

»Wir könnten um die Wette schwimmen«, sagte Lalo oft lachend, »und wir könnten auf ein Kommando gleichzeitig ins Wasser springen und pfeilschnell zum anderen Beckenrand schwimmen. Was meinst du, ob du fünfundzwanzig Meter unter Wasser schwimmen kannst, ohne einmal aufzutauchen und Luft zu holen, Rafa? Die ganze Länge des Beckens?«

»Klar könnte ich das. Und du auch, Lalo. Wir könnten nebeneinander schwimmen und miteinander anschlagen, wenn wir am anderen Ende angekommen sind.«

Dann träumten sie beide und irgendwann stieß Lalo seinem Freund Rafa den Ellbogen so unsanft gegen die Rippen, dass dieser in die Wirklichkeit zurücktaumelte.

»Weißt du was, Rafa, ich werde einmal so viel Geld verdienen, dass ich einen großen Teil davon Loretta geben kann, weil ich nie so viel brauche, wie ich verdiene.«

Lalo, das fiel Rafa schon früh auf, war einer, der bereits als Kind nie so recht wusste, wie er sich bei anderen beliebt machen konnte.

Lalo schien aber auch zu spüren, dass man ihm mit

Misstrauen und manchmal sogar mit Abneigung begegnete, weil er die anderen manipulieren wollte. Seine Gefühle der Zuneigung waren wahrscheinlich nur bei Rafa bis zu einem gewissen Punkt echt und ehrlich. Er tat zwar bei anderen, als könnte er ihnen sein letztes Hemd geben, aber wenn es darauf ankam, ließ er sie meistens im Stich. Oft, wenn er und Rafa in ihren Betten lagen und vor dem Einschlafen miteinander redeten, fantasierte er davon, dem alten Francisco, der von einem Boot auf dem Ozean träumte, einmal eines zu schenken, oder er wollte Arzt werden, damit er Lorettas Rückenschmerzen heilen konnte, oder eben, den Kindern der Casa Loretta ein Schwimmbad bauen.

»Und wie willst du dies alles schaffen, Lalo? Soviel Geld zu verdienen, meine ich.«

»Ich weiß noch nicht wie, aber ich weiß, dass ich es schaffen werde. Aber vielleicht werde ich eines Tages ganz einfach nur für dich sterben.«

»Für mich sterben? Das wirst du bestimmt nie tun müssen.«

»Glaubst du mir, dass ich es tun würde?«

»Ja, aber warum solltest du das tun?«

»Damit du siehst, dass ich dein bester Freund bin und du der einzige Mensch bist, für den ich das tun würde.«

Rafa schwieg. Sein eigener größter Wunsch war es, einmal so viel Geld zu verdienen, dass er nicht wie sein Vater und seine Mutter als Gelegenheitsarbeiter in einem alten Auto durchs Land ziehen musste.

»Und weißt du, was ich sonst noch weiß? Dass wir immer zusammenbleiben werden, ganz gleich ob unter oder über dem Wasser. Stimmt's, Rafa? Stimmt's?«

»Sicher«, antwortete Rafa. »Wir bleiben immer zusammen. Über und unter Wasser.

»Und wenn dich Nina bittet, sie zu heiraten?«

»Das tun Mädchen nicht, Lalo. Das weißt du doch. Die warten darauf, dass sie darum gebeten werden.«

»Aber wenn sie es doch tut? Was ist dann, Rafa, wenn sie es tut, völlig überraschend, meine ich, weil sie schwanger ist oder so?«

»Ist sie nicht.«

»Ich meine, wenn es so wäre.«

Rafa sprang auf. »Komm, Lalo, wir holen die Hacken aus dem Schuppen und hauen das Distelgestrüpp weg.«

»Es ist schon dunkel, Rafa.«

»Egal, morgen, wenn die Sonne aufgeht, denken wir einfach, da hat jemand über Nacht angefangen, den Pool zu bauen.«

Das taten sie so oft sie Zeit und Lust hatten, und manchmal schaute ihnen Loretta vom Bürofenster aus zu, ohne dass sie es bemerkten, und manchmal, wenn sie draußen irgendeine Arbeit verrichteten, den Zaun strichen oder die Wandbretter auf der Wetterseite des Schuppens, kam sie heraus und brachte ihnen Eistee oder ein Stück von einer Melone.

Loretta hatte selbst keine Kinder, aber über der Tür zu ihrer kleinen privaten Wohnung im Haupthaus hing ein Schild, auf dem stand: IHR SEID ALLE MEINE KINDER – KOMMT NUR HEREIN.

Rafa und Lalo waren ihre ältesten. Lange würden sie beide nicht mehr in der Casa Loretta bleiben, das wusste sie. Rafa hatte gute Chancen, ein Studium zu beginnen, wenn er mal siebzehn war, und Lalo, der würde seinen eigenen Weg gehen, so wie es im Rapport von Detektiv Burton Mills gestanden hatte.

Auf jeden Fall war Loretta für jeden und für alle immer da, ganz gleich zu welcher Stunde des Tages oder der Nacht.

Auch in dieser Nacht, als Lalo und Rafa in Not waren.

Sie brachte beide zurück ins Casa Loretta und begann sofort damit, Lalos Wunde zu versorgen, bei der es sich um eine fingertiefe Fleischwunde handelte.

»Einige Zentimeter mehr nach links, und die Kugel wäre vielleicht in deinen Brustkorb eingedrungen, Lalo«, stellte sie fest, während sie die Wunde von Schmutz und Stoffresten seines Hemdes befreite und sie anschließend mit einer antiseptischen Lösung säuberte.

Sie zeigte ihm die Verletzung in einem Spiegel.

»Das könnte vielleicht von einem Fachmann genäht werden, Lalo, aber ich denke, dass es dir nichts ausmacht, wenn eine größere Narbe zurückbleibt.«

Während der ganzen Prozedur stellte sie ihm nicht eine einzige Frage, und Lalo und Rafa gab dies mehr zu denken, als wenn sie beide zuerst mit Fragen gelöchert und dann mit Vorwürfen bombardiert hätte.

In dieser Nacht konnten sie nicht schlafen, Lalo wegen der Schmerzen und Rafa wegen der Gedanken, die in seinem Kopf herumschwirrten.

Alles, was an diesem Tag vorgefallen war, kam ihm noch einmal in den Sinn. Kleine Einzelheiten wirbelten in schnellster Bildfolge mit Bildern aus seiner Vergangenheit durcheinander, an die er sich gar nicht erinnern wollte. Bilder des Unfalls. Bilder der Verfolgungsjagd. Gato, wie er auf dem Beifahrersitz zusammengesackt war. Kaká. Die traurigen Augen von Pedro Mendoza, als er ihm sagte, dass sein Sohn im Gefängnis erschlagen worden war. Latisha, als sie in der Nacht zurückblieb. Lalos Lächeln heute am Frühstückstisch beim Gebet. Und als Lalo anstatt zur Schule zu gehen, die Straße überquerte. Und alles, was danach passiert war. Von dem Moment an, als er Lalo nacheilte, als fürchtete er, ihn sonst für immer zu verlieren. Die Angst in Lalos Augen, bevor er in das Haus ging. Der Junge mit dem kleinen Hund auf den Armen. Die Warnung des Taxifahrers.

Die Bilder beschäftigten ihn die ganze Nacht. Das einzige, das er gerne gespeichert hätte, um es sich immer wieder anzusehen, war das von Latisha.

Alle anderen wollte er schnell wieder aus seinem Gedächtnis löschen. Womöglich auf einen Klick.

Doch als der neue Tag graute, war er noch immer wach.

*

Am Morgen des Tages, an dem Lalo angeschossen wurde, wollte er Rafa dazu überreden, ihn zu begleiten und ihm notfalls Rückendeckung zu geben, falls er sie brauchte.

Sie waren beide früh wach. Im Halbdunkel ging Lalo zum Fenster und rauchte einen Joint und trank dazu ein großes Glas Wasser.

Es war kühl draußen.

Rafa setzte sich im Bett auf.

»Rückendeckung? Was meinst du damit, Lalo? Sag mir, was du vorhast. Du weißt, dass ich nichts tun werde, was Loretta nicht gutheißen würde.«

»Ich treffe mich in Juárez mit Männern, von denen ich nur einen kenne.«

»Was sind das für Männer?«

»Männer, die mich eine Arbeit verrichten lassen und dafür bezahlen wollen.«

»Was für eine Arbeit? Sollst du vielleicht auf einem Feld Melonen pflücken? Dazu brauchst du sicherlich keine Rückendeckung.«

Lalo lachte.

»Mit Melonenpflücken verdient keiner genug für einen Swimmingpool, Rafa.«

»Was dann? Was sollst du für diese Männer machen?«

»Das weiß ich selbst noch nicht.«

»Wer sind die Männer?«

»Weiß ich nicht. Vertrau mir, Rafa. Ich habe einem von ihnen, dem, den ich kenne, gesagt, dass ich jemanden mitbringe. Er hat gesagt, dass das in Ordnung sei. Vollkommen in Ordnung.«

»Wovor hast du denn Angst?«

»Ich habe keine Angst, das weißt du.«

»Wenn du keine Angst hättest, würdest du mich nicht als Rückendeckung mitnehmen wollen, Lalo.«

»Gut. Dann bleib hier. Hilf Francisco draußen im Garten.« Lalo zog die Mundwinkel verächtlich nach unten. »Ich weiß gar nicht, wieso ich dich gefragt habe. Tut mir leid. Ich brauche deine Hilfe nicht.«

»Heute ist ein Schultag. Wir müssen in die Schule.«

»Dann geh in die Schule, Mann. Vergiss was ich gesagt habe. Ich geh allein dorthin.«

»Wohin denn? Warum sagst du es mir nicht?«

»Ich hab's dir schon gesagt. Über die Grenze, nach Juárez. Aber du bleibst besser hier, Rafa.«

Der Joint war bis auf einen kleinen Rest herunter geraucht. Lalo zerkaute den Rest und schluckte ihn, ging in die Toilette, pinkelte, ging ins angrenzende Badezimmer, stellte sich unter die Dusche und duschte zehn Minuten lang, seifte sich ein und ließ das heiße Wasser über seinen hageren Körper herunterlaufen.

Als er aus dem Badezimmer kam, war sein nasses Haar frisch gegelt und zurückgekämmt. Er holte ein frisches weißes T-Shirt aus dem Schrank.

Rafa saß auf dem Bett, die Ellbogen auf seine Knie gestützt und das Kinn auf die Fäuste.

Er beobachtete Lalo, der ihm den Rücken zugekehrt hatte. Lalos Haut war hell. Viel heller als seine eigene. Die Tätowierung über dem linken Schulterblatt hob sich dunkel gegen die helle Haut ab. Sie stellte einen brennenden Busch dar, in dem ein blutendes Herz verbrannte. Das Herz war dunkelrot, die Flammen darum herum blau und grün, als wären sie zu Eis erstarrt. Blaue Augen auf den Lidern.

Was ihm Latishas Vater erzählt hatte, quälte ihn noch immer. An diesem Morgen wechselten sie kein Wort mehr miteinander.

Beim Frühstücksgebet fiel Rafa auf, dass Lalo ihn anstarrte, mit einem Lächeln auf den Lippen. Als Rafa zurücklächelte, verschwand jedoch das Lächeln aus Lalos Gesicht und seine Augen schienen sich zu verschleiern.

Erst auf dem Weg zur Schule, als Lalo stehen blieb, um die Straße zu überqueren, wurde Rafa des Schweigens überdrüssig.

»Lalo, was soll ich in der Schule sagen, wenn sie mich fragen wo du bist?«

»Egal was. Sag ihnen einfach irgendwas. Es wird dir schon was einfallen.«

Lalo überquerte die Straße.

Auf der anderen Seite befand sich die kleine Kirche Iglesia de San Marcial. Ein alter verlotterter Pickup stand davor, mit einem verbeulten Anhänger, auf den jemand mit blutroter Farbe »Rosie's Big Ass Burritos« geschrieben hatte.

Rafa wollte weitergehen. Die Schule befand sich etwa eine halbe Meile entfernt. Es würde ihm sicherlich eine Entschuldigung für Lalos Abwesenheit einfallen, aber nach wenigen Schritten blieb Rafa stehen. Der Gedanke, Lalo allein zu lassen, erfüllte ihn mit Schuldgefühlen. Was war, wenn Lalo dort, wo er hinging, etwas passierte, nur weil er ihn im Stich gelassen hatte? Was war, wenn Lalo nie mehr zurückkehrte, weil er das Leben als Heimkind, die Schule und alles andere auch, satt hatte? Rafa schaute sich in dem Augenblick nach Lalo um, als dieser die andere Straßenseite erreichte, kurz in seinem Schritt stockte und über die Schulter zurückschaute.

Wie ein Stich ins Herz traf Rafa der Blick seines Freundes.

»Lalo! Warte!«

Rafa lief los, über die Straße und als er bei Lalo ankam, schüttelte dieser nur den Kopf und grinste.

»Warum grinst du?«

»Weil ich wusste, dass du mir nachlaufen wirst, Rafa.«

»Nur dieses eine Mal. Nur dieses eine Mal, verdammt!«

Lalo zeigte auf die Kirche.

»Wir stehen vor einem Gotteshaus.«

»Als ob dir das was bedeuten würde. Ich habe dich heute Morgen beim Gebet beobachtet. Du nimmst das überhaupt nicht mehr ernst.«

Lalo kratzte sich am Hinterkopf. Überlegte einen Moment, dann nickte er.

»Ich glaube, mein Leben als Kind ist ab heute vorbei, Rafa.«

»Was meinst du damit?«

»Dass wir keine Kinder mehr sind und deshalb jetzt ein anderes Leben beginnt.«

»Wir sind fünfzehn Jahre alt, Lalo. Wir sind auf keinen Fall erwachsen.«

»Wir sind aber auch keine Kinder mehr, Rafa.« Lalo nahm Rafa bei der Hand, so wie sie es immer getan hatten, als sie klein gewesen waren. »Komm, jetzt. Ich muss um zehn Uhr dort sein und den Cowboy treffen.«

»Wer ist das?«

»Ein Freund. Er hat mir beigebracht, wie man mit einer AK-47 umgeht und mit einer FN Five Seven«.

»Wozu brauchst du das?«

»Er ist ein Kunstschütze, Rafa. Ich glaube er könnte glatt in einem Zirkus auftreten.«

»Nur dass es einen solchen Zirkus wahrscheinlich für einen wie ihn nicht gibt«, entgegnete Rafa.

»Sein Zirkus ist Ciudad Juárez. Ich glaube, er hat mehr als zwei Dutzend Männer getötet.«

»Na, dann hattest du aber einen großartigen Lehrmeister.«

»Einen der besten. Es soll noch einen anderen geben, der ›Pistolero‹ genannt wird. Ich glaube, ich werde ihn heute treffen.«

Sie gingen die Straße hinunter zur Douglas Street, nahmen dort den Bus durch die Stadt zu einem der fünf Grenzübergänge.

Nach Mexiko reinzukommen war für sie kein Problem. Alles war für Lalos Treffen arrangiert worden: An einer Straßenkreuzung an der Santa Fe Avenue würde ein Taxi auf sie warten. Zu einer ganz bestimmten Zeit würde das Taxi die Grenze auf der Brücke über den Rio Grande passieren. Die

Beamten, die dort ihren Dienst verrichteten, wussten Bescheid und waren vom Kartell bestochen. Sie würden nicht einmal nach ihren Identitätskarten fragen.

Der Taxifahrer würde sie auch zurück über die Grenze bringen, und zwar über denselben Grenzübergang.

Lalo kannte das Haus in Ciudad Juárez, in dem er sich mit seinen Auftraggebern, die er Freunde nannte, treffen würde. Es befand sich im Zentrum der Grenzstadt, ein rosarotes Haus mit dunkelblauen Fensterrahmen.

Im unteren Geschoss befand sich eine Garage für drei Autos, mit einer Zufahrt auf der Rückseite des Hauses. Die Wohnung über der Garage war eine kleine Privatwohnung.

Die Wohnung im zweiten Stock konnte von einem Innenhof über eine Treppe erreicht werden. Die gekachelten Stufen führten zu einem Balkon hinauf und von dort lief ein schmaler Außengang der Hauswand entlang zur Wohnungstür.

Der Taxifahrer, der auf der gesamten Fahrt nicht ein einziges Wort mit ihnen wechselte, ließ sie an einer Kreuzung in der Nähe der kleinen Kirche des Heiligen Ignacio aussteigen.

Von hier aus gingen sie zu Fuß weiter, folgten der belebten Hauptstraße ins Zentrum.

»Dort ist das Haus«, Lalo zeigte es seinem Freund aus einer Entfernung von etwa zweihundert Metern. »Ich werde mich nicht lange dort oben aufhalten, Rafa. Vielleicht zwanzig Minuten, wenn alles gut geht.«

»Und wenn du nicht wiederkommst nach zwanzig Minuten?« Rafa merkte, wie aufgeregt er jetzt war.

»Keine Ahnung, was dann passiert ist«, grinste Lalo. »Auf jeden Fall bleibst du hier auf der Straße. Ich habe mein Handy dabei, du deines. Falls dir irgendwas Verdächtiges auffällt, ruf mich an, wenn ich rauskomme.«

»Was sollte das denn sein, zum Beispiel?«

»Irgendwas. Ich kann es dir auch nicht sagen. Es ist nur ein Bauchgefühl, dass irgendwas nicht stimmen könnte.«

»Dann sollten wir vielleicht umkehren und …«

»Das geht jetzt nicht mehr, Rafa!«

»Warum nicht? Wir kommen auch ohne das Taxi zurück über die Grenze.«

»Darauf würde ich keinen Dollar setzen. Nein, das geht jetzt nicht mehr.«

»Du willst damit sagen, dass du jetzt schon zu tief drin steckst, in dieser Sache, stimmt's?«

»Wie tief weiß noch nicht mal ich. Ich weiß nur, dass in dem Haus dort drüben Leute auf mich warten. Rafa, ich will dich nicht in diese Angelegenheit hineinziehen, aber ich bin froh, dass du da bist. Pass nur auf, das ist alles. Wenn ich aus dem Haus rauskomme, rufst du mich an. Okay? Aber nur, falls irgendwas nicht stimmt.

»Dann gib mir wenigstens einen Hinweis auf die Dinge, die ich beachten soll.«

»Schau dich um. Im Moment ist hier alles okay. Die Leute auf den Straßen sind okay. Die Autos sind okay. Alles ist okay. Du wirst schon merken, wenn etwas nicht mehr stimmt. So was spürt man. Man spürt die Gefahr.«

»Ich weiß nicht«, wandte Rafa zweifelnd ein. »Wenn man sie spürt, ist es vielleicht schon zu spät.«

»Pass einfach auf. Es wird schon alles schiefgehen.« Lalo warf einen Blick zum rosaroten Haus hinüber, das zum Teil von einer riesigen Reklametafel mit einem gemalten Filmplakat verdeckt war. »Ich muss jetzt gehen. Die mögen es nicht, wenn einer von ihnen nicht verlässlich ist.«

»Einer von ihnen. Bist du das Lalo? Einer von ihnen?«

»Noch nicht ganz. Ich muss erst einen Test bestehen. Aber wenn ich aus dem Haus rauskomme, bin ich wahrscheinlich einer von ihnen.«

»Du meinst, du wirst Blut an den Händen haben, wenn du herauskommst?«

»Ich weiß nicht, was ich tun muss. Der Cowboy hat mir

nichts gesagt, außer dass es mein abschließender Test sein wird.«

»Dann kann es gut sein, dass du einen umbringen musst.«

»Woher willst du denn das wissen, Rafa? Ich weiß nur, dass ich zu ihnen gehöre, wenn ich den Test bestehe.«

Ohne ein weiteres Wort zu verlieren, gab sich Lalo einen Ruck und ging davon. Bei der Kreuzung überquerte er die Straße und er dachte daran, noch einmal zurückzublicken, aber er tat es nicht. Die Ampel wechselte schon wieder auf Rot, als er auf der anderen Straßenseite ankam und auf das Tor zusteuerte.

Die Leute, die an ihm vorübergingen, interessierten ihn nicht. Erst als er beim Tor ankam, schaute er sich noch einmal sichernd nach allen Seiten um.

Ein silbergrauer Nissan Pickup, der auf der anderen Straßenseite stand, fiel ihm nicht weiter auf. Der Pickup hatte Möbelstücke geladen. Einen bemalten Schrank und ein paar Stühle und einen Tisch. Zwei Männer lösten Seile, mit denen die Möbelstücke festgemacht waren. Ein dritter Mann unterhielt sich mit dem Besitzer des Möbelladens.

Auch Rafa streifte den Pickup nur mit einem Blick. Seine Augen folgten Lalo über die Straße auf das rosarote Haus zu. Dann fiel ihm ein Mann auf, der mit übereinandergeschlagenen Beinen an einem Auto lehnte und in einer Zeitschrift blätterte. Er beobachtete den Mann mehrere Minuten lang. Der Mann schien ihm verdächtig, aber dann kam eine junge schöne Frau aus einem Schuhladen und der Mann machte die Zeitschrift zu und öffnete die Seitentür für die Frau.

Rafas Blicke hetzten kreuz und quer durch die Gegend, blieben kurz an Lalo hängen, der vor der Eingangstür des rosaroten Hauses stand.

Jetzt blickte Lalo kurz über die Schulter zurück.

Rafa zeigte seinem Freund den erhobenen Daumen, obwohl er nicht so recht wusste, ob tatsächlich alles in Ordnung war. Lalo drückte auf den obersten Klingelknopf einer Gegensprechanlage. Ein leeres Namensschild war unter dem Lautsprecher angebracht. Kein Name.

Es dauerte nur einige Sekunden, bis sich jemand meldete.

»Was ist?«, fragte eine Frauenstimme.

»Ich habe eine Verabredung mit Tex«, sagte Lalo.

»Tex?«

»Dem Cowboy«, präzisierte er.

»Gut. Komm herein. Du weißt, wo du uns findest.«

»Ja.«

Am Tor klickte das Schloss.

Lalo drückte gegen den Knauf und die eine Hälfte des Tors öffnete sich.

Dahinter befand sich ein gewölbter Durchgang, der in einen Innenhof führte. Lalo stieg die Treppe hinauf in den zweiten Stock und sein Herz begann zu pochen, während er Stufe um Stufe hochging. Die Wohnungstür wurde ihm von einer dunkel gekleideten, ziemlich schlanken Frau mit dunkelrot geschminkten Lippen und straff zurückgekämmtem, schwarzem Haar, aufgemacht.

»Hallo, Lalo«, sagte sie und ließ ihn eintreten.

Sie nannte ihm ihren Namen nicht und führte ihn in einen Raum, der bis auf ein paar wenige Möbelstücke leer war.

»Bitte warte hier«, sagte sie und es war mehr ein Befehl als eine Bitte.

Lalo blieb in der Mitte des Raumes stehen, während sie eine Tür öffnete und in einem anderen Raum verschwand.

In der Wohnung lief leise Musik.

Lalo war versucht, zum Fenster zu gehen und auf die Straße hinunter zu sehen, aber er rührte sich nicht vom Fleck.

Das Warten machte ihn nervös. Er wischte die Hände an der Hose ab. Sein Mund war plötzlich ausgetrocknet.

Die Frau erschien wieder, blieb im Türrahmen stehen und forderte ihn mit einem kalten Lächeln auf einzutreten.

Im nächsten Raum waren die Fenster mit bunten Tüchern

verhängt. Keine Möbel. Plastik am Boden. Plastik an den Wänden. Nur ein einzelner Stuhl mit Rückenlehne stand in diesem Raum.

Auf dem Stuhl saß ein fast nackter Mann. Lalo bemerkte sofort, dass seine Füße an die vorderen Stuhlbeine gefesselt waren. Der Mann saß aufrecht, mit dem Rücken hart an der Lehne. Hinter der Lehne, das konnte Lalo nur erahnen, mussten seine Handgelenke am Stuhl festgebunden sein. Am Boden, auf dem Plastik unter dem Stuhl, lag ein schmutziges T-Shirt.

Der Mann hob den Kopf, als Lalo eintrat.

Dunkle Augen starrten Lalo an. Augen voller Todesangst.

Lalo wich ihnen aus, indem er zum Cowboy hinüber blickte, der weiter hinten stand, die Arme über der Brust verschränkt und ein zufriedenes Lächeln im Gesicht, mit dem er Lalo zeigen wollte, wie zuversichtlich er war, dass dieser den Test bestehen würde.

Lalo blieb stehen. Im Halbdunkel, rechts hinter dem Stuhl, lehnten drei Männer an der Wand.

Das Licht, das vom Innenhof durch die Tücher sickerte, reichte nicht aus, damit Lalo viele Einzelheiten an den drei Männern hätte erkennen können.

Einer schien Jeans zu tragen und ein schwarzes glänzendes Hemd mit langen Ärmeln. Um den Hals trug er eine blitzende Goldkette. Ein anderer, der über ein stattliches Bäuchlein verfügte, war so klein, dass er den anderen kaum bis an die Schultern reichte. Dafür hatte er einen großen Kopf mit weit auseinanderstehenden Augen und einem Schnurrbart. Das musste El Piojo sein, der große Boss.

Trotz des schlechten Lichts fielen Lalo auf den ersten Blick die hellen Krokodillederstiefel auf, die El Piojo an seinen kleinen Füßen trug. Sobald er das Geld dazu hatte, wollte auch er sich ein Paar teure Krokodillederstiefel kaufen.

Der dritte stand im Schatten der anderen. Er war dunkel gekleidet. Lalo konnte undeutlich sein Gesicht erkennen, ein hageres Gesicht mit tief liegenden Augen. Das konnte der Mann sein, der El Pistolero genannt wurde, einer, der schon als Killer für El Piojo gearbeitet hatte, bevor ihn dieser zu seiner rechten Hand machte.

»Da ist er«, sagte die Frau zu den drei Männern.

»Guten Tag, Hilario«, sagte der mit der Goldkette um den Hals. »Schön, dass du kommen konntest. Es ist uns nicht verborgen geblieben, dass du einen Freund mitgebracht hast, dem du glaubst vertrauen zu können.«

Lalo spürte, wie ihm das Blut in den Kopf stieg.

»Er ist wie mein Bruder«, verteidigte er sich und seine Stimme zitterte ganz leicht.

Der Mann, den Lalo für den Pistolero hielt, trat vor. Es überraschte Lalo, wie jung er war. Sein pomadisiertes Haar war auf der linken Seite sorgfältig gescheitelt. Im Ausschnitt seines dunklen Streifenhemdes hing ein kleines Kreuz mit einem blutroten Edelstein im Zentrum. An seinem linken Handgelenk blitzte eine klotzige Uhr.

»Du bist pünktlich, Hilario«, sagte er mit einem fremdländischen Akzent in seinem sonst einwandfreien Spanisch. »Das gefällt mir. Ich mag unzuverlässige Leute nicht. In unserem Geschäft muss man sich auf seine Freunde verlassen können. Vertrauen, Hilario, das ist eine ganz andere Sache. Vertrauen muss man sich verdienen.«

Der Mann trat neben den Stuhl, auf dem der Gefesselte saß. Er legte ihm seine rechte Hand auf die Schulter.

»Das ist Ernesto Diaz. Man nennt ihn auch El Sapo, die Kröte. Aber ich werde ihn nicht Kröte nennen. Er soll als Mann sterben und nicht als Kröte, verstehst du? Obwohl er nicht für uns arbeitete, ist er einer von uns. Ein Sicario wie du einmal einer sein wirst. Sein Beruf ist ein ehrenwerter Beruf, der des ehrenwerten Richters und der des ehrenwerten Henkers.« Der Mann lachte auf. »Pech, dass wir ihn erwischten, als er einen von uns umlegte. Hat ihm einfach in den Rücken geschossen, als dieser seine kleine Tochter auf den Arm nahm und sich wieder aufrichtete, um ihr einen Kuss zu geben. Du kannst dir vorstellen, was geschehen ist, Hilario.«

Lalo nickte, obwohl in seinem Kopf alles durcheinander geriet, sodass er nicht mehr fähig war, einen einzigen klaren Gedanken zu fassen oder irgendetwas von dem, was dieser Mann sagte, zu begreifen

»Die Kugel hat ihn glatt durchschlagen und leider auch seine kleine Tochter getötet.«

Lalo nickte erneut und starrte den Mann auf dem Stuhl an. Der Schweiß lief dem Mann in Strömen über das blasse Gesicht, das zu einer Maske erstarrt schien.

»Nicht wahr, Ernesto, es ist so geschehen, wie ich es erzählt habe?«, sagte der Mann mit dem Goldkreuz und es war mehr eine Feststellung als eine Frage.

»Es … es tut mir leid«, presste der Mann auf dem Stuhl hervor. »Das wollte ich nicht. Es war ein Unglück. Es war ein furchtbares Unglück.«

»Ich weiß, ich weiß«, sagte der Mann mit dem Goldkreuz versöhnlich. »Wir sind auch nicht nachtragend. So was kann schon mal passieren. Aber du weißt, dass du dafür bezahlen musst, Ernesto. Das weißt du doch, nicht wahr?«

Der Mann senkte den Kopf. Seine Schultern begannen zu zucken. Er weinte und er schämte sich seiner Tränen.

Der Mann mit dem Goldkreuz klopfte ihm auf die Schulter. Dann trat er einen Schritt weg vom Stuhl und streckte die rechte Hand nach hinten aus.

»Gib mir mal die Knarre, Tex«, sagte er, ohne sich umzusehen.

Tex war der Cowboy. Eine riesige Silberschnalle mit dem goldenen Kopf eines Longhorns, die der Cowboy am Gürtel trug, blinkte auf.

Er reichte dem dunkel gekleideten Mann eine Pistole. Dieser bedankte sich höflich und betrachtete die Pistole mit dem aufgesetzten Schalldämpfer, als hätte er noch nie zuvor eine solche Waffe gesehen. Dann trat er auf Lalo zu.

»Hier«, sagte er. »Das ist eine belgische FN Five Seven. Ich benutze dieselbe Pistole, wenn ich mal was erledigen muss. Ich mag keine halbautomatischen Schnellfeuergewehre. Ich bin ein echter Pistolero, Hilario, und die Waffe meiner Wahl ist die FN Five Seven. Sie tötet ohne großes Zutun. Du brauchst sie nur zu entsichern, genau zu zielen und abzudrücken. Übrigens, den Schuss hört niemand außer uns. Und er natürlich auch. Aber das ist das letzte, was er hören wird. Den Schuss.« Der Gedanke an den Knall des Schusses schien den Mann leicht zu amüsieren. »Danach ist Schluss«, sagte er mit einem Lächeln.

Der Pistolero wollte Lalo die Waffe übergeben, aber Lalo machte keine Anstalten, sie ihm aus der Hand zu nehmen.

»Hier, nimm sie schon in die Hand, Hilario. Sie hat ihm gehört.« Er zeigte auf den schwitzenden und weinenden Mann auf dem Stuhl.

»Jetzt gehört sie dir.«

Lalo schluckte und spürte dabei, dass seine Zunge am Gaumen klebte. Für eine Sekunde fiel ihm Rafa ein, der unten auf der Straße stand. Und Loretta. Und die Kinder im Heim. Und seine Mutter.

»Nimm sie schon, Junge«, forderte ihn der Mann ein zweites Mal auf. »Sie ist ein handliches kleines Meisterwerk. Ihre Kugeln vom Kaliber fünfkommasieben mal achtundzwanzig Millimeter durchschlagen sogar kugelsichere Westen, wie sie von Bullen der Migra und den Soldaten getragen werden. Ich glaube, du wirst dich nicht mehr so leicht von dieser schönen Waffe trennen wollen, wenn du sie einmal gebraucht hast, Hilario.«

Lalo spürte, wie ihm der Schweiß von der Stirn übers Gesicht lief. Er war bereit gewesen, einen Mord zu begehen, als er das Haus betreten hatte, aber jetzt musste er feststellen, dass ihm die Kaltblütigkeit dazu fehlte. Und die Kaltblütigkeit war in diesem Moment nicht nur notwendig, sie war absolut unentbehrlich.

Der Pistolero, der ihm die Waffe geben wollte, schien Verständnis mit Lalo zu haben.

Er nickte ihm aufmunternd zu. Ein bisschen geringschätzig auch, dachte Lalo.

»Ernesto ist eine Kröte, Hilario. Schau ihn dir an. Weint Rotz und Wasser. Dabei wusste er immer, dass er eines Tages bezahlen muss. Daran geht kein Weg vorbei. Und was hat dieser arme Teufel schon, mit dem er bezahlen könnte, wenn nicht mit seinem Leben? Frag ihn, ob er sich sein Leben erkaufen könnte. Frag ihn!« Der Pistolero lachte.

»Würde er dich töten, wenn ich ihn losmachte und ihm die Pistole zurückgäbe?«, fragte er und beantwortete sich die Frage gleich selbst. »Ohne mit der Wimper zu zucken, würde er dir die Mündung dieser Pistole auf die Stirn setzen und abdrücken. Er ist das, was du werden willst, Hilario. Ein Sicario. Ein Auftragskiller. Er hat viele Leute umgebracht. Frag ihn, Hilario. Frag ihn, wie viele Menschen er getötet hat!«

Lalo gab sich einen Ruck.

»Ich … ich will es nicht wissen«, antwortete er, und er strengte sich dabei sehr an, seiner Stimme einen festen Klang zu geben. Trotzdem zitterte sie unüberhörbar.

»Dann frag ich ihn.« Der Pistolero trat näher an den Stuhl heran. »Ernesto, sag dem Jungen, wie viele du bis jetzt umgelegt hast.«

Der Mann auf dem Stuhl hob den Kopf. Er sah jetzt furchtbar schwach aus. Völlig aus der Fassung. Er öffnete den Mund, Speichelfäden in den Mundwinkeln und an den Lippen.

»Ein Dutzend?«, fragte der Pistolero.

»Ich will nicht sterben«, stöhnte der Mann auf dem Stuhl.

»Also, sagen wir mal, du hast ein Dutzend umgelegt. Was meinst du, wie viele der Junge hier umlegen wird?«

»Der ist zu jung«, stieß der Mann gequält hervor.

Der Pistolero wiegte den Kopf.

»Wie alt warst du denn beim ersten Mal?«

»Sechsundzwanzig.«

»Mit sechsundzwanzig hast du dich entschlossen, ein Sicario zu werden und einen Mord auszuführen?«

Der Mann auf dem Stuhl nickte und fing an zu schluchzen.

Der Pistolero lachte.

»Reiße dich am Riemen, Ernesto!«, forderte er ihn auf. »Das ist alles nicht so schlimm. Wir müssen alle mal sterben, manche ein bisschen früher, manche ein bisschen später. Wie alt bist du jetzt?«

»Vierunddreißig.«

»Vierunddreißig?«

»Ja. Ich habe vier Kinder. Meine Frau ist vor zwei Jahren krank geworden und gestorben. Ich muss die Kinder versorgen.«

»Ah, das hättest du tun sollen, Ernesto Diaz. Stattdessen hast du dein Leben aufs Spiel gesetzt. Du hast mehrere von uns umgebracht. Das streitest du zwar ab, aber wir wissen, dass du es getan hast. Ich sage nicht, dass du bis ins Knochenmark schlecht bist, Ernesto, aber ich sage, dass du die falschen Entscheidungen getroffen hast. Ein Sicario kann sich keine vier Kinder leisten, weil er nie weiß, wann der Tag kommt, an dem er selbst mit seinem Leben bezahlen muss. Was wird aus deinen Kindern, Ernesto? Sie werden sehr aufgewühlt sein, wenn sie erfahren, dass du getötet worden bist. Und sie werden auf Rache sinnen und wir werden alle Hände voll zu tun haben, unsere Kinder vor deinen Kindern zu schützen. Das heißt wiederum, dass uns vermutlich nichts anders übrig bleiben wird, als irgendwann auch deine Kinder zu töten. Schau dir diesen Jungen hier an. Der ist noch keine sechzehn Jahre alt. Er hat keine Eltern. Keine Geschwister. Das macht es für ihn einfach, richtig zu entscheiden. Glaubst du, er denkt daran, irgendwann mal eine Frau zu schwängern, und zwar gleich mehrere Male?

Nein, er denkt daran, wie er seine Furcht überwinden kann, die ihm so sehr zu schaffen macht, dass er vielleicht wieder nach Hause geht, ohne den Test bestanden zu haben.«

»Dann lass ihn gehen«, flehte der Mann.

»Er will aber kein Versager sein und sein restliches Leben immer wieder daran denken müssen, dass er im entscheidenden Moment nicht das getan hat, was er hätte tun sollten, um ein Sicario zu werden.«

Der Mann auf dem Stuhl atmete durch den weit geöffneten Mund ein und aus, als bekäme er kaum mehr Luft.

Der Pistolero seufzte.

»Tut mir leid, Ernesto. Ich wollte dir das alles ersparen, dieses lange Leiden. Du könntest längst tot sein und deine Frau in die Arme schließen. Das willst du doch, oder? Du willst zu deiner toten Frau?«

»Ich will …«, keuchte Ernesto, und es waren die einzigen beiden Worte, die er über die Lippen brachte. Das Wort, das er wahrscheinlich sagen wollte, herausschreien wollte, war »leben«. Das wollte er. Leben.

Der Pistolero sah jetzt Lalo an und streckte ihm die Waffe noch einmal entgegen. Lalos Hand griff jetzt automatisch nach ihr. Seine Finger umklammerten Griff der FN Five Seven. Die Pistole fühlte sich schwer an. Zu schwer für seine Hand. Er wollte sie auf den Kopf von Ernesto richten, aber der Pistolero schüttelte den Kopf. »Warte, Hilario«, sagte er. Dann bückte er sich, hob das T-Shirt vom Boden auf, um es dem Mann um den Kopf zu wickeln, aber der Mann wollte das nicht.

Der Pistolero ließ das T-Shirt zu Boden fallen und nickte Lalo zu.

Lalo hob die Pistole. Seine Hand zitterte ein wenig.

Es waren etwa vier Meter, die sich Lalo vom Mann im Stuhl entfernt befand. Er machte drei Schritte auf den Stuhl zu.

»Moment«, sagte der Pistolero und hob seine schmale blasse Hand ein bisschen. »Es ist eine schmutzige Angelegenheit.«

Er wich mehrere Schritte zurück, denn er fürchtete, von Blutspritzern getroffen zu werden.

Auch die anderen Männer wichen zurück.

Lalo sah sich nach dem Cowboy um. Dieser nickte ihm aufmunternd zu.

Lalos Blick streifte die Frau bei der Tür. Das kalte Lächeln schien in ihrem blassen Gesicht festgefroren.

Vielleicht war es dieses Lächeln, das ihn die Angst zu überwinden half. Er machte den vierten Schritt, setzte Ernesto Diaz die Mündung des Schalldämpfers auf die Stirn und wunderte sich selbst darüber, wie ruhig seine Hand plötzlich war.

Der Mann auf dem Stuhl hob den Kopf.

»Verschone mich und meine Kinder«, stieß er heiser hervor.

Lalo hörte es, aber die Worte des Mannes verstand er nicht.

Fest presste er die Lippen zusammen.

Er atmete jetzt nicht mehr.

Er war bereit.

Jetzt war er bereit.

Sein Finger am Abzug krümmte sich. Der Mann auf dem Stuhl riss die Augen unendlich weit auf. So als wollte er die Kugel, die ihn töten würde, aus der Mündung des Schalldämpfers austreten sehen.

Nur, der Schuss fiel nicht.

Kein Knall. Keine Kugel, die ihn zwischen die Augen in die Stirn traf. Kein Mündungsfeuer und kein Rauch, der ihm die aufgerissenen Augen verbrannt hätte. Kein Blut, das gegen den herunterhängenden Plastik an der Wand hinter ihm klatschte.

Ein hartes metallisches Klicken war das einzige Geräusch, das die Pistole von sich gab.

Eine Sekunde lang erstarrte Lalos Finger am Abzug. Dann krümmte er ihn noch einmal und noch einmal, und er begann zu schreien und setzte Ernesto die Mündung so hart auf die Stirn, dass Ernestos Kopf zurückfiel und der Stuhl beinahe nach hinten kippte.

Erst als der Pistolero Lalo am linken Arm packte und zurückriss, hörte er auf zu schreien.

Als wäre er jäh aus einem Albtraum aufgewacht, starrte er ungläubig die Pistole in seiner Hand an. Sein Finger war gekrümmt, der Abzug durchgezogen.

So sehr er sich in diesem Moment auch anstrengte, die Pistole versagte ihm ihren Dienst. Er konnte es nicht fassen. Warf den Kopf herum. Streckte dem Pistolero die Waffe entgegen, als wäre sie es, die ihn betrogen hatte.

»Sie … sie wollte nicht!«, stieß er hervor.

Der Pistolero schüttelte den Kopf. Dann fing er an zu lachen. Und die anderen fingen auch an zu lachen. Sie lachten aus vollem Hals und ihr Lachen befreite Lalo. Sein Finger löste sich vom Abzug der Pistole. Er sah den Mann auf dem Stuhl an. Der Mann weinte und lachte zugleich. Tränen und Schweiß liefen ihm über das Gesicht. Sein Blick irrte im Zimmer umher, von einem der lachenden Männer zum anderen. Vielleicht glaube er, dass er es geschafft hatte. Vielleicht, glaubte er, dass er am Leben bleiben würde.

Lalo verstand die Welt nicht mehr. Alles, was er in diesem Moment begriff, war, dass er den Test bestanden hatte.

Er war bereit gewesen. Als es darauf ankam, hatte er seine Gefühle in den Griff bekommen, seine Angst vor dem ersten Mal niedergerungen.

Lalo hätte Ernesto getötet, hätte die FN Five Seven funktioniert. Und das wiederum hieß, dass er von heute an ein Sicario war. Ohne Wenn und Aber.

Er war stolz. So stolz, dass ihm auch fast die Tränen kamen. Tränen der Erleichterung und Freude, die er fast nicht zurückhalten konnte. Er verzog sein Gesicht und begann zu lachen. Jetzt war die Reihe an ihm und keiner der anderen lachte mit ihm. Sie staunten über ihn, diesen Jungen, der lachte, um nicht weinen zu müssen, der jetzt die Pistole in seiner Hand anschaute und dabei noch lauter lachte.

Der Pistolero kam auf ihn zu und zeigte Lalo eine Handvoll Patronen.

»Sie ist ungeladen, Hilario«, erklärte er verblüffend ruhig.

Das Lachen blieb Lalo im Hals stecken. Er nahm ihm die Patronen aus der Hand, klinkte das Magazin aus und begann, es mit den Patronen zu füllen. Die Männer studierten ihn dabei und sahen, dass er gelernt hatte, mit der Pistole umzugehen. Hart schob er das Magazin in den Pistolengriff zurück.

»Was ist mit ihm?«, fragte er den Pistolero. »Soll ich es jetzt tun?«

Der Pistolenmann lächelte.

»Aber nicht doch, Junge.« Er streckte die Hand aus, in der er zuvor die Patronen gehalten hatte, öffnete sie, als wollte er irgendwas ergreifen und schloss langsam die Finger, bis aus der Hand eine Faust wurde. »Sein Leben gehört mir.«

Tex, der Lalo den Umgang mit den Waffen beigebracht hatte, kam herüber und hieb Lalo die Hand auf die Schulter.

»Gut gemacht, Junge«, sagte er. »Du hast dir deine Sporen verdient.«

Die Frau lächelte nur. Kaum anders, als sie vorhin gelächelt hatte.

Der kleine Mann trat auf Lalo zu und sah ihn von unten herauf an.

»Du weißt, wer ich bin, nicht wahr?«

Lalo nickte.

»Man nennt mich El Piojo, die Laus«, sagte der Mann stolz. »Ich bin dafür bekannt, meine Leute gut zu behandeln und ihre Leistungen entsprechend zu belohnen. Hier, nimm meine Hand, Hilario Gutierrez. Du gehörst jetzt zur Familie.«

Der Händedruck des kleinen Mannes war schwach, sein Mund mit den schmalen Lippen ein Strich unter dem Strichbärtchen. Ohne ein weiteres Wort zu verlieren, gab El Piojo Lalos Hand frei, ging an ihm vorbei und verließ den Raum.

Einer der Männer, der sich bis jetzt im Hintergrund gehalten hatte, folgte ihm wie ein Schatten.

Die Frau machte ihnen die Tür auf, ohne sie wieder zu schließen.

»Komm«, forderte sie Lalo auf. »Du hast die Prüfung bestanden.«

Sie führte Lalo in einen anderen Raum, in dem ein Schreibtisch stand. Sie setzte sich dahinter, öffnete eine Schublade und holte einige Geldscheine heraus, die sie ihm auf der Schreibtischplatte hinblätterte.

»Das sind fünfhundert Dollar, Hilario. In Fünfzig-Dollar-Scheinen. Du kannst mit dem Geld machen, was du willst. Geh und kaufe dir etwas Anständiges zum Anziehen. Denk daran, es kann Tage dauern, bis du einen Auftrag bekommst. Das Geld muss bis dahin reichen. Du kannst nicht herkommen und mehr Geld verlangen. Du wirst mit zwei anderen zusammenarbeiten. Die wirst du in El Paso treffen. Hier, das ist eine Telefonnummer, die du noch anrufen solltest, sobald du drüben bist.«

Sie legte einen Zettel auf die Geldscheine.

»Präge dir die Nummer auf dem Zettel so schnell wie möglich ein. Präge dir fortan alle Nummern und Namen ein. Schreib nichts auf. Keine Zahlen. Keine Namen. Keine Adressen. Nichts. Welche Namen hast du im anderen Raum beim Test gehört?«

Lalo kratzte sich im Nacken.

»Meinen«, sagte Lalo. Und den des Mannes auf dem Stuhl, der Ernesto Diaz heißt.«

»Vergiss den Namen!« Die Stimme der Frau klang plötzlich messerscharf. »Sonst noch einen Namen?«

»Tex.«

»Und sonst?

»Niemand sonst hat irgendwelche Namen genannt. Aber ich denke, dass El Piojo da drin ...«

»Den kennt jeder, Hilario, und er braucht sich nie zu verstecken, weil er der Boss ist. Der, den niemand berühren kann.«

»Sonst hat niemand einen Namen genannt«, sagte Lalo noch einmal.

»Gut. Denk dir für dich selbst einen Decknamen aus. Irgendeinen Namen, auf den du hören wirst. Der Name eines Filmstars oder eines Superhelden.«

»Mir fällt im Moment keiner ein.«

»Das brauchst du nicht jetzt zu tun. Aber wenn du den Auftrag bekommst, hast du einen Decknamen.«

»Von wem werde ich den Auftrag erhalten?«

»Von uns. Vielleicht werde ich es sein, die dich anruft. Vielleicht ist es El Pistolero. Du wirst für den ersten Auftrag etwa zehntausend Dollar erhalten. Das Geld wirst du mit den beiden andern, mit denen du zusammenarbeitest, teilen müssen. Jeder bekommt gleichviel. Bei zehntausend Dollar bekommt also jeder wie viel?«

»Dreitausenddreihundertdreiunddreißig Dollar und dreiunddreißig Cent.«

»Fabelhaft, Hilario. Ich gratuliere dir. Wahrscheinlich bist du einer der wenigen Sicarios, die Kopfrechnen können. Also, greif zu. Nimm das Geld.« Sie tippte mit dem Zeigefinger auf die Noten und den Zettel. »Und vergiss nicht, die Jungs in El Paso erwarten deinen Anruf.«

Lalo nahm die Geldscheine und den Zettel und stopfte alles in die rechte Tasche seiner Jeans.

»Und noch was, Hilario: Von heute an bist du ein anderer Mensch. Du wirst niemandem mehr trauen, verstehst du, nicht einmal deinem Freund. Auch sonst niemandem. Du bewegst dich ab heute in einer gefährlichen Welt, aus der es keinen Weg zurück gibt. Leute die du noch nicht kennst, werden dir nach dem Leben trachten. Ich weiß nicht, ob dich jemand beobachtet hat, als du hierhergekommen bist. Ich weiß auch nicht, ob unsere Gegner nicht schon längst wissen, dass wir dich ausgebildet haben. Dieser Krieg hier ist der schlimmste aller Kriege. Du weißt nicht, wer deine Feinde sind und wer deine Freunde. Eigentlich, Hilario, hat einer wie du keine Freunde. Deshalb wirst du dieses Kinderheim verlassen und woanders wohnen. Die Jungs in El Paso werden dafür sorgen, dass du wo unterkommst. Es geht nicht, dass ein Sicario im Kinderheim wohnt, klar?«

»Klar«, nickte Lalo. »Und was ist mit meinem Freund?«

»Rafael Robles.«

»Ja, Rafa ist mein Freund.«

»Könnte aus ihm ein Sicario werden?«

Lalo lachte auf. »Aus Rafa? Niemals. Der kann keiner Fliege ein Haar krümmen.

Die Frau lächelte ihr übliches Lächeln.

»Haben Fliegen Haare, Hilario?«

»Das … das weiß ich nicht, aber …«

»Möglicherweise haben Fliegen eine Glatze, Hilario«, unterbrach ihn die Frau lächelnd. »Trotzdem verstehe ich selbstverständlich, was du mir sagen wolltest. Rafa könnte nie jemanden umbringen, auch nicht für viel Geld. Also bleibt unser Interesse für ihn auf eure Freundschaft beschränkt. Du wirst dich deshalb bald von ihm trennen müssen, wenn dir sein Leben etwas bedeutet. Und noch einen Rat, den du dir zu Herzen nehmen sollst: Lass dir das Geld, das du verdienen wirst, nicht zu Kopfe steigen. Und nimm dich vor den Mädchen in Acht. Vor den Bräuten der Sicarios. Sie sind durchtriebener als du, Hilario. Sie wissen, was sie wollen. Und was sie wollen, ist Geld und Sex. Rede mit ihnen nicht über deine Arbeit. Beschenke deine Freunde sparsam, egal ob mit Sex oder mit Geld. Einige von ihnen sind nie satt. Und wenn sie dich nicht mehr brauchen, töten sie dich.«

»Ich mache mir nicht viel aus Wei… aus Mädchen.«

»Gut. Hier in Juarez gibt es genug junge Mädchen, die auf den Strich gehen. Hol dir bei ihnen, was du brauchst.

Bezahle sie anständig aber nie zu großzügig. Du wirst leicht an Drogen herankommen, wenn du Geld hast. Gib ihnen das Zeug, das sie haben wollen. Meth. Crack. Marihuana. Die geben dir alles dafür. Und denk daran, mach's ihnen nie ohne Gummi.«

Lalo nahm die Unterlippe zwischen die Zähne.

Die Frau lächelte nun nicht mehr.

»Also, worauf wartest du noch? Du kannst gehen. Dein Freund erwartet dich. Hasta luego, Hilario. Geh hin und wieder in die Kirche und bete.«

»Für Sie, Señora?«

»Für dich.«

Lalo drehte sich etwas eckig um und verließ den Raum.

Das kalte Lächeln der Frau begleitete ihn die Treppe hinunter und durch die Tür hinaus ins gleißende Licht des Tages.

Von der Sonne geblendet nahm Lalo das Handy aus seiner Hosentasche. Mit zusammengekniffenen Augen spähte er zu Rafa hinüber. Der stand noch immer dort, wo er ihn zurückgelassen hatte.

Einige Sekunden lang bewegte Rafa sich nicht. Dann hob er den Daumen.

Lalo steckte das Handy in die Hosentasche zurück und überquerte die Straße.

Rafa sah ihn forschend an.

»Was ist?«, grinste Lalo. »Was schaust du mich so an?«

»Ist es ab heute verboten, dich anzuschauen?«, gab ihm Rafa zur Antwort.

»Nein, natürlich nicht. Es ist dein Blick, Rafa. Du schaust mich an, wie du das noch nie zuvor getan hast.«

»Wie denn?«

»Argwöhnisch. So, als hätte ich böse Absichten dir gegenüber.«

»Nein, das traue ich dir nicht zu. Das nicht.«

»Was dann?« Lalo lachte. »Willst du was sehen? Hier, schau her.« Er hob den Saum seines verschwitzten T-Shirts leicht an und ließ Rafa einen Blick auf den Griff der Pistole werfen, die in seinem Hosenbund steckte.

»Was ist das?«, entfuhr es Rafa.

Lalo lachte auf. »Was denn? Eine Pistole.«

»Sehe ich, dass das eine Pistole ist.«

»Das ist eine FN Five Seven.« Lalo griff in die Hosentasche und brachte einige Geldscheine zum Vorschein. Schnell schaute er sich um. Es befand sich niemand in der Nähe, der sie beobachtete. In hohlen Händen, so als wollte er etwas ganz Kostbares vor zerstörerischen Blicken schützen, ließ er Rafa die Geldscheine sehen.

»Fünfhundert Dollar«, flüsterte er und steckte das Geld sofort wieder in die Hosentasche zurück.

»Fünfhundert Dollar?« staunte Rafa »Wofür hast du das viele Geld bekommen?«

»Das ist mein Handgeld. Ich bekomme jede Woche fünfhundert Dollar.«

»Was musst du dafür tun?«

»Nichts.«

»Das glaube ich dir nicht. Niemand bekommt von irgendwem fünfhundert Dollar umsonst.«

»Ich hab's dir gesagt. Es ist mein Handgeld. Weil ich bereit sein muss, verstehst du? Ich bin ab heute Angestellter von El Piojo und des Sinaloa Kartells.«

»El Piojo?«

»Genau der, Rafa. El Piojo, die Laus. Der kleinste Drogenboss auf der Welt. Ein Meter zweiundfünfzig. Jeder kennt ihn. Jeder weiß, wer er ist und dass er Rodolfo Castro heißt, aber es ist weder der Polizei noch der Armee noch den Killern von Kiki Benitez gelungen, ihn abzuknallen.«

»Ein Angestellter von El Piojo«, stieß Rafa scharf hervor. »Verbrecher wie El Piojo haben keine Angestellten, Lalo. Es sind alles Mörder oder Schmuggler, die für ihn arbeiten. Und es sind korrupte Politiker und Polizisten, die ihnen zur Hand gehen und dafür Geld erhalten. Da du kein Politiker und mit einer Pistole bewaffnet bist, nehme ich einfach mal an, dass du von ihnen als Mörder angeheuert worden bist und dafür dein Handgeld bekommen hast.«

Lalo drehte Rafa den Rücken zu. Einige Sekunden lang stand er so da, abgewandt von seinem Freund, irgendwohin starrend, ohne etwas zu sehen. Als er sich wieder umdrehte, lächelte er.

»Ich habe noch niemanden umgebracht«, sagte er und packte Rafa am Oberarm. »Komm, lass uns von hier verschwinden. Und mach kein solches Gesicht, Rafa. Ich habe wirklich niemanden umgebracht. Mein T-Shirt ist nass vom Schweiß und ohne einen einzigen Blutfleck. Auch meine Hände sind sauber. Hier, schau sie dir an. Kein Blut, Rafa. Kein Spritzer.«

Rafa fuhr sich mit gespreizten Fingern durchs Haar.

»Noch sind deine Hände sauber, Lalo. Aber was wirst du tun, wenn sie von dir verlangen, den ersten Mann umzubringen?«

Lalo zuckte die Schultern. Er blickte dabei auf die Straße hinaus. Eben fuhren zwei Jeeps mit Soldaten vorbei, die schwarze Schusswesten trugen und Helme. Auf dem hinteren Jeep war hinten ein Maschinengewehr montiert. Auch Rafa blickte den Jeeps hinterher.

»Es sollen in Ciudad Juarez fünftausend Soldaten im Einsatz sein«, sagte er eindringlich. »Du solltest es dir überlegen, Lalo.«

»Was denn?«

»Was du tun wirst, wenn sie dir den ersten Auftrag geben.«

»Wie soll ich das denn wissen, Rafa? Jetzt ist nicht die Zeit, über solche Dinge nachzudenken. Jetzt gehen wir zusammen ins Plaza de las Americas-Shopping Center und kaufen uns mit diesen schönen Gringo-Scheinen neue Jeans und T-Shirts und schöne Stiefel aus Krokodilleder und wir brauchen unbedingt beide ein neues Handy, damit wir uns nie verlieren.«

Noch einmal packte Lalo seinen Freund beim Oberarm und zog ihn mit sich zum Straßenrand, wo ein altes, völlig verbeultes Taxi stand.

Sie fuhren damit bis zum Shopping Center. Beim Bezahlen der Fahrt fragte der Fahrer beiläufig, ob ihnen vielleicht jemand gefolgt sei.

Sie schüttelten beide ihre Köpfe.

Der Taxifahrer hob die Schultern. »Na dann«, sagte er. »Vaya con Dios, muchachos.«

Lalo und Rafa sahen einander kurz an. Dann spähten sie durchs hintere Fenster des Taxis. Sie befanden sich auf einem riesigen Parkplatz direkt vor dem Haupteingang des Shopping Centers. Leute gingen am Taxi vorbei auf den Eingang zu. Andere kamen heraus, schleppten Plastiktüten.

Ein Streifenwagen der Polizei fuhr langsam an ihnen vorbei.

Der Beifahrer blickte herüber. Unwillkürlich zog Lalo seinen Kopf etwas ein.

»Ist uns denn jemand gefolgt?«, fragte Rafa den Fahrer.

Der Fahrer drehte sich auf seinem Sitz um.

»Ein schwarzer SUV«, sagte er. »Ford. Dunkle Scheiben. Texas Nummernschild. Er ist mir aufgefallen, weil sich der Fahrer bemühte, immer auf Distanz zu bleiben und uns trotzdem nicht zu verlieren.«

»Sehen Sie ihn jetzt noch irgendwo?«

»Nein. Als wir auf den Parkplatz einbogen, fuhr er geradeaus weiter. Es kann also gut sein, dass ich mich geirrt habe, Jungs. Es kann gut sein, dass der Ford nur zufällig die gleiche Strecke fuhr.«

»Haben Sie gesehen, wer drin saß?«

»Nein. Ich sagte ja schon, der Fahrer bemühte sich, auf Distanz zu bleiben. Ich hätte schwören können, dass er uns folgt, aber jetzt bin ich mir nicht mehr so sicher.«

Der Taxifahrer zuckte noch einmal mit den Schultern und wischte sich anschließend mit einem Taschentuch den Schweiß von der Stirn.

Rafa und Lalo stiegen aus. Als das Taxi davongefahren war, schauten sie sich nach allen Seiten um.

»Da ist nichts«, sagte Lalo. »Kann sein, dass das nichts mit uns zu tun hat. Kann aber auch sein, dass wir beobachtet werden.«

»Vielleicht sollten wir zurück über die Grenze«, schlug Rafa vor.

»Ach was. Lass dich nicht verrückt machen. Der Taxifahrer hat sich bestimmt geirrt, Rafa. Außerdem ist die Fahrt über die Grenze bereits arrangiert. Wir können nicht einfach alle Pläne über den Haufen werfen, nur weil du die Hosen voll hast. In zwei Stunden treffen wir uns mit unserem Fahrer.«

»Und wenn uns doch jemand gefolgt ist?«

»Warum sollte das jemand tun?«

“Kommt drauf an, wer es ist.”

“Warum?”

“Vielleicht sind es deine neuen Freunde, die dir noch nicht richtig trauen. Es können aber auch Auftragskiller eines anderen Kartells sein, das dich ausschalten will, bevor du richtig angefangen hast.«

»Blödsinn, Rafa. Niemand kennt mich! Ich bin neu in diesem Geschäft. Komm jetzt, wir gehen einkaufen. Es gibt nirgendwo schönere Cowboystiefel als hier.«

Lalo drehte sich um und ging auf die Glastüren des Shopping Centers zu. Rafa blickte sich schnell noch einmal um, aber er entdeckte den schwarzen Ford nicht, der im Schatten eines Baumes stand, eingeklemmt zwischen einem Kastenwagen und einem Pickup.

Lalo wartete bei der Glastür.

»Was ist? Kommst du?«, rief er seinem Freund zu.

Rafa wäre am liebsten davongelaufen. Die Brücke über den

Rio Grande und damit über die Grenze war nur etwa zwei Kilometer entfernt. Er hätte diese zwei Kilometer zu Fuß gehen können, obwohl es an diesem Nachmittag brütend heiß war.

Zwei Kilometer.

Bis zum Eingang des Shopping Centers waren es nur zehn Schritte.

*

Sie saßen in einer Bankreihe in der Kirche, dort wo die Statue des Heiligen Ignacios aufgebahrt war.

Lalo hatte sich in einem Friseurladen im Plaza de las Americas-Shopping Center die Haare schneiden und stylen lassen. Er fühlte sich gut. Wie neu geboren. Die Frisur gefiel ihm. Hollywood Style. Kurze Strähnen, die ihm in allen Richtungen vom Kopf abstanden, so als wäre ihm jemand kreuz und quer mit den Fingern durchs Haar gefahren.

Für Rafa sah er eher merkwürdig aus, in seinen neuen Klamotten, dem weißen Hemd, der Goldkette um den Hals, den modischen Jeans und den neuen Krokodillederstiefeln. Und seiner neuen Frisur.

An der Goldkette hing nicht ein Amulett mit der Heiligen Maria von Guadalupe, wie bei Rafa, sondern ein Medaillon mit einem goldenen Skorpion darauf.

Unterwegs zur Kirche, auf einem von Unkraut überwucherten Grundstück, wo ein Haus abgerissen worden war, setzten sie sich auf die Überreste einer Grundmauer. Das Grundstück erschien Rafa wie eine kleine Insel in einer Welt die vor geschäftigen Menschen, Lärm und Gestank, aus allen Nähten zu platzen schien. Lalo war unruhig. Vielleicht, dachte Rafa, hat es etwas mit dem schlechten Gewissen zu tun.

»Macht es dir etwas aus, wenn ich einen Joint rauche?«

»Du hast mich noch nie gefragt, Lalo.«

»Dann frag ich dich jetzt.«

»Tu was du willst. In letzter Zeit tust du sowieso was du willst, allen Warnungen zum Trotz.«

Lalo drehte sich einen Joint, aber er war ungeduldig und schaute immer wieder zur Straße hinüber, wo Leute vorbeigingen. Der Joint fiel ihm aus den zitternden Fingern zu Boden. Er zertrat ihn mit dem Absatz eines der neuen Stiefel, die seine Füße zierten.

»Komm, wir gehen.«

»Wohin.«

»Wo wir sicher sind, dass es nicht plötzlich knallt.«

Sie verließen die kleine Insel. Auf der Straße blieb Lalo kurz stehen und blickte sich um. Vor einem Restaurant war ein Streifenwagen der Federales geparkt. Die beiden Polizisten redeten auf einen alten Mann ein, der sich weigerte, einen Einkaufswagen voll mit Müll herzugeben.

»Ich hasse diese Bastarde«, sagte Lalo verächtlich.

Sie gingen weiter, nahmen eine Abkürzung und erreichten die Kirche. Dort setzten sie sich in eine der Bankreihen. Die Luft war kühl hier drin und roch einschläfernd gut. In der vordersten Bankreihe knieten einige alte Frauen im Gebet versunken. Suchten sie Trost oder waren sie nur gekommen, um nicht allein zu sein dort draußen im Getümmel?

Rafa nahm eine Box aus der Tragtasche, auf der eine lachende junge Frau abgebildet war, die sich ein Handy ans Ohr hielt. In der kleinen Box befand sich ein Smartphone, das sich Lalo im Shopping Center gekauft hatte, und zwar das neueste aller neuen Handys.

Lalo begann den Rest des Geldes zu zählen. Von den fünfhundert Dollar waren etwas mehr als hundert übrig geblieben. Genau waren es hundertacht Dollar und neunundsiebzig Cent.

Lalo zählte das Geld zweimal. Dann ein drittes Mal, jetzt aber nur noch die Noten. Sie fühlten sich gut an. Noch nie hatte er so viel Geld in der Hand gehabt wie heute.

Lalo schnupperte an seinen Fingern. Sie rochen nicht nach Blut. Sie rochen nach Geld. Und nach Haar-Gel.

Lächelnd steckte er das Geld in die linke Hosentasche und behielt nur einen Zehndollarschein in der Hand. Gönnerisch zeigte er Rafa den Schein, als wollte er ihn verschenken, aber Rafa beachtete ihn kaum.

»Du liegst falsch wenn du denkst, dass an diesem Zehndollarschein Blut klebt, Rafa.«

Rafa gab ihm keine Antwort, sah ihn nicht einmal an. Er starrte die aufgebahrte Statue des Heiligen Ignacio an. Still lag er da in seinem Priestergewand, schien klein und ausgemergelt im Flackerlicht der Opferkerzen. An seinem Gewand hingen Ansichtskarten von Gläubigen, die ihm auf ihren Reisen vertraut hatten. Andere hatten kleine Hände und Füße aus Blech zurückgelassen, und Blechherzen.

»Gut, ich erzähle dir, was im rosaroten Haus passiert ist. Ich weiß nicht, ob du es verstehen wirst, aber ich erzähle es dir trotzdem. Und ich gebe zu, dass ich bereit war, einen Mann zu töten, den sie auf einem Stuhl festgebunden hatten. Es sollte eine Prüfung sein. Einer gab mir die Pistole und ich habe sie dem Mann auf die Stirn gesetzt und abgedrückt, aber die Pistole war nicht geladen. So, jetzt weißt du, was passiert ist, und wenn du mir nicht glaubst, kann ich auch nichts machen.«

Lalo stand auf und ging etwas steif zum Opferstock, faltete die Zehndollarnote zusammen und schob sie durch den Geldschlitz.

Dann setzte er sich wieder und zeigte Rafa den Zettel mit der Telefonnummer, den er von der Frau erhalten hatte.

Er versuchte sich die Nummer einzuprägen – eigentlich wusste er sie bereits auswendig, aber er fürchtete, dass er sie später doch wieder vergessen könnte.

Trotz der Warnung, die ihm die Frau mit auf den Weg gegeben hatte, dachte er daran, die Nummer in seinem neuen Handy einzuspeichern, aber der Akku war noch nicht aufgeladen, und das alte Handy wollte er von der Brücke in den Rio Grande werfen, wo es mit all den gespeicherten Daten seiner Vergangenheit für immer im feinen Schwemmsand auf dem Grund des Flusses verschwinden würde.

Heute begann für Lalo ein neues Leben.

»Sobald wir wieder drüben sind, rufen wir die Nummer an«, flüsterte er.

Rafa kniete sich hin, faltete die Hände und begann zu beten.

Lalo steckte den Zettel in die Brusttasche seines neuen Hemdes. Als er sich niederknien wollte, fiel ihm ein, dass seine Jeans fast hundert Dollar gekostet hatte. Also blieb er stehen und neigte nur den Kopf.

Eigentlich war ihm nicht nach Beten zu Mute. In seinem neuen Leben gab es für Gott nur wenig Platz. Und doch, dachte er, man kann nie wissen, ob es nicht Folgen haben könnte, ihn aus seinem Herzen zu verbannen. Also betete er.

Sie beteten beide leise, flüsterten ihre Gebete in die gefalteten Hände. Rafa betete für seinen Freund und wusste, dass Lalo für ihn betete. Das hatten sie immer getan, solange sie beide zurückdenken konnten.

»Wenn einer für sich selbst betet, meint er es vielleicht nicht ernst genug, damit ihm Jesus oder die heilige Mutter Maria gern zuhören«, hatte Lalo irgendwann einmal gesagt, als sie zusammen gebetet hatten. »Vielleicht wäre es besser, wenn du für mich betest, Rafa, und ich für dich.«

Das hatten sie fortan getan und sie taten es auch an diesem Tag, und als sie die Kirche verließen, kamen Rafa Zweifel, ob es wirklich noch etwas nützte, wenn Lalo für ihn betete.

Lalo ging nämlich nur noch selten in die Kirche. Oft musste ihn Loretta beinahe zwingen, musste ihm ins Gewissen reden und ihn daran erinnern, dass er sich auf einem schmalen Grat bewegte, auf dem ein kleiner Fehltritt genügte, um ihn in die Hölle abstürzen zu lassen, oder zumindest ins Fegefeuer.

»Glaubst du überhaupt noch an Gott?«, fragte ihn Rafa, als sie draußen in der hellen Sonne standen.

Die Luft roch nach Auspuffgasen der hupenden Autos, die im

Stau steckten, nach Staub aus der Wüste und nach Burritos, die ein Mann an einem kleinen Stand am Straßenrand verkaufte.

Sie gingen zum Stand, kauften sich je einen Burrito mit Ziegenfleisch, Bohnen und Reis und zwei Flaschen Coca Cola und setzten sich auf eine Bank. Beim Essen betrachteten sie die vorübergehenden Menschen und die Autos und Rafas Frage, die hing zwischen ihnen, und schließlich, Lalo hatte mehr als die Hälfte seines Burritos gegessen, sagte er, dass er nie aufhören würde, an Gott zu glauben, da ihn Gott auf seinem Weg beschützen würde.

»Aber du bist bereit gewesen, einen Menschen zu töten, Lalo. Das kann Gott niemals gutheißen.«

»Dieser Mann im rosaroten Haus hat viele Menschen auf dem Gewissen.«

»Wenn er ein Sicario ist, ist das sein Job.«

»Nein, er ist kein richtiger Sicario. Er ist ein heruntergekommener Meuchelmörder.«

»Das sagst du so leicht, als gäbe es da wirklich einen Unterschied.«

»Es gibt einen Unterschied, Rafa. Er arbeitet für Kiki Benitez.«

»Und du?«

»Ich? Ich arbeite für die Guten.«

»Die Guten? Wenn du heute den Mann umgebracht hättest, wärst du schon jetzt ein Mörder. Ganz egal für wen du arbeitest.«

»Wir sind die Guten«, beharrte Lalo eigensinnig. »Vergiss das nicht. Ich werde nie einen Unschuldigen umbringen, egal was man mir dafür bezahlen würde. Die, die ich umbringen werde, haben den Tod verdient.«

»Weil sie Menschen umgebracht haben?«

»Ja. Sie haben Unschuldige getötet.«

»Woher weißt du, dass die Menschen, die der Mann getötet hat, unschuldig waren. Wer hat dir das gesagt? El Piojo vielleicht? Oder der Mann, der dir das Schießen beigebracht hat?«

»Ich weiß, dass er sogar unschuldige Kinder umgebracht hat.«

»Wieso bist du dir so sicher?«

»Er hat es zugegeben.«

»Als er dachte, dass du ihn töten wirst, hat er das zugegeben? Und du hast ihm geglaubt?«

»Es gibt keinen Grund, an seinen Worten zu zweifeln, Rafa.«

»Nein, du hast es geglaubt, weil du es glauben wolltest, Lalo«, erwiderte Rafa spöttisch. Dass er alles gesagt hätte, um sein Leben zu retten, das willst du nicht wahrhaben! Er hätte dir in seiner Lage sogar gestanden, seine eigenen Kinder umgebracht zu haben. Begreifst du das denn wirklich nicht?«

Lalo sah seinen Freund verblüfft an. »Spinnst du?! Ich bekomme einen Auftrag. Glaubst du im Ernst, ich denke darüber nach, ob der Mann, den ich töten soll, mir die Wahrheit sagt oder nicht? Ein Sicario wird nicht dafür bezahlt, sich solcherlei Gedanken zu machen. Ein Sicario ist ein Auftragskiller, Rafa. Einer der dafür bezahlt wird, einen Mann aus dem Weg zu räumen. Aus.«

Rafa biss ein Stück von seinem Burrito, zerkaute es langsam. Der Burrito schmeckte gut. So wie sie von seiner Mutter gemacht worden wären, dachte er.

"Sicario, dieses Wort benutzt du so oft, Lalo. Weisst du was ich denke? Ich denke, dass du nicht mehr zu retten bist."

»Es ist nur ein Wort, Rafa. Die Kolumbianer benutzen es mehr als wir. Der Pistolero kommt aus Kolumbien. Er benutzt es. Die meisten Leute wissen nicht einmal, was es bedeutet.«

»Killer", schnappte Rafa. »Ich habe es in einem Latein Wörterbuch nachgelesen. Es hat etwas mit Meuchelmord zu tun und mit Dolch.«

Er nahm einen Schluck vom eiskalten Cola.

Dabei fiel ihm ein Junge auf, der einen kleinen Hund auf den Armen hatte. Der Junge ließ sich vom kleinen Hund das Gesicht lecken.

»Siehst du den Jungen dort drüben?«

Lalo schaute in die Richtung, die ihm Rafa mit dem Kopf andeutete.

»Ja. Was ist mit ihm?«

»Denkst du, dass er einen Vater hat?«

Lalo zuckte mit den Schultern.

»Er hat vielleicht einen Vater, den du einmal töten musst. Oder seinen Bruder.«

Lalo sah seinen Freund von der Seite verständnislos an.

»Rafa, du bist verrückt.«

»Warum? Es könnte doch sein.«

»Denk dir lieber keine solchen Sachen aus.«

»Weil du dann Gewissensbisse kriegst?«

»Ich?« Lalo lachte. »Nein, ich habe dir doch schon gesagt, dass ich mir keine solchen Gedanken mache. Wenn ich meinen ersten Auftrag bekomme, werde ich ihn ausführen ohne lang darüber nachzudenken, wer der Gute ist und wer der Böse. Und auch du solltest dir keine solchen Gedanken machen, Rafa. Das ist nicht gut. Man wird verrückt, wenn man sich zu viele düstere Gedanken macht. Vielleicht hat der Junge gar keinen Vater. Vielleicht hat er nur diesen kleinen Hund. Soll ich ihn mal fragen?« Lalo erhob sich von der Bank. »Hey, Kleiner!«, rief er dem Jungen zu. Der Junge blickte auf. Die Angst kroch ihm in die Augen. Er wollte davonlaufen, aber Lalo winkte ihn heran.

»Komm mal her!«, rief er auf Spanisch. »Hier, ich hab was für dich und deinen Hund.«

Lalo streckte die Hand mit einem Rest des Burritos aus. Der Junge zögerte.

»Du brauchst keine Angst zu haben, Kleiner. Ich tu dir nichts. Wenn du willst, kaufe ich dir einen Burrito.«

Der Junge gab sich einen Ruck und kam näher. In einem Sicherheitsabstand von einigen Schritten blieb er stehen. Der Hund wollte ihm vom Arm springen, aber der Junge erlaubte es ihm nicht.

»Ich will dich was fragen, Kleiner«, sagte Lalo.

Der Junge verzog den Mund und nickte.

»Hast du einen Vater und eine Mutter?«

Jetzt kniff der Junge die Augen etwas zusammen. Diese Frage hatte er nicht erwartet.

»Sag es mir, Kleiner. Hast du einen Vater?«

Der Junge verneinte mit einem Kopfschütteln.

»Du hast keinen Vater?«

»Nein«, murmelte der Junge.

»Aber du hast doch wenigstens eine Mutter, oder? Jeder der auf die Welt kommt, hat eine Mutter.«

»Ich nicht«, antwortete der Junge. »Ich habe nur meinen Hund. Und ich gebe ihn nicht her, falls es das ist, was du von mir willst.«

Lalo lachte. »Ach was, Kleiner, dein Hund ist dein Hund. Komm, ich kaufe dir einen Burrito.«

»Gib mir lieber das Geld«, sagte der Junge.

»Du willst lieber das Geld?«

»Ja. Gib mir lieber das Geld.«

»Ich habe ein altes Handy, das ich nicht mehr brauche.«

»Ich brauche kein altes Handy.«

Lalo gab dem Jungen ein paar Dollar und der Junge ging ziemlich eilig davon, weil er sich fürchtete, Lalo könnte ihm die Scheine gleich wieder wegnehmen.

Aber Lalo schaute ihm nicht einmal nach. Er setzte sich zu Rafa auf die Bank, trank einen Schluck und aß ein Stück von seinem Burrito.

Er sagte nichts. Schweigend saßen die beiden nebeneinander.

Schließlich stand Rafa auf. Sein Schatten fiel über Lalo.

»Und?«, fragte er hart.

Lalo hob den Kopf.

»Nichts und«, grinste er.

Rafa holte tief Luft.

»Okay«, sagte er. »Er hat keinen Vater. Das ändert aber nichts an der Tatsache, dass du Väter umbringen wirst, Lalo.«

»Ich werde kaum dazu kommen, einen zu fragen ob er ein Vater ist oder nicht, Rafa. Ich werde hingehen und ihn töten. Das ist alles. Das ist, was ein Sicario zu tun hat und ich werde ein guter Sicario sein. Vielleicht sogar der beste, den es gibt.«

»Ein Super-Sicario.«

»Ja, genau das werde ich sein, verlass dich darauf!«

Sie erhoben sich, ließen die Pappteller, die Servietten und die leeren Cola Flaschen auf der Bank zurück und verließen den Park.

Zur vereinbarten Zeit befanden sie sich dort, wo sie von dem Taxi erwartet wurden, das sie bereits über die Grenze gebracht hatte. Nur der Fahrer war jetzt ein anderer, aber auch er hatte keine Mühe, sie durch die Grenzstation zu schleusen.

In der Mitte der Brücke warf Lalo sein altes Handy in einem hohen Bogen aus dem Fenster und über den hohen Maschendrahtzaun in den Fluss.

Es versank sofort im rotbraunen Wasser, das hier träge ostwärts floss, die Grenze entlang bis zum Golf von Mexiko.

Das Taxi brachte sie zu einer Busstation. Von dort aus rief Lalo mit Rafas Handy die Nummer an. Er kannte sie jetzt wirklich auswendig.

Jemand nahm den Anruf an, sagte aber nichts.

»Hola«, sagte Lalo. »Ich bin's.«

»Wer?«

»Ich. Ich soll euch anrufen. Ich bin der Dritte.«

»Der Dritte?«

»Ja. El Tercero«

»Bueno, geh zur Kreuzung East Sixth und South Virgina. Wir holen dich dort ab.«

»Ich bin nicht allein. Mein Freund …«

Lalo hörte auf zu reden, weil die Verbindung abgebrochen worden war. Er gab Rafa das Handy zurück.

»Weißt du wo die Kreuzung East Sixth und South Virginia ist?«, fragte er ihn.

»Irgendwo im Süden der Stadt«, sagte Rafa. »Wo genau weiß ich nicht.«

»Gut, dann nehmen wir ein Taxi.«

»Ich würde jetzt lieber nach Hause gehen.«

»Unsinn. Du kommst mit. Ich brauche dich. Du bist der einzige, auf den ich mich hundertprozentig verlassen kann.«

Lalo legte Rafa den Arm um die Schulter.

»Wir sind Freunde, auf immer und ewig«, beschwor er ihn.

Sie nahmen das nächste Taxi und fuhren zur verabredeten Kreuzung. Unterwegs packte Lalo sein neues Handy aus, küsste das Display-Glas und schob es in die Hosentasche. Die Gebrauchsanweisung faltete er zusammen und steckte sie in die Gesäßtasche seiner neuen Jeans.

Jetzt bin ich ein Mensch, dachte er. Wie neu geboren. Mit einer Pistole, einem Smartphone, neuen Stiefeln und fast hundert Dollar in der Tasche. Zehn habe ich dem Heiligen Ignacio gegeben. Für alle Fälle. Man weiß ja nie, ob es nicht tatsächlich eine Hölle gibt.

Das Nächste, was ich mir kaufe, ist ein Auto. Einen Pickup. Getunt und mit allem Drum und Dran.

Und wenn die Batterie im Handy erst einmal aufgeladen ist, dachte Lalo, gehört mir die Welt.

*

Der Jeep Wrangler, der einige Schritte vor Rafa und Lalo anhielt, war von knallgelber Farbe und fast neu.

Hinter dem Steuer saß ein Junge, der eine Basketballmütze der Dallas Mavericks trug. Sie passte zu einem ärmellosen

Leibchen, ebenfalls in den Clubfarben des Basketball-Teams.

Der Junge hatte einen durchtrainierten Körper mit muskelbepackten Schultern, die Arme voller Tätowierungen, kleinen Kreuzen und merkwürdigen Zeichen und einige aneinandergereihte Buchstaben. Unter seinem linken Auge war eine frisch vernarbte Schramme zu sehen.

Trotzdem schien er Rafa auf den ersten Blick wie unverwundbar.

Der andere, der neben ihm saß, sah noch jünger aus als der Junge.

Er trug seine Mütze mit dem Schild zur Seite und ein viel zu großes schwarzes T-Shirt mit einem Porträt des ermordeten Rappers Tupac Shakur. Als der Jeep anhielt, fingerte er an einem Handy herum, blickte nur kurz auf, dann galt seine Aufmerksamkeit wieder der Musik, die ihm über winzige Ohrstöpsel den Kopf voll dröhnte.

Der hinter dem Steuer hieß eigentlich Martin Miguel Marquez Delgado, aber sein Deckname war Gato, was ganz einfach Katze bedeutete.

Der Kleine hatte noch keinen Decknamen. Er hieß Rodrigo Rocha, aber Gato nannte ihn einfach Kaká. Nicht weil der Kleine hin und wieder vergaß, die Hose runter zu lassen, wenn er kacken musste, sondern weil er ein großer Fan des brasilianischen Fußballers Kaká war.

»Das sind die beiden«, sagte Gato, aber der Kleine neben ihm hörte ihn nicht.

Gato bedeutete Rafa und Lalo mit einem Wink, herzukommen.

Lalo kam der Aufforderung sofort nach, aber seine rechte Hand glitt unwillkürlich zum Saum des weißen Hemdes, das ihm über die Jeans herunterhing und seine Waffe verdeckte.

Gato nahm eine Schachtel Camel aus dem Handschuhfach, in dem seine eigene Pistole, ebenfalls eine FN Five Seven lag. Vorsichtshalber ließ er das Handschuhfach offen, steckte sich eine Zigarette zwischen die Lippen und zündete sie mit einem Feuerzeug an.

Rafa folgte Lalo in einigem Abstand. Er befand sich noch etwa fünf Schritte hinter Lalo, als dieser dicht an der Fahrerseite des Jeeps stehenblieb.

»Man hat mir gesagt, dass du vielleicht einen Freund dabei hast obwohl du weisst, dass du damit gegen die Regeln verstößt«, sagte Gato und lächelte geringschätzig.

Lalo ging nicht darauf ein, sondern kam gleich zur Sache.

»Wozu treffen wir uns hier?«

»Damit wir uns kennenlernen.«

Der Kleine schaltete das Handy aus, blickte auf, schien aber trotzdem nicht ganz da zu sein.

»Wer sind die beiden?«, wollte er wissen.

»Ich bin der Dritte von euch«, erklärte ihm Lalo.

»Und der dort?«, fragte der Kleine und deutete mit einer Kopfbewegung auf Rafa.

»Das ist sein Freund«, erklärte ihm Gato.

Der Kleine verzog sein Gesicht, als hätte er die Bedeutung des Treffens erkannt, und wandte sich wieder seiner Musik zu.

»Steig ein«, forderte Gato Lalo auf.

»Nicht ohne ihn«, antwortete Lalo.

Gatos Augen wurden schmal. Er studierte Rafa, der einige Schritte vom Jeep entfernt stehengeblieben war.

»Wie heißt er?«

»Frag ihn selbst.«

Gato winkte Rafa heran und fragte ihn nach seinem Namen.

»Ich bin Rafa.«

»Okay, ein Name kann alles sein oder gar nichts, Amigo. Meiner ist Gato. Der Kleine da, der andauernd mit seinem Spielzeug herumhantiert, ist Kaká.«

»Kaká? Wieso heißt der so?«

»Weil er ein Fußballspieler ist und den großen Kaká

bewundert. Was du jedoch wirklich wissen musst ist, dass ich dich überall und zu jeder Zeit finden werde, wenn du für uns zu einem Risikofaktor wirst, falls du überhaupt weißt was das ist, ein Risikofaktor?«

»Ich weiß was das ist und ich verstehe auch, was du meinst.«

»Bueno. Dann könnt ihr beide einsteigen.«

»Wohin fahren wir?«, wollte Rafa zuvor wissen und kassierte dafür einen vernichtenden Blick Gatos.

»Du stellst keine Fragen, verstanden? Am besten wäre es für deine Gesundheit, wenn du die Ohren verschließt und den Mund hältst.«

»Und was ist mit Riechen?«, konterte Rafa spöttisch. »Du riechst wie eine Katze, Mann.«

Gato lachte hämisch auf.

»Bin ich, Mann. Ein Panther. Warte nur, bis es Nacht ist, dann wirst du wissen, was ich meine.« Gato warf die halb gerauchte Zigarette in den Rinnstein und wandte sich an Lalo.

»Tercero, das ist ein guter Name für dich. El Tercero. Der Dritte im Bunde. So werde ich dich nennen, wenn du nichts dagegen hast.«

»Es ist mein Name.«

»Bueno. Ich denke, wir werden uns verstehen, du und ich und der Kleine.« Er drehte sich zu Kaká um. »Mach Tercero Platz und hock dich hinten rein mit dem anderen!«, forderte er ihn auf.

Der Kleine wechselte nach hinten. Als Lalo jedoch einsteigen wollte, hinderte ihn Gato mit der ausgestreckten Hand daran. »Kannst du so ein Ding fahren?«

»Ich denke schon«, nickte Lalo.

»Du denkst schon. Ich aber habe gefragt, ob du so ein Ding fahren kannst, nicht, ob du denkst, dass du so ein Ding fahren kannst.«

»Klar kann ich so ein Ding fahren. Manchmal lässt mich Francisco mit seinem Toyota zur Müllhalde fahren.«

»Wer ist Francisco?«

»Unser Gärtner im …« Lalo brach ab. Er sah Rafa an. Rafa zuckte die Schultern. »Ein Freund«, sagte Lalo schließlich.

Gato lachte auf. »Du lernst schnell, Tercero. Je weniger ich über dich erfahre, desto besser für dich. Alles was wir wissen müssen, ist, ob wir uns aufeinander verlassen können. Ich weiß, dass du vom Cowboy gelernt hast, mit verschiedenen Knarren umzugehen und dass du ein treffsicherer Schütze bist. Sonst weiß ich nichts. Deshalb habe ich dich gefragt, ob du ein Auto fahren kannst. Handschaltung, versteht sich.«

»Kann ich«, sagte Lalo.

»Gut, dann setz dich hinters Steuer.«

Lalo ging um den Jeep herum und stieg auf der anderen Seite ein. Rafa sah seinem Freund an, wie nervös er war. Gato setzte sich auf den Beifahrersitz, und lehnte sich zurück.

»Ich sag dir, wo du hinfährst, okay?!«

»Okay.«

»Worauf wartest du noch? Dreh den verdammten Zündschlüssel!«

»Okay.«

Lalo drehte den Schlüssel. Der Motor des Jeeps sprang an.

Lalo legte den ersten Gang ein, gab Gas, ließ das Kupplungspedal los und der Jeep machte einen Satz vorwärts.

Dem Knirps hinten fielen die Mütze vom Kopf und das Handy aus den Fingern. Nur die Stöpsel blieben in seinen Ohren stecken. Er heulte auf, als wäre er haarscharf dem Tod entronnen und begann wie ein Verrückter den Boden des Jeeps nach dem Gerät abzusuchen.

»Herrgott, ich dachte du kannst das Ding fahren, Tercero«, schnappte Gato.

Lalo betätigte den Blinker und reihte sich in den Verkehr ein. Kaká fand endlich seine Verbindung zur Außenwelt, bleckte die Zähne und starrte Rafa einen Moment an, als wäre dieser für das schlechte Anfahren Lalos verantwortlich.

Lalo versuchte sich zu orientieren, aber schon an der nächsten Kreuzung befahl ihm Gato, nach links abzubiegen, dann sofort nach rechts, und an der nächsten Kreuzung wieder nach links.

Sie fuhren jetzt in südlicher Richtung durch einen Außenbezirk El Pasos.

Gato klaubte einen Joint aus dem Handschuhfach des Wranglers und zündete ihn an. Er inhalierte tief und reichte ihn über die Schulter dem Kleinen. Der nahm einen Zug und dann noch einen und bot den Joint Rafa an.

Rafa schüttelte den Kopf. »Nicht für mich«, sagte er nur.

Der Kleine grinste und gab den Joint Gato zurück. Der hielt ihn Lalo vors Gesicht.

»Hier. Vielleicht hilft dir das, cool zu bleiben.«

Er steckte Lalo den Joint zwischen die Lippen, ließ ihn aber nicht los.

Lalo nahm einen Zug, inhalierte tief.

Die Häuser links und rechts der Straße wurden kleiner und armseliger. Der Asphalt war voll ausgewaschener Schlaglöcher und Risse.

Vor manchen Häusern spielten kleine Kinder. Einige saßen auf kleinen rostigen Fahrrädern. Andere standen nur gelangweilt herum. Ein kleines Mädchen ritt auf einem alten Pferd, dem das Fell von den Rippen hing. Ein alter Mann hielt das Pferd an einem langen Halfterstrick.

»Fuck!«, fluchte Gato plötzlich. »Fucking Pendejos!« Er flickte den halb herunter gerauchten Joint auf die Straße hinaus. »Fahr langsamer, Mann.«

Lalo nahm den Fuß etwas vom Gas. »Was ist los?«, fragte er.

»Wir halten bei dieser Tankstelle dort vorne besser mal an.«, antwortete Gato.

»Da ist keine Tankstelle.«

»Da war mal eine Tankstelle«, beharrte Gato. »Jetzt ist es nur noch eine verdammte Ruine.«

Die ehemalige Tankstelle befand sich an einer Kreuzung.Es gab dort nur noch ein Haus, ein weiß getünchtes kleines Haus mit einem Giebeldach und roten Dachziegeln.

Das Haus schien bewohnt. In einem Unterstand daneben stand ein verbeulter Ford Mustang. Die Fenster waren von innen mit Tüchern verhängt worden, sodass man nicht hineinsehen konnte.

Lalo steuerte den Jeep auf den Platz vor der Tankstelle.

Ein Blechdach beschattete die Insel mit den beiden alten Conoco-Tanksäulen, die keine Schläuche mehr hatten. Das Zählwerk der einen Tanksäule war auf 34,99 Cent pro Gallone eingestellt. An der anderen Tanksäule war es von einer Schrotladung zertrümmert worden.

»Stell dich dort in den Schatten des Wellblechschuppens«, forderte Gato Lalo auf.

Lalo parkte den Wrangler, sodass sie die Kreuzung und das Haus im Auge behalten konnten.

Minuten verstrichen.

Nichts geschah.

Kaká schaltete das Handy aus, nahm den Kopfhörer ab und hängte ihn sich um den Hals. Dann griff er in die Rücklehnentasche und brachte eine Knarre zum Vorschein. Er entsicherte sie und hielt sie Rafa vor die Nase.

»Tu die verdammte Knarre zurück, Kaká!«, befahl Gato dem Kleinen. Dieser kam der Aufforderung sofort nach, sicherte die Pistole und verstaute sie wieder in der Tasche.

Gato zündete eine Zigarette an.

»Was tun wir hier?«, erkundigte sich Rafa.

»Keine Fragen, verdammt!«, fauchte Gato ihn an.

Träge vergingen die nächsten Minuten. Keiner sagte etwas. Lalo spürte nur, wie sein Herz schneller zu klopfen begann. Angestrengt starrte er zum Haus hinüber, aber dort rührte sich nichts.

»Was ist los?«, fragte er Gato, der sich an der Narbe unter dem Auge kratzte.

»Ich weiß nicht. Irgendwas stimmt nicht.«

»Wo denn? Dort drüben?«

»Nein. Mir ist, als hätte ich auf der Fahrt zweimal den gleichen Pickup gesehen, aber das kann auch nur ein Zufall gewesen sein.«

»Nissan? Silbergrau?«

Gato drehte den Kopf nach Rafa um.

»Hast du ihn etwa auch gesehen?«

»Nein.«

»Warum weißt du dann, dass…«

Gato brach ab, als auf der löchrigen Straße ein silbergrauer Nissan auftauchte und im Kriechgang an der Tankstelle vorbei fuhr. Hinten auf der Ladebrücke hockten zwei Männer. Wer sich in der Fahrerkabine befand, war nicht zu erkennen. Die Seitenfenster waren beinahe schwarz getönt.

»Fuckin' bastards!«, fluchte Gato. »Das war doch kein Zufall!« Er zog seine FN Five Seven aus dem Hosenbund und entsicherte sie. Der Pickup beschleunigte plötzlich sein Tempo, nahm bei der Kreuzung die rechte Abzweigung und war im nächsten Moment hinter dem Gemäuer der alten Tankstelle verschwunden.

»Los, wir hauen ab!«, brüllte Gato, die Pistole schussbereit in der rechten Hand.

Lalo legte den ersten Gang ein und gab Gas. Der Jeep schlingerte aus dem Stand auf den Platz hinaus, knallte mit dem Heck gegen eine durchlöchertes Benzinfass und drehte sich halb um die eigene Achse.

»Verdammt!«, schrie Gato, »du fährst mir den Wrangler zu Schrott!«

Lalo gab jäh Gegensteuer, schlitterte querstehend auf die Straße hinaus, genau in dem Moment, als der Nissan in einem Höllentempo von der Seitenstraße auf den Parkplatz der Tankstelle einbog.

Die Männer auf der Ladenbrücke des Nissans begannen mit Schnellfeuergewehren auf den Jeep zu schießen.

Eine der Kugeln traf Gato von rechts in die Brust, durchschlug ihn und bohrte sich in die Rücklehne des Fahrersitzes.

Lalo versuchte den Jeep unter Kontrolle zu bringen, aber Gatos Kopf prallte hart gegen seine Schulter und rutschte seinen Arm entlang.

Mit der linken Hand steuerte er den Jeep, während er mit der rechten Hand Gato von sich stoßen wollte. Aber Gatos lebloser Körper war zu schwer und der Knauf des Schalthebels war unter seiner Achselhöhle eingeklemmt.

Der Wagen rammte einen Metallpfosten bei der Einfahrt, schleuderte auf die Straße hinaus und fuhr mit aufheulendem Motor durch die Kreuzung, weg von dem Pickup.

Eine Kugel streifte Lalo an der Seite und riss eine tiefe Schramme über seine Rippen. Der Schmerz ließ ihn aufschreien. Die Windschutzscheibe des Jeeps zersplitterte. Kaká, der Knirps, begann mit seiner Pistole durch das Seitenfenster auf den Nissan zu schießen. Er lachte, als wäre er dabei, sich in einem Computerspiel dem neuen High Score zu nähern.

Rafa versuchte mit beiden Händen Gato von Lalo wegzuzerren, was ihm schließlich auch gelang.

Er stieß Gato auf den Beifahrersitz zurück und hielt ihn fest. Gatos Kopf baumelte bei jeder Richtungsänderung des Jeeps leblos von einer Seite auf die andere. Zwei, drei Kugeln trafen ihn noch, aber die spürte er nicht mehr. Sein Körper war für Lalo und Rafa zum Kugelfang geworden.

Kaká traf mit einem seiner Schüsse die Frontscheibe des Pickup, der auf der Kreuzung wendete, um die Verfolgung des Jeeps aufzunehmen.

Lalo drückte jetzt das Gaspedal bis zum Boden durch.

Der Jeep raste eine schnurgerade Straße entlang in südwestlicher Richtung.

Der Nissan blieb zurück, weil der Fahrer durch die zersplitterte Windschutzscheibe behindert wurde. Sein Beifahrer versuchte, das Glas mit dem Knauf seiner Pistole aus dem Rahmen zu schlagen.

Kaká feuerte die letzte Kugel seines Magazins auf den Nissan ab. Die leergeschossene Pistole schob er in seinen Hosenbund.

»Wo ist die FN?«, schrie er Rafa an, der alle Hände voll zu tun hatte, damit Gato nicht umkippte und Lalo beim Steuern erneut behinderte.

Kaká kletterte über die Rücklehne des Beifahrersitzes und über Gato hinweg. Am Boden fand er die schwere FN, aus der Gato keinen einzigen Schuss abgefeuert hatte, weil er schon zuvor von Kugeln durchsiebt worden war.

Während Rafa mit einer Hand Gato festhielt, klaubte er mit der anderen sein altes Handy aus der engen Tasche der Jeans, um 911 anzurufen, aber als Kaká mit der Pistole Gatos auf den Rücksitz zurückkletterte, schlug er es ihm wuchtig aus der Hand. Das Handy flog aus dem Seitenfenster und schlitterte über den Asphalt in den Straßengraben.

Kaká begann wieder zu schießen, aber nach wenigen Sekunden wurde er selbst von Kugeln getroffen und sackte auf dem Rücksitz zusammen.

Der Nissan fiel auf der Geraden stetig zurück. Zum Ende der Geraden hin betrug der Vorsprung des Jeeps fast einen halben Kilometer.

Lalo wollte die Gelegenheit nutzen, bei der nächsten Querstraße nach Westen abzubiegen.

Ein gelbes Hinweisschild warnte ihn vor der nächsten Kreuzung, aber Lalo sah es viel zu spät. Durch das scharfe Abbremsen und den jähen Richtungswechsel geriet der Jeep fast aus dem Gleichgewicht.

Auf seinen dicken Stollenreifen bockte er seitwärts zum Straßenrand und kippte beinahe um, bevor er einen Graben durchquerte und in die nicht geteerte Seitenstraße abbog. Staub wirbelte von den durchdrehenden Reifen. Die Straße führte durch ein zerfurchtes, unübersichtliches Stück Ödland. Es gab hier keine Häuser mehr. Das Gelände war mit Unrat bedeckt. Plastiksäcke flogen im Wind. Verstreute Autowracks sahen aus wie halb vergrabene Urwelttiere. Schutthaufen überall.

Eine halb zerfallene Holzhütte in einem ausgewaschenen Graben. Mitten auf der Straße lag der ausgemergelte Kadaver eines Pferdes, an dem sich bereits einige Geier vollgefressen hatten.

Im letzten Moment gelang es Lalo durch ein halsbrecherisches Manöver, den Kadaver zu umfahren.

Ein Schwarm von Schmeißfliegen nahm ihm für einen Moment die Sicht. Mit dem rechten Vorderrad des Jeeps geriet er in eine tiefe Furche. Fluchend versuchte Lalo, den Jeep von der Furche weg zu steuern, aber das Rad blockierte plötzlich. Der Wagen raste außer Kontrolle durch einen Graben und auf das Wrack eines gelben Bulldozers zu, der sich in einem Steinhaufen festgefahren hatte.

Vergeblich am Steuerrad drehend, versuchte Lalo, den Jeep wieder unter Kontrolle zu bringen, aber im nächsten Moment prallte das schwere Gefährt mit der rechten Seite gegen den Bulldozer, drehte ab und bohrte sich in eine Böschung. Metall verbog sich. Glas zersplitterte. Die Kühlerhaube sprang auf. Eine Fontäne von Wasserdampf schoss durch eine Staubwolke zum Himmel hoch.

Wie von Geisterhand fing das Radio an zu laufen. Tish Hinojosa sang vom Rio Grande, der durch ihr Leben floss.

Lalo umklammerte noch immer mit beiden Händen das Steuerrad.

Rafa ließ Gato los, sprang aus dem Jeep und versuchte die Seitentür aufzumachen, um Gato vom Sitz zu ziehen. Die Tür klemmte und Rafa wurde sich nach wenigen Sekunden bewusst, dass dieses verbeulte Wrack keinen Meter mehr weiterfahren würde.

Rafa blickte sich nach dem Knirps um.

Kaká lag hinten zusammengekrümmt auf dem Sitz. Aus seinem Mund lief Blut. Er hatte die Augen weit aufgerissen, und als sich Rafa über ihn beugte, kam ein leises Röcheln aus seinem Mund.

»Jesus Christus«, keuchte Rafa. »Es hat Kaká auch erwischt, Lalo!«

Lalo kletterte über die verkeilte Tür hinweg aus dem Jeep. Seine Beine knickten unter ihm ein. Er musste sich am Jeep festhalten, damit er nicht hinfiel.

Ganz leise vernahmen sie das Grollen des Nissan-Motors. Im Schneckentempo, schien es, fuhr der Pickup durch die Wüste, näherte sich ihnen wie ein hungriges Raubtier, das ihre Fährte aufgenommen hatte.

Lalo lief um den Jeep herum. Erst jetzt sah er Kaká zusammengekrümmt auf dem Rücksitz, halb sitzend und halb liegend.

»Was ist mit ihm?«

»Er stirbt.«

»Dann lass ihn. Wir müssen weg von hier!«

Lalo packte Rafa am Arm und wollte ihn vom Jeep wegziehen, aber Rafa riss sich los.

»Wir können ihn nicht einfach hier zurücklassen!«

»Was dann? Er stirbt so oder so.«

Rafa beugte sich noch einmal über den Jungen, aber als er nach den schmalen Schultern griff sah er, wie Kaká die Lider zufielen.

»Er ist tot, Rafa, siehst du das nicht?«, schrie Lalo seinen Freund an. »Komm! Sie sind gleich da!«

Er packte Rafa am Handgelenk und zerrte ihn mit sich den Graben entlang und aus der Staubwolke heraus, die sich um das Wrack herum wie schmutziger Nebel ausgebreitet hatte.

Im Laufen zog Lalo seine FN Five Seven aus dem Hosenbund. Er stolperte und fiel beinahe hin. Im letzten Moment gelang es Rafa, ihn festzuhalten.

»Weiter!«, keuchte Lalo und bemühte sich mit zusammengebissenen Zähnen, sein Gleichgewicht zu halten.

Sie befanden sich in einem unwegsamen Gebiet, mehrere Meilen vom Stadtrand El Pasos entfernt, aber sie wussten nicht, wo genau sie sich befanden. Beide waren noch nie in dieser Gegend gewesen. Hier draußen war nichts mehr, ein Stück Hölle vielleicht, nichts sonst.

Todesangst steckte ihnen tief in den Knochen, umnebelte ihre Sinne, lähmte ihre Glieder. Sie taumelten im Graben in westlicher Richtung und merkten nicht, dass die Straße parallel dazu weiterführte.

Der Boden des Grabens war von tief ausgespülten Wasserrinnen durchzogen, voll mit Geröll. Auf kleinen Inseln wuchs mannshohes Schilfgras. An einigen Stellen war die von Sturzfluten unterhöhlte Uferböschung eingestürzt. Armdicke Wurzeln von Mesquite-Bäumen und Kreosot-Büschen ragten frei aus dem Erdreich.

Lalo fiel einige Male hin, rappelte sich aber jedes Mal sofort wieder auf und lief keuchend hinter Rafa her.

Das Geräusch, das der Nissan-Motor machte, wurde stetig lauter.

Der Pickup quälte sich auf der holprigen Straße über eine Reihe von schmalen Hügeln hinweg und durch tiefe ausgewaschene Gräben, durch die nur Wasser floss, wenn es regnete. Und vor zwei Tagen hatte es geregnet. Ein kurzes, aber heftiges Gewitter war über El Paso hinweggezogen.

Im Graben, in dem Rafa und Lalo ihren Verfolgern zu entkommen versuchten, gab es mehrere Tümpel mit breiigem Wasser. Auch in den Radfurchen der Straße stand an einigen Stellen das Wasser.

Der Nissan kam deshalb nur langsam voran, aber immer noch schneller als Rafa und Lalo.

Dort, wo der Graben und die Straße sich kreuzten, sahen sie den Nissan über einem steinigen Buckel auftauchen. Nur einige wenige Sekunden sahen sie den Wagen, das Gesicht des Fahrers und des Beifahrers im Rahmen, an dem noch einige Splitter der Windschutzscheibe hingen, dann war er wieder in einer der Vertiefungen verschwunden.

Rafa und Lalo kletterten die Böschung hinauf und liefen auf der Straße weiter.

Das Wissen, dass sie keine Chance haben würden, wenn ihre Verfolger sie einholten.

Sie liefen um ihr Leben, aber die Wüste ist kein Ort, dem Menschen zu Fuß leicht entrinnen können.

Die Wüste ist so etwas wie die Hölle auf Erden. Wer lebend aus ihr herauskommen wollte, musste Gott zum Freund haben.

Rafa betete, während er rannte. Er betete für sich und für seinen Freund.

Als sie beide schon fast keine Kraft mehr hatten, erreichten sie die Ruine eines Hauses, wo das fleckig grüne und verbeulte Dach eines Autowracks aus dem Sand ragte.

Lalo war am Ende seiner Kräfte. Er taumelte durch die Fahrrillen und durch den Straßengraben und ließ sich hinter dem Dach des Autowracks fallen. Mit zitternden Fingern entsicherte er seine Pistole.

Rafa suchte hinter einer kleinen Böschung Deckung.

Dort wo der Nissan auf der Straße fuhr, hob sich Staub, formte sich zu einem Wirbel.

Ein kleiner Staubteufel tanzte durch die Hölle.

Wie damals in Hickman, kurz bevor Rafas Eltern ums Leben kamen.

Rafa war damals zu klein gewesen, als dass er ihn hätte sehen können. Jetzt schaute er ihm nach, bis er verschwunden war.

*

Achtundzwanzig Kinder befanden sich in der Casa Loretta und die Señora, wie sie Loretta nannten, gab jedem einzelnen von ihnen das Gefühl, dass sie hier wirklich zu Hause waren, die Großen wie die Kleinen, die Dicken wie die Dünnen, die Dunklen wie die Hellen, die Gescheiten wie die Dummen, die Mädchen wie die Jungen.

Señora Loretta war die Leiterin, aber da war noch der alte Francisco, der in einem der Nebengebäude hauste und dafür zuständig war, den Kindern beizubringen, wie man mit Werkzeugen umging, einen Nagel einschlug ohne ihn zu verbiegen, ein Brett zersägte, im Garten die Ziersträucher stutzte, die sechs Ziegen molk und die Flachdächer mit einer dicken weißen Gummifarbe bestrich, sodass die Sonnenstrahlen besser reflektiert werden und die kleinen Räume sich weniger schnell aufheizten.

Geistliche Unterstützung bekam Loretta von Padre Domingo, der fast jeden Tag den kurzen Weg von seiner kleinen Kirche zur Casa Loretta unter die Sandalen nahm, um den Kindern die Bibel zu lehren und ihnen Geschichten aus jener Zeit zu erzählen, als Jesus von Nazareth mit seinen Jüngern durch ein fernes Land zog, um den Menschen mit dem Glauben an Gott auch eine große Portion Seelenfrieden zu bringen.

Rafa und Lalo liebten diese Geschichten, von denen einige so abenteuerlich klangen, dass sie sich manchmal wünschten, in jener Zeit gelebt zu haben.

Aber sie lebten jetzt und heute. Zusammen mit anderen Kindern und ihren Betreuern.

Für mehr als achtundzwanzig reichten die Betten in der Casa Loretta nicht. Auch die Zuwendungen der Kirche waren knapp bemessen.

Um ihre Dankbarkeit dem Padre und vor allem dem lieben Gott zu zeigen, mussten die Kinder jeden Sonntag in die kleine Kirche Iglesia de Cristo an der Douglas Street zur Messe. Und jeden Abend vor dem Schlafengehen wurde gebetet, sowie vor den Mahlzeiten, und manchmal, wenn Rafa mitten in der Nacht aufwachte, bat er den Herrn, dass Lalo und er immer zusammen bleiben durften.

Etwas anderes, worüber sich Rafa manchmal den Kopf zerbrach, war die Tatsache, dass Lalo außer ihm keinen anderen Freund hatte. Woran das lag, hatte er nicht verstanden, als er noch zu klein war, um sich darüber Gedanken zu machen. Es fiel ihm nur manchmal auf, dass er selbst mit anderen spielte und Lalo immer irgendwie aneckte oder sich einfach fernhielt und nur mit finsterer Miene zuschaute. Später dann wurde ihm klar, dass es Lalo selbst war, der sich gegenüber den anderen abgrenzte, manchmal jedoch mit allen Mitteln versuchte, eine Freundschaft geradezu zu erzwingen, und wenn dies nicht klappte, ihnen ein gemeinsames Spiel verdarb oder jedem einfach nur das Gefühl gab, er hätte etwas falsch gemacht.

Natürlich war das auch Loretta aufgefallen.

Sie bemühte sich sehr um Lalo, damit er seine innere Ruhe finden konnte. So nannte sie es: Die innere Ruhe ist für die Entwicklung eines Kindes von größter Bedeutung.

Ihrer Meinung nach hatte Lalo vor allem Mühe, sein Selbstwertgefühl zu stärken. Oft holte sie Lalo zu sich ins Büro und ließ ihn über sich erzählen, worüber er nachdachte und was ihn bewegte, und manchmal wollte sie von ihm wissen, ob er sich ein Bild von seiner Mutter machen konnte, und Lalo sagte ihr einmal, dass er sie sehen könnte, wenn er nachts wach lag, ihr Gesicht neben seinem Gesicht, und ihre Augen waren geschlossen, als würde sie schlafen, aber er wusste, dass sie tot war.

»Deine Mutter ist aber nicht tot, Lalo. Sie ist am sechsten Tag nach deiner Geburt weggegangen, das ist absolut sicher. Niemand weiß, warum sie wegging und wohin sie gegangen ist und wo sie sich heute aufhält, aber sie ist weggegangen und hat dich der Obhut des Krankenhauses überlassen, wahrscheinlich weil sie dachte, dass du dort sicherer bist als bei ihr.«

»Sie ist tot«, beharrte Lalo. »Ich weiß, dass sie tot ist. Sie lag neben mir im Bett und starb.«

Woher diese Gewissheit stammen mochte, konnte niemand erklären. Nicht einmal Loretta, obwohl sie an der Uni einen Abschluss in Psychologie gemacht hatte.

Kein Mensch kann sich daran erinnern, was er in den ersten Tagen seines Lebens gesehen hat, das war Rafa klar, und trotzdem, wenn Lalo ihm erzählte, wie er einfach dagelegen hatte, still und regungslos neben seiner toten Mutter, und ihr ins Gesicht geblickt hatte, dann klang das so echt, dass er davon eine Gänsehaut bekam.

»Wie kannst du so genau wissen, dass du das gesehen hast, wenn du erst ein paar Tage alt warst, Lalo?«

»Glaubst du mir etwa nicht?«

»Doch. Aber so sehr ich mich auch anstrenge, ich kann mich an gar nichts erinnern von damals. Nicht einmal an das Unglück und das Feuer, in dem mein Vater und meine Mutter starben.«

»Das verstehe ich nicht. Es ist doch geschehen, Rafa. Es ist geschehen. Du hast vielleicht geschlafen, sonst hättest du alles gesehen, was damals passiert ist.«

»Aber ich erinnere mich an rein gar nichts.«

Sie blickten sich in die Augen und es war ihnen klar, dass sie sehr verschieden waren, so verschieden wie es zwei Menschen nur sein konnten.

So wuchsen sie zusammen auf. Im Kinderheim und in den heißen Hinterstraßen von El Paso. Sie gingen zusammen in die Schule. Sie spielten beide Basketball, Lalo besser als Rafa, obwohl er weniger trainierte.

Lalo konnte mit Mädchen wenig anfangen. Oder genauer gesagt war es andersherum. Die Mädchen konnten wenig mit Lalo anfangen. Er war kein Mädchentyp. Wich ihnen aus. Schenkte ihnen kaum Beachtung und wenn, dann von einer geringschätzigen Art, so als wollte er sich dadurch einen Schutz aufbauen, eine unsichtbare Mauer.

Lalo fühlte sich wohl, wenn er sich in den Straßen El Pasos

herumtrieb, in den armen Vierteln im Westen und Süden der Stadt, auf einem Wüstenstrich zwischen der Autobahn und dem Rio Grande, wo halb zerfallene Hütten standen, inmitten von Autowracks und Schrott und Müll.

Aber nicht nur hier trieb sich Lalo herum, er überquerte auch oft den Rio Grande und ging nach Ciudad Juárez, der mexikanischen Schwesterstadt von El Paso.

Für Lalo, und auch für Rafa, war es legal, zu Fuß über die Brücke nach Mexiko zu gehen. Sie brauchten den Beamten meistens nicht einmal ihre Identitätskarte zu zeigen, denn die meisten Beamten kannten sie, wussten, dass sie die Unzertrennlichen waren, Rafa und Lalo aus dem Kinderheim Casa Loretta.

Der Tag, als Lalo zum ersten Mal verhaftet wurde, lag nun schon einige Jahre zurück. Zwölf waren Rafa und Lalo damals gewesen und Rafa erinnerte sich noch gut an alles, was an jenem Abend und in der Nacht geschehen war.

An diesem Freitagabend erschien Lalo nicht zum Abendessen.

Zuerst machte sich niemand wirklich Sorgen um ihn. Auch Rafa nicht. Aber um neun Uhr, als alle Kids auf ihren Zimmern sein mussten, fehlte Lalo noch immer. Um zehn Uhr, beim Lichtausmachen, war er auch nicht zurück.

Rafa konnte nicht einschlafen. Es war viel zu warm im Zimmer. Und die Stadt war am Freitagabend besonders laut.

Der Verkehr lärmte. Das Dröhnen landender und startender Flugzeuge war gut zu hören, obwohl der El Paso Airport fast zwanzig Kilometer vom Kinderheim entfernt lag Immer wieder hörte Rafa die Polizeisirenen der Einsatzwagen und jedes Mal wäre er am liebsten aufgestanden und in die Stadt gegangen, um nach seinem Freund zu suchen.

Er tat es nicht.

Lalo blieb in dieser Nacht mit einem gestohlenen Auto in einer Verkehrskontrolle hängen.

Stoned.

Die Cops machten einen Urintest.

Positiv. Marihuana. Und mindestens ein Bier.

Loretta und Detektiv Burton Mills hatte er es zu verdanken, dass man ihn nicht vor ein Jugendgericht stellte und einsperrte.

Lalo versprach Loretta, fortan ein guter Junge zu sein. Dass er das nicht sein würde, ahnte jeder im Heim, auch Rafa.

Aber Rafa wollte es genau so wenig wahrhaben wie Loretta.

Sie liebte Lalo wie einen Sohn.

Sie liebte ihn mehr als all die anderen Kinder im Heim.

Sogar mehr als Rafa.

*

Eine Woche kümmerte sich Loretta um Lalo. Tag für Tag sah sie nach seiner Verletzung, behandelte die Wunde, damit sie sich nicht entzündete, brachte ihm das Essen ans Bett und half ihm, wenn er zur Toilette musste.

Nicht ein einziges Mal versuchte sie ihn dazu zu bringen, ihr etwas über den Vorfall, bei dem er verletzt worden war, zu erzählen.

Und trotzdem wusste Lalo, dass sie sich Sorgen um ihn machte und ihn deshalb eines Tages zur Rede stellen würde.

An einem Nachmittag hörte er ihre Schritte auf dem Flur. Er wusste, dass sie es war. Loretta war eine kleine schlanke Frau. Federleicht. Obwohl sie über vierzig Jahre alt war, hatte sie sich ihre jugendliche Figur erhalten.

Lalo ließ die FN Five Seven unter dem Kopfkissen verschwinden, legte sich lang, drehte sich auf die Seite und schloss die Augen.

Die Schritte verstummten vor der Zimmertür. Fast eine halbe Minute verstrich, bevor Loretta anklopfte.

Lalo rührte sich nicht. Er spürte, wie die Pistole durch das Kopfkissen gegen sein Gesicht drückte, und er dachte einen

Moment daran, wie schwierig es gewesen war, sie in jener Nacht, als Loretta ihn und Rafa nach Hause brachte, vor ihr zu verbergen.

Rafa hatte ihm dabei geholfen, indem er die Waffe an sich nahm und sie zuerst einmal unter seinem Bett versteckte.

Seither waren sieben Tage vergangen.

Die Wunde an seiner Seite schmerzte nicht mehr so sehr wie in der ersten Nacht, als ihn die Schmerzen keine Sekunde schlafen gelassen hatten. Nur beim Bücken machte sie ihm noch Schwierigkeiten.

Loretta klopfte noch einmal.

Lalo rührte sich nicht.

Jetzt öffnete sie die Tür und betrat das Zimmer mit den beiden Betten, dem Schrank und dem Tisch mit den beiden Stühlen.

Es war ein karg eingerichteter Raum, mit einem großen alten Bücherregal, in dem Rafa und Lalo ihre persönlichen Dinge aufbewahrten, ein paar Stofftiere, eine Harley Davidson aus Plastik, einige wenige Bücher und DVDs, und eine kleine CD-Sammlung. An der Wand waren Poster von Bands, die sie mochten, von Rappern und Rockern.

Loretta setzte sich auf einen der Stühle. Wortlos betrachtete die Bilder an den Wänden, die Stofftiere im Bücherregal, die Bibel, die auf dem Tisch lag, alles Dinge, die Lalo und Rafa miteinander geteilt hatten, seit sie ins Kinderheim gekommen waren.

Zwei Babys, beide von Schicksal hart getroffen, vom Alter her nur ein paar Monate auseinander und trotzdem so verschieden wie Tag und Nacht.

Rafa, der gute, und Lalo, der schlechte.

Nein, so einfach kann es nicht sein, dachte Loretta immer.

Auch jetzt war sie zuversichtlich, dass sich alles zum Guten wenden würde, wenn es ihr nur gelänge, Lalo zur Vernunft zu bringen und ihn auf den richtigen Weg zu führen.

Sie stand auf, ging zum Fenster und stellte die Lamellen des Rollladens so, dass Sonnenlicht ins Zimmer fiel.

Es war Nachmittag. Im Haus herrschte eine fast gespenstische Stille.

Francisco kämpfte sich bei der Frontmauer des Gartens mit einem Maulbeerbaum ab, den er mit einem Fuchsschwanz trimmen wollte. Diese Geräusche gehörten zur Stille.

Die meisten Kinder waren in der Schule, die kleinen im Kindergarten. Es war heiß draußen. Im Haus war es kühl. Die dicken Wände des alten Hausteils, die mit Adobeziegeln errichtet worden waren, isolierten die kleinen Räume gut. Außerdem lief die Klimaanlage.

Loretta schaute Francisco beim Arbeiten zu. Sie merkte nicht, wie Lalo sie aus einem halb geschlossenen Auge beobachtete, da sie ihm den Rücken zugedreht hatte.

Nach einigen Minuten ging sie zu seinem Bett.

»Lalo, ich weiß, dass du wach bist. Wenn du nichts dagegen hast, will ich jetzt mit dir reden.«

Lalo drehte sich auf den Rücken und stemmte sich auf den Ellbogen hoch. Dabei blinzelte er in die Lichtstreifen, die das Zimmer bis an sein Bett in dünne Scheiben zerlegten.

»Es sind sieben Tage vergangen, seit jemand auf dich geschossen hat, Lalo. Es ist Zeit, dass wir miteinander reden.«

»Ich bin eben erst aufgewacht«, sagte Lalo und streckte sich gähnend.

Loretta zog einen der Stühle ans Bett und setzte sich wieder hin. Sie schaute ihm in die Augen. Diese dunklen, unschuldigen Augen, in denen in diesem Moment kein Schatten den Schein zu trügen vermochte, dass Lalo ein Engel war. Ein Engel, der in einem Wirbelsturm zur Welt gekommen ist, dachte Loretta.

»Sie haben mir sehr geholfen, Loretta«, begann Lalo sachte, und er wollte dabei nach ihrer Hand greifen, um sie zu drücken, aber Loretta zog sie in dem Moment zurück, als seine Finger sie berührten.

Er merkte es wohl, aber er tat, als wäre die kurze Berührung eher ein purer Zufall gewesen.

»Auch Rafa verdanke ich viel«, fuhr er fort. »Dabei habe ich ihn in große Gefahr gebracht, Loretta. Ich bin schuld an dieser …«

»Lalo!«, unterbrach sie ihn, »es geht jetzt nicht nur um die Dinge, die geschehen sind. Ich will …«

»Ich weiß, es geht um meine Zukunft, Loretta.«

»Lalo, du sollst mir einfach nur zuhören! Ich will nicht, dass du mich andauernd unterbrichst. Es ist sehr wichtig, dass du mir genau zuhörst, denn es geht wirklich um deine Zukunft.«

Loretta sagte es ruhig, aber eindringlich genug, um Lalo die Wichtigkeit dieses Gesprächs begreiflich zu machen. Er setzte sich auf und lehnte sich mit dem Rücken gegen die Wand am Kopfende des Bettes, wo unter einem Holzkreuz der Rosenkranz hing.

»Darf ich etwas sagen, bevor Sie beginnen?«

»Wenn du meinst, dass es wichtig ist und ich dann besser verstehe, wie es mit dir weitergehen soll.«

»Das ist es eben. Ich wollte nur sagen, dass es mir leid tut und ich mich entschlossen habe, von nun an einen anderen Weg zu gehen.«

Sie sah ihn an. Sah ihn nur an, müde, etwas traurig und auch zweifelnd.

»Ehrlich, Loretta, ich schwör es, ich kann es. Ich kenne den Unterschied zwischen Gut und Böse. Ich weiß, dass es eine Grenze gibt zwischen Gut und Böse. Ich weiß, dass ich diese Grenze überschritten habe, aber ich finde einen Weg zurück, glauben Sie mir.«

Loretta nickte.

»Wie immer klingst du sehr überzeugend. Aber wie oft habe ich dir schon geglaubt? Wie viele Male blieb es nur bei deinem guten Vorsatz? Ich bin diesmal nicht zur Polizei gegangen, aber ich fürchte, dass ich damit einen großen Fehler gemacht habe, nach dem, was dort draußen in der Wüste geschehen ist.«

»Es ist …«

»Es sind Menschen ums Leben gekommen«, schnitt sie ihm das Wort ab. »Ein Junge in deinem Alter, von dem man nicht einmal den Namen weiß. Und ein Junge von dreizehn Jahren, der in Laredo schon vor einigen Monaten als vermisst gemeldet wurde. Du …«

»Ich habe sie nicht getötet, Señora Loretta. Ehrlich, ich habe …«

»Ja, aber du warst mit ihnen im Auto.«

Lalo lachte auf.« Hat Ihnen Rafa erzählt, was geschehen ist?«

»Nein. Rafa versucht seit vielen Jahren dir ein guter Freund zu sein. Er leidet sehr darunter, das müsstest du eigentlich sehen. Aber du siehst es nicht. Du hast kein Gefühl entwickelt für die Bedürfnisse deines Freundes. Du weißt nicht, was es heißt, darauf zu achten, dass du die Menschen die dich lieben nicht verletzt. Ich muss es dir ehrlich sagen, Lalo, ich fürchte um dich, und das nicht erst seit ich dich dort draußen abholte. Sag mir, was ich falsch gemacht habe! Du bist bei uns, seit du ein Baby warst. Was habe ich in dieser Zeit alles falsch gemacht?«

»Nichts, Loretta«, beteuerte Lalo. »Nein, nein, Sie brauchen sich ganz bestimmt keine Schuld zu geben. Sie haben Rafa und mich genau gleich behandelt und ich weiß, dass Sie uns beide so lieb haben, als wären wir Ihre eigenen Kinder.«

»Was ist es dann, Lalo?«

»Ich weiß es nicht. Ich weiß nicht, wieso ich so bin wie ich bin. Ich bin nicht auf die Welt gekommen und habe mir gedacht, wow, ich werde ein schlechter Mensch und mach später Dinge, mit denen ich allen Menschen, die mich lieben, große Sorgen bereite. Rafa ist für mich wie ein Bruder. Ich will ihn nie verletzen.«

»Und doch tust du es immer und immer wieder. Warum? Hör endlich einmal in dich hinein und sag mir warum?«

»Ich habe das schon so oft getan. Ich glaube, da drin ist ein dunkles Herz.« Lalo hielt sich die Faust auf die Brust. »Ich bin mit diesem Herz auf die Welt gekommen. Meine Mutter und mein Vater haben es mir gegeben. Alles was ich bin, kommt von irgendwem. Von meinen Eltern und den Eltern meiner Eltern. Ich bin nicht von Gott erschaffen worden, sonst hätte er dafür gesorgt, dass ich kein dunkles Herz habe.«

»Lalo, am Anfang sind alle gleich unschuldig. Deshalb bin ich sicher, dass wir alle von Gott erschaffen wurden. Durch unsere Eltern. Erst auf unserem Weg durchs Leben wird sich herausstellen, ob wir dazu fähig sind, andere Menschen zu achten und zu respektieren. Und zu lieben.«

»Ich liebe Rafa, das wissen Sie. Ich liebe ihn wie sonst niemanden auf dieser Welt.«

Loretta schwieg. Sah Lalo nur an. Und ihr Blick traf ihn, berührte aber nicht sein Herz. Er hätte weinen können, hätte er sich dazu hinreißen lassen. Aber das wäre übertrieben gewesen. Wie oft hatte er mit Tränen ihr Herz erweichen können. Hundertmal. Immer wenn es keinen anderen Weg mehr gegeben hatte, um sie von einer Strafmaßnahme abzubringen.

»Es macht mich sehr traurig, wenn ich sehe, dass Sie sich wegen mir grämen. Ich verspreche Ihnen, dass ich mich von jetzt an jeden Tag bemühen werde, etwas Gutes zu tun. Das ist mein Versprechen, das ich Ihnen und Rafa gebe.«

»Und wie willst du dieses Versprechen einhalten? Du hast bisher keines deiner Versprechen gehalten. Sag mir, warum sich dies nun ändern soll.«

»Weil ich eingesehen habe, dass ich den falschen Weg gewählt habe.«

»Dann sag mir, mit wem du dich eingelassen hast.«

»Warum?« In Lalo erwachte sofort das Misstrauen.

»Weil es möglicherweise bald zu spät ist umzukehren.«

»Was meinen Sie damit?«

»Die Leute, die es auf dich abgesehen haben, werden nicht aufgeben.«

»Sie werden mich in Ruhe lassen, wenn ich auf dem richtigen Weg bin.«

»Wohin hätte dich der falsche Weg geführt, Lalo? Die Zeitungen schreiben, dass es in der Wüste eine Verfolgungsjagd gegeben habe. Irgendwelche Killer eines Drogenkartells sollen Killer eines anderen Kartells gejagt haben. Sag mir, was geschehen ist. Sag mir, wer deine Freunde sind. Sag mir, was du getan hast. Nur so kann ich dir helfen.«

Lalo senkte den Kopf.

»Es ist deine letzte Chance.«

»Werden Sie mich fortjagen, wenn ich es Ihnen nicht sage?«

»Ich weiß nicht, was ich dann tun werde. Hier bleiben wirst du nicht können. Es ist meine Aufgabe, alle Kinder meines Hauses zu schützen.«

»Gut, ich werde es Ihnen sagen.«

Loretta legte ihre Hände in den Schoß und sah ihn nur an. Sie wusste genau, was jetzt kommen würde, und doch hoffte sie, dass es dieses Mal anders sein würde.

Lalo hob den Kopf.

»Ehrlich, ich werde es Ihnen sagen. Aber nicht heute. Ich brauche Zeit, um mir alles zu überlegen, damit ich nicht wieder einen Fehler mache.«

»Wann willst du es mir sagen? Morgen? Übermorgen? In einer Woche?«

»In einer Woche. Geben Sie mir eine Woche.«

»Das geht nicht.«

»Dann zwei Tage.«

»Nein!« Loretta sagte das Wort mit einem Nachdruck, der keine Zweifel entstehen ließ. Und trotzdem lenkte sie ein. »Du hast nur diese Nacht. Bis morgen.«

»Morgen? Ich muss nachdenken, Loretta. Und ich will zuerst mit Rafa über alles reden. Morgen sage ich es Ihnen.

Ich will nur wissen, was Sie dann tun werden. Werden Sie die Polizei benachrichtigen?«

»Ja, ich denke, dass ich das tun werde. Jemand muss dich beschützen. Diese Leute, mit denen du dich eingelassen hast, werden dich nicht einfach gehen lassen. Die Mafia lässt keinen einfach los, wenn er mal dabei ist. Willst du, dass man eines Tages irgendwo in der Wüste deinen Leichnam findet? Oder dass du auf offener Straße niedergeschossen wirst? Lalo, es ist wirklich deine allerletzte Chance.«

»Was? Zur Polizei zu gehen und ihnen alles erzählen?«

»Ja. Dieses Mal hast du keine andere Wahl mehr.«

Lalo holte tief Luft. In seinem Kopf schwirrten die Gedanken durcheinander, ohne dass er auch nur mit einem etwas hätte anfangen können.

Sein Herz begann schneller zu schlagen. Pumpte das Blut durch seine Adern. Das Gefühl, dass er von Loretta in die Enge getrieben worden war, ließ ihn beinahe in Panik geraten.

Er hätte jetzt gern einen Joint geraucht. Oder ein bisschen Meth inhaliert.

»Du musst uns vertrauen. Wir sind nicht darauf aus, dich …«

»Wer ist ›wir‹?«, stieß Lalo mit zitternder Stimme hervor.

»Das sind ich und Detektiv Mills von ...«

Lalo drehte sich mit einem Ruck um, warf sich zurück aufs Bett und vergrub sein Gesicht im Kissen.

»Lalo! Gib dir eine Chance! Besprich es mit Rafa. Dann kommst du morgen zu mir ins Büro.«

Lalo begann leise zu schluchzen. Damit hatte er bisher immer erreicht, was er wollte. Loretta hatte es noch nie fertig gebracht, sein Schluchzen zu ertragen. Und sie beugte sich auch dieses Mal über ihn und strich ihm mit der Hand übers Haar.

»Morgen um zehn Uhr«, sagte sie. Dann erhob sie sich und verließ das Zimmer. Sie machte die Tür leise hinter sich zu.

Sobald sie draußen war richtete sich Lalo im Bett auf und starrte mit verweinten Augen zur geschlossenen Tür hinüber.

Er wartete darauf, dass Loretta noch einmal hereinkommen würde. Aber die Tür blieb zu.

Und er hörte ihre Schritte auf dem Flur, lauschte ihnen nach, bis sie leiser und leiser wurden und schließlich verstummten.

Draußen schleppte Francisco den Ast, den er vom Maulbeerbaum weggesägt hatte, über den Kiesweg zum Schuppen.

Lalo griff unter das Kopfkissen und holte die Pistole darunter hervor. Er hielt sich die Mündung an die Schläfe und entsicherte sie.

»Wo bist du, Mutter, wenn ich dich brauche?«, stöhnte er leise.

Als Rafa aus der Schule zurückkehrte, saß Lalo im Schuppen und half Francisco, den Ast in unterarmlange Stücke zu zersägen.

»Keine Schmerzen mehr?«, rief ihm Rafa zu.

Lalo blickte kurz von der Arbeit auf, grinste breit, sagte aber nichts.

Am Fenster ihres Büros stand Loretta. Sie hatte eben noch einmal mit Detektiv Burton Mills von der El Paso Stadtpolizei gesprochen. Er wollte am nächsten Morgen um zehn Uhr da sein.

Loretta war sich nicht sicher, ob sie Lalo nicht zu viel Zeit gegeben hatte.

Sie verließ das Büro und fing Rafa im Flur ab.

»Kommst du bitte mal in mein Büro?«

Rafa folgte ihr. Im Büro forderte sie ihn auf, in dieser Nacht besonders gut auf Lalo aufzupassen.

Er blickte sie verständnislos an.

»Warum soll ich auf ihn aufpassen? Was ist geschehen, Señora?«

Sie informierte ihn über das Gespräch, das sie kurz zuvor mit Lalo geführt hatte und sagte ihm, dass Lalo bis morgen um zehn Uhr Zeit hatte, um alles zu überdenken.

»Ich denke, dass du ihm helfen musst, die richtige Entscheidung zu treffen. Er muss uns vertrauen. Niemand kann ihn vor jenen beschützen, denen er sich möglicherweise bereits ausgeliefert hat.«

Rafa holte tief Luft. Für einen Moment war er zu benommen, einen klaren Gedanken zu fassen. Es schien ihm, als hätten sich dunkle Schatten über die Casa Loretta gelegt.

»Wir müssen ihm helfen. Anders geht es nicht.«

Rafa fand keine Worte, irgendetwas zu sagen. So drehte er sich um und verließ das Büro. Er ging ins Zimmer und schaute sich um. Alles war wie immer, und trotzdem schien es ihm, als wäre nichts mehr so, wie es einmal gewesen war. Er konnte sich dieses Gefühl nicht erklären, aber es machte ihn müde.

Er legte sich aufs Bett und schloss die Augen. Als er später aufwachte lag Lalo im anderen Bett. Atmete still und gleichmäßig, so als würde er schon schlafen, obwohl es noch Tag war. Die Luft im Zimmer roch leicht nach verbranntem Marihuana.

Rafa dachte in Bildern, und die waren schrecklich.

Wäre sein Kopf ein Fernseher gewesen, er hätte ihn auf der Stelle ausgeschaltet.

Mitten in der Nacht schrak Rafa aus dem Tiefschlaf und setzte sich jäh auf.

Er hatte ein Geräusch vernommen, wie ein leichter Trommelwirbel, das tief in sein Bewusstsein eingedrungen war, nur wusste er nicht, wodurch es verursacht worden war.

Die Stille der Stunde zwischen ein und zwei Uhr war hier, einige Meilen vom Stadtzentrum entfernt, betäubend.

Es schien fast, als wäre die Stadt von Menschen verlassen. Manchmal verirrten sich Kojoten in diesen Außenbezirk El Pasos, streunten einzeln oder zu zweit durch die breiten Straßen, suchten bei Lebensmittelläden, wo die Mülltonnen standen, nach fressbarem Abfall, erwischten auch mal eine Katze oder einen kleinen Hund.

Aber in dieser Nacht herrschte eine fast gespenstische Stille.

Die Klimaanlage war ausgeschaltet.

Ein Deckenventilator drehte sich geräuschlos.

Lalo lag in seinem Bett, unter einer dünnen Decke, die er sich wie immer bis über den Kopf hochgezogen hatte. Er schlief.

Rafa langte zu ihm hinüber und stupste ihn an.

»Irgendetwas stimmt nicht, Lalo«, flüsterte er. »Ein merkwürdiges Geräusch hat mich aufgeweckt. Hast du es nicht auch gehört?«

Lalo rührte sich nicht. Gab keinen Muckser von sich.

Rafa wollte sich wieder hinlegen, da tauchte am Fenster ein dunkler Schatten auf. Die Jalousie wurde leicht angehoben und eine Gestalt schlüpfte ins Zimmer.

Im ersten Moment wollte Rafa um Hilfe rufen, aber bevor er dazu kam, auch nur einen Laut von sich zu geben, war die Gestalt bei ihm am Bett.

»Rafa, wenn du jetzt schreist, bring ich dich um!«

Rafa erkannte Lalo an dessen Stimme, obwohl er die Worte eher gezischt als gesprochen hatte.

»Hör zu! Ich hau von hier ab. Loretta will mich an die Bullen ausliefern! Ich kann das nicht, verstehst du? Die Leute, von denen ich das Geld bekommen habe, würden mich umbringen!«

Rafa warf sich nach hinten aufs Kissen zurück.

»Du bist verrückt, Lalo! Du kannst nicht einfach abhauen. Loretta wird die Polizei benachrichtigen und man wird sofort damit anfangen, überall nach dir zu suchen.«

»Nicht mehr in dieser Nacht. Bis zum Morgen geschieht gar nichts mehr, wenn du nicht die Nerven verlierst und Alarm schlägst.«

Rafa richtete sich wieder auf. Er starrte in die dunklen Löcher, die Lalos Augen waren.

»Wenn du jetzt abhaust, ist alles aus. Alles, hörst du? Unsere Freundschaft. Alles!«

»Ich habe es mir überlegt, Rafa. Ich weiß, dass es kein Zurück mehr gibt. Und du weißt es auch. Eines Tages hätten wir uns sowieso getrennt. Zwei wie wir bleiben nicht für ewig zusammen.«

»Aber genau das haben wir uns doch geschworen.«

»Ja, aber wir wussten gleichzeitig, dass wir diesen Schwur niemals würden halten können. In zwei Jahren gehst du ohnehin von hier weg. Wahrscheinlich irgendwohin auf eine Uni. Zwei Jahre, Rafa, das scheint eine lange Zeit zu sein, aber wenn du bedenkst, wie lang ein Leben ist, weißt du, dass zwei Jahre nur ein Klacks sind.«

Rafa fuhr sich mit gespreizten Fingern durch das ungekämmte Haar.

»Gatos Leben war kein langes Leben. Und Kakás Leben war noch kürzer. Versuche mir also bitte nicht weiszumachen, dass zwei Jahre ein Klacks sind.«

»Gato und Kaká haben Pech gehabt, Rafa.«

»Wie lange soll denn dein Leben dauern? Bis zum ersten Schuss?«

Lalo hob die Schultern. »Egal. Hundert Jahre. Zwei Jahre. Es kommt nicht darauf an, wie lange man lebt, sondern wie man lebt. Und ob man mit einem Lächeln auf den Lippen stirbt.«

»Zwei Jahre sind zwei Jahre. Unsere zwei Jahre, die wir zusammen verbringen könnten.«

Lalo lachte leise auf.

»Das geht nun leider nicht mehr, Rafa. Ich habe mich entschieden, das zu tun was ich tun muss, um ein Sicario zu werden.«

»Jetzt gibst du es endlich zu, Lalo, jetzt wo du gehst?«

»Damit du siehst, dass alles was du sagst, nichts mehr nützt. Gato war ein Sicario. Und der Kleine auch. Der Kleine hatte schon getötet. Dabei hätte er ein Fußballer werden können. Vielleicht wie sein großes Vorbild, Kaká. Aber er hat sich entschieden, ein Sicario zu werden. Sag mir, warum er das getan hat, Rafa. Du bist doch so gescheit. Sag mir, warum ein Knirps wie er sich entschieden hat, ein Sicario zu werden!«

»Was weiß ich über ihn? Nichts. Rein gar nichts. Ich weiß nur, dass er tot ist.«

»Dann sag ich es dir, Rafa. Es ist in uns drin, verstehst du. Es ist in uns drin! Der eine wird ein Fußballer und der andere wird ein Sicario. So einfach ist das. Selbst wenn du willst, kannst du nichts dagegen tun. Rein gar nichts. Du kannst beten so viel du willst, es nützt nichts.« Lalo griff nach dem Rosenkranz, der über seinem Bett hing und nahm ihn herunter. "Wie oft habe ich als Kind diesen Rosenkranz gebetet, Rafa? Zweihundert Mal. Oder vielleicht dreihundert. Hat es etwas genützt? Nein, es hat gar nichts genützt. Ich bin der geblieben, der ich schon immer war. Ich habe es schon Loretta erklären wollen, aber ich glaube, sie hat nichts begriffen. Sie glaubt, dass in jedem etwas Gutes steckt, ganz tief drin. Aber ich schwör es dir, Rafa, in mir steckt nichts Gutes drin. Nichts. Nada!«

»Vielleicht hast du es nur noch nicht gefunden, weil du nie richtig gesucht hast. Vielleicht ist es nicht größer als eine Bohne.«

»Eine Bohne?« Lalo lachte. »Nein, nicht mal das kann es sein. Ich habe überall gesucht. Ich habe mich manchmal umgestülpt und ausgeschüttelt. Wäre eine Bohne rausgefallen, hätte ich sie bestimmt bemerkt.«

»Kein Mensch ist nur schlecht.«

»Ja, so redet der Padre in der Kirche. Und so redet Loretta. Und jetzt du auch noch. Ich halt das nicht mehr aus. Tut mir leid. Ich weiß, dass bei mir nichts so ist wie bei anderen!«

Lalo holte kurz Luft. »Draußen warten meine neuen Freunde auf mich. Ich muss mich beeilen, bevor sie denken, dass ich es mir anders überlegt habe.«

Lalo erhob sich und beugte sich über sein eigenes Bett. Er schlug die Decke zurück. Darunter befanden sich eine kleine Sporttasche und ein Beutel.

»Du hast tief geschlafen, während ich gepackt habe«, flüsterte Lalo, während er die Tasche und den Beutel vom Bett nahm. »Ich nehme nur ein paar Sachen mit. Zeug, das mir gehört. Alles andere lasse ich hier. Du weißt ja, ich werde schon bald reich genug sein und mir alles kaufen können was ich will.«

»Bitte geh nicht! Ich kann …«

»Hör auf, Rafa!«, fiel Lalo seinem Freund ins Wort. »Du bist mein Freund. Das geht nicht einfach vorbei, auch wenn wir uns jetzt trennen. Wir sehen uns wieder, das verspreche ich dir. Eines Tages sehen wir uns wieder.«

»Lalo, wenn du gehst, zerstörst du unsere Welt. Unsere Freundschaft. Unser Leben. Alles.«

»Ach was.« Lalo warf den Rosenkranz auf Rafas Bettdecke. “Hier, behalte ihn. Ich kann ihn nicht mehr gebrauchen.« Er nahm das neue Handy aus der Hosentasche, schaltete es ein und warf einen Blick auf das Display. »Vielleicht rufe ich dich in den nächsten Tagen mal an.« Er steckte das Handy wieder in die Hosentasche zurück. »Sie warten draußen auf mich. Ich muss jetzt gehen.«

»Lalo, du läufst ins Verderben.«

»Leg dich hin und schlaf. Morgen, wenn du aufwachst, bin ich in Sicherheit. Keine Bullen, denen ich Auskunft geben soll. Keine Loretta, die mir ins Gewissen reden will. Kein …«

»Sie will dich beschützen«, unterbrach ihn Rafa. »Begreifst du das denn wirklich nicht? Sie will, dass du eine Chance bekommst und …«

»Das nenne ich nicht eine Chance! Das nenne ich aufgeben! Und ich kann nicht einfach aufgeben. Das wird vielleicht auch Loretta begreifen. Sag ihr, dass es mir sehr leid tut und dass sie sich um mich keine Sorgen mehr zu machen braucht. Sag ihr, dass ich mich für alles, was sie für uns getan hat, bedankt habe. Sag ihr, dass ich sie liebe. Das wird ihr gut tun.«

»Du brichst ihr das Herz, Lalo!«

»Ach was. Sie hat ja noch dich. Und die anderen Kinder. Der einzige, der ihr immer Sorgen gemacht hat, bin ich.«

Lalo ging jetzt zum Fenster. Mit einer Hand hob er die Lamellenjalousie.

»Wir sehen uns wieder, verlass dich darauf. Wir sind nicht nur Freunde, Mann, wir sind Brüder.«

Rafa starrte seinen Freund aus großen verzweifelten Augen an.

»Du brichst auch mir das Herz, Lalo«, stieß er mühsam hervor. »Siehst du das denn nicht? Mein Herz blutet.«

»Es wird schnell wieder heilen. Hör auf zu flennen und ruf lieber mal das Mädchen an. Latisha. Ich glaube, sie mag dich.«

Mit diesen Worten bückte sich Lalo, um unter den Lamellen hindurch ins Freie zu schlüpfen.

"Lalo! Hier, nimm ihn mit. Er hilft dir vielleicht, wenn dir niemand sonst mehr helfen kann."

Rafa warf Lalo den Rosenkranz zu. Lalo fing ihn auf. Betrachtete ihn kurz und steckte ihn in die Tasche seiner Jeans. Dann griff er nach dem Beutel und der Tasche, hob sie vom Boden auf und schlüpfte hinaus, ohne noch etwas zu sagen.

Es war nur etwa anderthalb Meter vom Fensterbrett bis auf den Kiesweg, und als er mit den Füßen am Boden aufkam, wusste Rafa wieder, woher das Geräusch stammte, das ihn aufgeweckt hatte. Es waren schnelle Schritte auf dem Weg gewesen.

Er starrte auf das Fenster, durch das blasses Licht einer fernen Straßenlampe fiel.

Ein paar Schritte nur ging Lalo auf dem Kiesweg, dann lief er quer durch den Garten zum Tor.

Rafa hörte, wie der Motor eines Autos gestartet wurde. Eine Tür wurde geschlossen. Dann fuhr das Auto davon, langsam und leise brummend.

Rafa saß in seinem Bett und begann den Oberkörper vor und zurück zu wiegen. Immer wieder und immer wieder. Dabei presste er sich beide Fäuste in den Magen. Heiße Tränen liefen ihm über die Wangen. Er neigte den Kopf, bis sein Kinn die Brust berührte und wiegte sich in einem gleichmäßigen Rhythmus vor und zurück und vor und zurück. Benommen war er und gleichzeitig so verzweifelt, wie er es zuvor in seinem Leben noch nie gewesen war.

Irgendwo begann ein Hund zu bellen.

Rafas Herz war kalt wie ein Stein.

In dieser Nacht schlief er keine Sekunde.

Und die Nacht dauerte ewig.

*

Rafa ging durch die Straßen der Stadt.

Früh am Morgen hatte er die Casa Loretta verlassen, um zur Schule zu gehen, doch dort, wo er an jenem verhängnisvollen Tag hinter Lalo hergelaufen war, verließ er auch heute seinen üblichen Schulweg, überquerte die Straße und ging zu Fuß die ganze Strecke bis zur Greyhound Busstation Downtown.

Er wusste nicht, was er dort wollte. Eigentlich hatte er dort nichts zu tun. Er ging zum Schalter und fragte, was eine Fahrkarte nach Cincinnati kosten würde.

Der Schalterbeamte sah ihn misstrauisch an.

»Willst du nach Cincinnati, Junge?«

»Oder nach Cleveland.«

Der Mann sah im Computer nach und nannte Rafa die Preise. Rafa bedankte sich und ging wieder. Er wusste nicht wohin. Er ging Richtung Fluss hinunter. Die Beamten in einem Streifenwagen des Grenzschutzes erspähten ihn, als er sich auf einer Straße befand, auf der kaum Verkehr war.

Langsam fuhr der Chevy Blazer auf der anderen Straßenseite in dieselbe Richtung, in die Rafa ging, langsam, ein Stück im Schritttempo. Die beiden Grenzbeamten zeigten ihm deutlich, dass sie sich für ihn interessierten. Rafa tat, als hätte er sie überhaupt noch nicht bemerkt.

Der Streifenwagen hielt an und der Beifahrer öffnete das Fenster.

»Hey, Kid!«, rief er. »Was tust du hier?«

Rafa ging weiter.

»Komm mal her!«, forderte ihn der Beamte auf. »Ich will mit dir reden.«

Rafa ging weiter, als hörte er den Mann nicht.

Der Fahrer gab plötzlich Gas. Etwa hundert Meter vor Rafa drehte sich der Blazer mit quietschenden Reifen um die eigene Achse und schoss im nächsten Moment auf Rafa zu, bis er dicht vor ihm zum Stehen kam.

Rafa hätte jetzt den Streifenwagen fast umrunden müssen, um auf der Straße weiterzugehen, aber die beiden Türen sprangen auf und die zwei Polizisten stiegen aus und stellten sich ihm breitbeinig in den Weg.

»Bist du schwerhörig? Ich habe dich gefragt, was du hier tust!«

»Ich geh da lang«, sagte Rafa und gab mit der Hand vage eine Richtung an.

»Da lang? Weißt du vielleicht auch, wo da lang hinführt?«

»Dorthin.«

»Und woher kommst du?«

Rafa zeigte über die Schulter zurück.

»Du hältst dich wohl für einen Witzbold, Kid? Oder vielleicht für John Wayne oder was?«

»Wer ist John Wayne?«

»Wie, du weißt nicht wer John Wayne ist?«

»Ich habe den Namen mal in einem Klo gelesen. An der Wand über dem Klopapier. Da stand, ›Ich bin hart und rau wie John Wayne und putz keine Scheiße von keinem Arschloch‹.«

Die beiden Grenzbeamten schütteten sich vor Lachen aus. Einer lüftete seinen Cowboyhut, wischte sich den Schweiß von der Stirn und ging noch immer lachend einen Schritt auf Rafa zu. Dicht vor ihm blieb er stehen. Das Lachen verstummte. Sein Gesicht erstarrte.

»Du willst uns doch nicht etwa verarschen?!«, sagte er gefährlich leise.

»Verarschen? Wieso? Nein, das fiele mir niemals ein.«

»Dann hör damit auf, mich so dämlich anzugrinsen, Kid.«

Rafa hatte gar nicht gemerkt, dass er grinste.

»Also, noch mal: Was tust du hier?«

»Nichts.«

»Nichts?«

»Naja, ich gehe.«

»Und wohin gehst du?«

»Ich weiß nicht, wohin ich gehe. Ich gehe nur. Meine Tante ist gestorben, wissen Sie. Ich sollte eigentlich in der Schule sein, aber ich konnte das nicht. Ich konnte mich auf nichts konzentrieren und da sagte mein Lehrer, ›Rafa, warum gehst du nicht ein bisschen raus an die frische Luft und wanderst in der Gegend rum‹ und ich dachte, das ist keine schlechte Idee, und so bin ich durch die Stadt gegangen und wandere nun den Fluss entlang. Und da vorn, wo sich die Überführung befindet, dort wollte ich eigentlich wieder umdrehen und zurückgehen.«

»Zurück zur toten Tante?«

»Nein, Sir, die wohnte in Cincinnati.«

»Zur Schule?«

»Nein, ich habe einen Onkel auf der Südseite der Stadt. Im Südwesten. Pedro Mendoza heißt er. Ich dachte, dass ich vielleicht mit ihm nach Cincinnati fahre zur Beerdigung.«

»Sag mal, hast du irgendwelche Papiere an dir?«

»Hier, mein Ausweis.« Rafa nahm seine Identitätskarte aus der Hosentasche.

»Zeig her!«

Der zweite Beamte, der bis jetzt noch kein Wort gesprochen hatte, nahm Rafa die Identitätskarte aus der Hand. Betrachtete das Foto.

»Fünfzehn bist du?«

»Ja.«

»Wo wohnst du?«

»In der Casa Loretta.«

Die beiden Beamten wechselten einen Blick.

»Kennst du einen, der Hilario Gutierrez heißt?«

»Ja. Der wohnt auch in der Casa Loretta.«

»Nicht mehr. Er ist in der Nacht abgehauen.«

»Das habe ich mitgekriegt. Die Polizei sucht nach ihm, stimmt's?«

»Weißt du vielleicht, wohin er gegangen ist?«

»Keine Ahnung, Sir.«

»Hier in der Nähe wird er wohl nicht sein?«

»Weiß ich nicht, Sir. Ich weiß nicht, wo er ist. Er ist einfach abgehauen.«

»Und du? Bist du etwa auch abgehauen?«

»Nein, natürlich nicht, Sir. Mir gefällt es in der Casa Loretta. Ich bin dort, seit ich ein Baby war. Meine Eltern sind bei einem Autounfall in Hickman ums Leben gekommen, als ich noch nicht einmal ein Jahr alt war.«

Die beiden stutzten.

»Wann war denn dieser Autounfall?«

»Vor vierzehn Jahren. Ich war noch ein Baby. Einige Männer in Hickman haben mich aus dem brennenden Auto gezerrt, sonst wäre ich damals darin verbrannt.«

»Okay, Kid, mein Partner und ich, wir denken, dass es besser ist, wenn wir dich zurückfahren zur Casa Loretta. Wir sind zwar kein Taxiunternehmen, aber wenn einer wie du hier draußen rumläuft und nicht mal 'ne Flasche Wasser dabei hat, tun wir das schon mal aus reiner Menschenfreundlichkeit. Also, mach uns keinen Ärger und steig ein.«

»Könnten Sie mich anstatt zur Casa Loretta zu meinem Onkel fahren? Damit wäre mir viel mehr geholfen.«

»Wo wohnt dein Onkel?«

»Im Südwesten der Stadt.«

»Das hast du schon mal gesagt. Wie ist die Adresse?«

»Die Straße an der sein Haus steht, ist eigentlich gar keine Straße. Ich glaube, sie hat nicht einmal einen Namen. Auf jeden Fall ist mir dort draußen nie ein Straßenschild aufgefallen. Aber ich kann Ihnen den Weg ansagen, Sir. Ich weiß, wo wir vom alten Highway abzweigen müssen.«

»Vom alten Highway draußen bei der Asarco-Schmelze?«

»Exakt dort, Sir. Etwa fünf Meilen vor der Schmelze. Die Straße dort draußen heißt Cebadilla Road. Dort müssen Sie abbiegen und nach etwa zwei Meilen mündet sie in die Straße, an der mein Onkel wohnt.«

»Ziemlich üble Gegend, dort draußen.«

»Ich weiß, Sir. Aber manche Menschen haben keine Wahl, wenn's darum geht, wo sie wohnen sollen. Sie wohnen einfach dort, wo es am wenigsten kostet. Meine Cousine, Latisha, geht nämlich auf die Uni, und sie wissen ja, wieviel das kostet.«

»Okay, steig ein. Die Gegend dort liegt zwar nicht direkt an unserer Route, aber wir bringen dich schnell hin, lassen dich raus und hauen ab. Okay?«

»Okay, danke.«

»Noch was, bevor du einsteigst, Kid: Du trägst nicht zufällig eine Knarre mit dir herum? Irgendwo in deiner Hose versteckt.«

»Sir, ich wüsste nicht, was ich mit einer Knarre anfangen sollte.«

»Dann dreh dich trotzdem um, geh zum Wagen, Hände aufs Dach und Beine spreizen. Los, mach voran, wir haben schon genug Zeit mit dir verschwendet.«

Rafa kam der Aufforderung nach, stellte sich am Streifenwagen auf, legte die Hände aufs heiße Blechdach und spreizte die Beine.

Einer der beiden Grenzbeamten klopfte ihn mit beiden Händen ab, griff ihm sogar von hinten an die Hoden und stellt dann trocken fest, dass Rafa sauber sei.

Mit Rafa hinter dem Trenngitter auf dem Hintersitz, fuhren sie zum Freeway I-10 hinauf und über den Freeway durch die Stadt.

»Dieser Hilario Gutierrez, der hat dir nicht zufällig gesagt, was dort draußen in der Wüste vor sieben Tagen passiert ist?«

»Oh, Sie meinen, weil es Tote gegeben hat?«

»Was ich wissen will ist, ob dieser Hilario Gutierrez irgendetwas gesagt hat, was du mir gerne berichten würdest.«

»Er hat nur gesagt, dass er mit der Sache nichts zu tun hat.«

»Wir wissen aber inzwischen, dass er mit der Sache etwas zu tun hatte. Er war nämlich der Fahrer des Jeeps, auf den geschossen wurde.«

»Davon hat er nichts gesagt, Sir.«

»Okay. Ich denke auch, dass dieser Bursche zu abgebrüht ist, um irgendwem seine Geheimnisse zu verraten. Hast du ihn gut gekannt?«

»In der Casa Loretta kennen wir uns alle ziemlich gut, Sir.«

Der Beifahrer lachte.

»Ja, das kann ich mir denken, dass ihr euch alle kennt. Ihr seid eine einzige große Familie, stimmt's?«

»Jawohl, Sir. Das stimmt hundertprozentig.«

»Da wird euch aber dieser Hilario Gutierrez ganz bestimmt fehlen?«

»Hilario war immer mehr oder weniger ein Einzelgänger, Sir.«

»Einer, der keine Freunde hatte?«

»Nein, das will ich damit nicht sagen. Er war ein Einzelgänger, aber er hatte Freunde.«

»Warst du sein Freund?«

»Jawohl, Sir. Ich war auch sein Freund.«

»Dann weißt du vielleicht, wohin er abgehauen ist?«

»Nein, Sir, das weiß ich nicht.«

Auf der Fahrt über den Freeway stellte der Beifahrer Rafa hundert Fragen, aber mit keiner der ausweichenden Antworten konnte er wirklich etwas anfangen.

Es war Mittag, als sie beim Haus der Mendozas ankamen.

Latishas Mutter kam heraus. Rafa stieg sofort aus dem Streifenwagen.

»Tante!«, rief er ihr zu und ging mit ausgebreiteten Armen über den Platz. »Tante Maria, ich bin es, dein Neffe Rafa.«

Der Beifahrer stieg nun ebenfalls aus, kam um den Streifenwagen herum und lehnte sich mit dem Rücken gegen ihn.

»Kid!«

Rafa blieb stehen und wandte sich dem Beifahrer zu.

»Eines muss ich dir sagen.«

»Was denn, Sir?«

»Von dem was du gesagt hast, glaube ich dir kein Wort.«

»Ich lüge nicht, Sir. Ich schwör es Ihnen.«

Der Beifahrer nickte nur. Dann drehte er sich um, ging um den Streifenwagen herum und stieg ein. Der Fahrer fuhr einen Bogen über den Platz vor dem Haus und in einer Staubwolke davon in die Richtung, aus der sie gekommen waren.

Rafa blickte dem Streifenwagen nach. Dann sah er zu Señora Mendoza hinüber.

»Ist Latisha da?«, fragte er.

Die Frau schüttelte den Kopf.

»Du solltest vielleicht wieder gehen, Rafa«, sagte sie. »Wir haben in der Zeitung gelesen, was an jenem Nachmittag geschehen ist.«

»Noch weiß niemand, was wirklich geschehen ist, Señora«, antwortete ihr Rafa. »Das wissen nur die, die dabei waren, als es geschah.«

»Wo ist dein Freund?«

»Lalo ist in der Nacht abgehauen.«

»Abgehauen? Wohin denn?«

»Das weiß ich nicht.«

Die Frau schlug ein Kreuz.

»Dann wird er nie mehr zurückkehren, Rafa.«

»Ich fürchte, dass Sie recht behalten werden, Señora.« Rafa

ging auf die Frau zu und blieb einige Schritte von ihr entfernt stehen. »Darf ich ins Haus kommen und hier auf Latisha warten?«

Sie traute ihm nicht und sie hatte Angst um ihre Tochter. Rafa verstand das.

»Was willst du von Latisha?«, fragte sie ihn hart. »Sie ist ein gutes Mädchen«

»Das weiß ich, Señora.«

»Was willst du dann von ihr, wenn du das weißt?«

»Ich will mit ihr reden.«

»Reden? Worüber denn? Was gibt es da noch zu reden?«

»Das weiß ich auch nicht, Señora. Ich weiß nur, dass ich herkommen musste und kein Geld hatte für ein Taxi.«

»Gut, komm herein. Es ist kühl im Haus. Heute Nachmittag soll es ein Gewitter geben. Schau mal, dort drüben, einer dieser verrückten Staubteufel.«

Rafa blickte in die Richtung, in die sie zeigte. Am Rande eines flachen Hügels tanzte ein Staubwirbel durch die Wüste. Staubwirbel waren ihm unheimlich. Er spürte, dass sie einem Unglück bringen konnten. Vielleicht waren sie Boten aus dem Jenseits und kamen aus der Hölle.

Er schaute dem Staubteufel nicht mehr länger nach und folgte der Frau ins Haus.

»Wo ist Ihr Mann?«, fragte Rafa sie.

»Er hat vor einer Stunde seine Schicht angefangen. Er arbeitet als Sicherheitsbeamter in einem Kaufhaus. Hier, ich hoffe, du magst meinen Eistee mit Zitrone. Ich mache ihn selbst. Das heißt, ich stelle die Flasche mit dem Wasser und einigen Teebeuteln drin einfach in die Sonne.«

»Dann macht die Sonne den Tee«, sagte Rafa.

»Ja, das stimmt. Die Sonne macht den Tee.«

Rafa zeigte auf die vielen Fotos, die an den Wänden des Wohnzimmers hingen, einige davon in Schwarz-Weiß und fleckig, andere in Farbe.

»Sie haben eine große Familie, nicht wahr?«

»Es sind die Familien von meinem Mann und mir. Die meisten von ihnen leben in Mexiko. Die Tochter einer meiner Schwestern lebt in Deutschland. Sie ist dort mit einem Lehrer verheiratet. Einige leben in Kalifornien und einer in Kanada.«

Rafa fiel das Bild eines Jungen auf, der einen großen Fisch in die Luft stemmte und dabei aus vollem Herzen zu lachen schien.

»Das ist unser Sohn«, sagte die Frau. »Er war wie dein Freund. Eines Tages ging er weg und ich wusste, dass er nie mehr zurückkommt.«

»Wie hieß er?«

»José.«

»Er sieht Latisha sehr ähnlich.«

»Ja, das haben alle immer gesagt. Dass die beiden aussehen wie Zwillinge. Sie mochten sich sehr, die beiden, obwohl sie oft gestritten haben, als sie klein waren. Das Schlimmste, was Latisha passieren konnte, war der Tod ihres Bruders. Diesen Schmerz wird sie wohl nie mehr los.«

Rafa wollte verhindern, dass ihm die Tränen kamen, aber er schaffte es nicht. Als er sich von der Frau abwandte, kam sie zum ihm und nahm ihn in die Arme.

»Weine nur, du brauchst dich deiner Tränen nicht zu schämen«, sagte sie leise und strich ihm mit der Hand sanft über das Haar.

*

Der Pistolero lächelte. Die Frau hingegen machte ein sehr ernstes Gesicht, und wenn immer Lalo sie ansah, weil er glaubte, von ihr Rückendeckung zu erhalten, wich sie seinem Blick aus.

»Der Cowboy hat mir gesagt, dass du dir den Decknamen Tercero zugelegt hast. Das soll bedeuten, dass du der dritte im Bunde bist. Zusammen mit einem unserer besten, Gato, und mit Kaká, einem Jungen, den ich selbst unter die Fittiche genommen habe, als er zu uns kam.«

Lalo versuchte, dem Blick des Pistoleros standzuhalten.

»Sie hatten Pech«, sagte er so gelangweilt wie möglich und zuckte dabei mit den Schultern. »Es hätte auch mich erwischen können.«

»Oder deinen Freund?«

»Ihn auch. Gato und Kaká hatten ganz einfach Pech.«

»Das sagst du so, als wäre es dir gleichgültig, deine zwei Partner verloren zu haben.«

»Das ist es mir nicht. Aber ich kannte die beiden nicht. Gato sagte, ich soll fahren. Also bin ich gefahren. Er hat mir gesagt, wohin ich fahren soll. Was er und Kaká vorhatten, hat er mir nicht gesagt. Auf der Fahrt, da sagte er plötzlich, dass wir eventuell verfolgt würden. Das war alles. Dann tauchte dieser Pickup auf und sie begannen auf uns zu schießen und eine der ersten Kugeln traf Gato. Mich erwischte es ein bisschen später und Kaká am Schluss.«

»Nur deinen Freund erwischte es nicht«, sagte der Pistolero.

»Nein, der hatte Glück.«

»Du hast uns angerufen und uns gesagt, dass du abgeholt werden willst. Heißt das, dass du dich von deinem Freund und den Leuten in der Casa Loretta endgültig getrennt hast?«

»Ja. Ich gehe nicht mehr zurück. Nie mehr. Ich bin abgehauen.«

»Was hast du vor? Du weißt, dass du hier in diesem Haus nicht bleiben kannst.«

»Ich werde irgendwo unterkommen.«

»Hier? In Mexiko?«

»Oder drüben. Wahrscheinlich zuerst hier und später drüben. Ich weiß es noch nicht.«

»Bueno. Dann frage ich dich jetzt, ob du bereit bist?«

»Wofür?«

»Für deinen ersten Auftrag.«

Lalo sah die Frau an.

Dieses Mal erwiderte sie seinen Blick. Lalo verzog den Mund zu einem sanften Lächeln.

»Wen soll ich umbringen?«

»Harry«, sagte der Pistolero.

»Und wer ist Harry?«

»Harry ist der, der den Leuten im Pickup den Auftrag gab, dich zu töten. Übrigens, sie hätten auch deinen Freund getötet. Ich weiß noch nicht, wer ihnen verraten hat, dass wir dich anstellen wollen, aber ich werde es herausfinden, verlass dich darauf.«

»Mein Freund war es gewiss nicht.«

»Das denke ich auch. Einer von uns? Kaum. Sie müssen dich schon beobachtet haben, als du zu uns gekommen bist.

Und dann sind sie euch bis zum Treffpunkt gefolgt, den du mit Gato ausgemacht hattest.«

«Und wer ist Harry?«, wiederholte Lalo beharrlich.

Die Frau zündete eine Zigarette an.

»Harry Lopez Ortega ist ein Polizeichef, den Kiki Benitez gekauft hat. Harry sorgt dafür, dass die versteckten Marihuana-Felder der Bauern im Hinterland, die ihre Ernte dem Kartell von Kiki Benitez verkaufen, unbehelligt bleiben. Wer nicht nach Harrys Pfeife tanzt, den lässt er umbringen. Einer seiner Brüder sitzt in Mexiko-Stadt im Justizministerium der Regierung. Harry Lopez Ortega wird von Jahr zu Jahr mächtiger. Niemand kommt an ihn ran. Er lebt mit seiner Familie in einem schönen Haus mit Swimming-Pool. Er fährt einen Porsche Geländewagen und er besitzt sogar ein Ferienhaus am Meer in La Paz. Dort haben wir ihm vor einigen Wochen einen harten Schlag versetzt, indem wir seinen jüngeren Bruder Diego erwischt haben.«

»Will er sich dafür rächen?«

»Ja. Er hat inzwischen sechs unserer Leute abknallen

lassen, zwei in Tijuana und vier hier in Juarez. Du kannst dir vorstellen, dass es El Piojo ein großes Anliegen ist, ihn endlich aus dem Weg zu räumen.«

Lalo lehnte sich in seinem Stuhl zurück.

»Und dafür soll ich sorgen?«

»Nicht du allein«, wehrte der Pistolero ab. »Da jedoch Gato und Kaká nicht mehr mit dir zusammenarbeiten können, habe ich mich dazu entschieden, den ersten Auftrag mit dir gemeinsam auszuführen. Wir wollen dich nicht auch noch verlieren, verstehst du?«

»Wieso heißt Ortega Harry? Ist er ein halber Gringo?«

»Er nennt sich so, seit er ein Junge war und einen Hollywood Film gesehen hat, in dem Clint Eastwood einen Polizeibeamten mit dem Spitznamen ›Dirty Harry‹ spielte. Man sagt über ihn, dass er den Film schon über hundert Mal gesehen hat und ihn sich auch heute noch immer wieder anschaut.«

»Ist er wie dieser Eastwood?«

»Nein. Er ist ein korruptes Schwein, der seine Macht als Polizeichef dazu braucht, sich am Drogenkrieg zu bereichern.«

»Ist das nicht etwas, das alle tun, die im Drogengeschäft sind?«

»Über diese Dinge solltest du lieber nicht nachdenken. Alles was du verstehen musst ist die Tatsache, dass Harry Ortega ein korruptes Schwein ist, das du umbringen musst."

»Du und ich?«

Der Pistolero erhob sich von seinem Stuhl. Er ging zum Fenster, öffnete den Vorhang einen Spalt und blickte auf die Straße hinunter.

Drüben, auf der anderen Straßenseite redete der Cowboy mit dem Mann vom Möbelladen.

»Falscher Hund, unser Cowboy«, sagte der Pistolero. »Wir werden ihn demnächst liquidieren müssen.« Eine Fliege setzte sich auf seinen Nacken. Er verscheuchte sie mit einer Handbewegung. »Ich mache die blutige Arbeit eigentlich nicht mehr«, erklärte der Pistolero, ohne sich vom Fenster wegzudrehen. »Bei Harry wird es eine Ausnahme sein. Er hat nun auch noch Gato und Kaká auf dem Gewissen. Und er wird für uns alle zu einer immer größeren Gefahr.«

»Wann soll es geschehen?«, fragte Lalo so ungerührt wie möglich.

»Es ist schwierig an ihn heranzukommen«, erklärte der Pistolero. »Er ist nie allein, auch nicht in seiner Freizeit. Es sind immer ein paar seiner Freunde bei ihm, sobald er sein Haus verlässt. Cops die nicht im Dienst sind. Sein Haus ist eine alte spanische Villa, in einem Park mit alten Bäumen. Niemand kommt ungesehen über die Mauer, die das Grundstück umgibt. Auf den Mauern Klingendraht. Bewegungsmelder und versteckte Kameras sichern jeden Winkel. Sie sind mit einer zentralen Alarmanlage verbunden. Es befinden sich immer ein paar seiner Leibwächter dort. Und Hunde. Wir haben versucht, ihn auf offener Straße abzuknallen. Vor etwa einem Jahr ist es uns beinahe gelungen. Die Kugel, die ihn in den Kopf treffen sollte, zertrümmerte aber nur sein rechtes Schlüsselbein.«

»Wie soll ich an ihn herankommen, wenn ihr es bis jetzt nicht geschafft habt?«

»Du bist neu, Tercero. Ein neues Gesicht, das noch nicht alle kennen. Sie wissen zwar, dass du für uns arbeiten wirst, aber dein Gesicht kennen nur ein paar ihrer Killer. Das wird sich mit dem ersten Schuss ändern. Danach werden alle wissen, dass du der Killer bist, der Harry für uns aus dem Weg geräumt hat.«

»Ist das gut oder schlecht?"

»Keines von beidem. Du gehörst zu uns. Die Familie wird dich schützen. Aber du wirst immer auf der Hut sein müssen, verstehst du? Was meinst du, wie oft sie versucht haben, mich umzulegen? Hundert Mal bestimmt, aber es ist ihnen nicht gelungen. Du darfst nur nie nachlässig sein. Oder ihnen zeigen, dass du Angst hast, dein Leben zu verlieren. Darauf warten sie nur, dass einer von uns schlapp macht. Kommt immer wieder vor, dass einer schlapp macht. Damit fällt er sein eigenes Todesurteil. Entweder bringen ihn die anderen um, oder wir bringen ihn um. Umgebracht wird er auf jeden Fall.«

»Wie ist der Plan?«

»Die einzige Möglichkeit in seine Nähe zu gelangen, ist am Samstagmorgen. Jeden Samstagmorgen fährt Harry seinen kleinen Sohn Antonio zum Fußball. Sein Sohn spielt in einer Juniorenmannschaft. Harry ist sehr stolz auf ihn, er denkt, dass er einmal für Real Madrid spielen wird.«

»Kaká wollte das auch«, sagte die Frau. »Als er klein war. Er war ein süßer Junge, als er klein war.«

Der Pistolero drehte sich nach ihr um.

»Es war einmal sein Traum«, bestätigte er und ging zum Schreibtisch. Er öffnete eine Schublade und gab Lalo einen Zettel. »Präge dir diese Nummer ein und vernichte anschließend den Zettel, indem du ihn in kleine Stücke zerreißt und im Klo hinunterspülst. Wenn was ist, ruf die Nummer an. Ich bin für dich da, verstehst du. Auf mich kannst du dich verlassen. Wir sehen uns am Freitagabend, damit wir die Sache noch einmal besprechen können.«

»Was sonst noch?«

»Nichts. Das ist alles, was du jetzt zu wissen brauchst. Am Samstagmorgen holt dich ein Fahrer ab. Vergiss nicht, deine Pistole mitzunehmen. Und zieh was Gewöhnliches an. Jeans und Hemd, unter dem du deine Pistole verstecken kannst. Keine verdammten Mafia-Klamotten, hörst du. Keine Rolex-Kopie am Arm. Keine Scheiß-Ray-Ban-Sonnenbrille. Keine italienischen Wixerschuhe. Zieh dich unauffällig an, wie ein Junge, der sich eben mal ein Fußballspiel seines kleinen Bruders anschauen will.«

»Okay.« Lalo grinste. »Ich trage nie italienische Wixerschuhe.«

»Aber auch keine auffälligen krokodilledernen Stiefel, als ob du grad aus einer Country-Disco kämest, Junge. Die Leute dort sind gewöhnliche Leute. Du darfst nicht auffallen. Alles hängt davon ab, dass du nahe an ihn herankommst.«

»Okay.«

»Gut, damit du weißt, was dich erwartet, sage ich es dir lieber gleich: Es wird kein Zuckerschlecken. Du musst so nahe wie möglich an ihn herankommen, damit wir sicher sein können, dass ihn die Kugel tötet. Der trägt auch immer eine kugelsichere Weste, auch an Samstagen. Und er wird meistens von Jairo begleitet. Jairo ist wie sein Schatten. Unauffällig. Immer ganz nah bei ihm. Einer, der die Gefahr riechen kann. Du wirst höllisch aufpassen müssen, dass er dich nicht erwischt, bevor du dazu kommst, deinen Schuss abzufeuern.«

Lalo verspürte für einen Moment ein flaues Gefühl in seiner Magengegend. Er lächelte trotzdem, aber dem Pistolero entging nicht, dass Lalo unsicher wurde.

»Angst brauchst du keine zu haben, Junge. Du wirst mich nirgendwo sehen, aber ich werde da sein und über dich wachen.«

»Ich habe keine Angst«, versicherte ihm Lalo.

»Gut, dann sehen wir uns Freitagabend wieder. Pass auf dich auf, Junge. Übrigens, wenn alles klappt, teilen wir uns zehntausend Dollar. Mehr ist für den Anfang für dich nicht drin.«

»Fünftausend für mich?«

»Und ein Pfund Crack Kokain als Bonus, wenn alles reibungslos abläuft und du Ortega liquidiert hast. Du kannst das Zeug verkaufen, wenn du das willst. Damit machst du Extrakohle.«

Der Pistolero lehnte sich im Drehstuhl zurück.

»Brauchst du sonst noch was?«

Lalo verneinte mit einem Kopfschütteln.

»Gut. Vorschuss hast du bekommen. Sieh zu, dass dein Geld bis Samstag ausreicht. Ich hörte, du hast dir Klamotten und ein Handy gekauft.«

»Ich habe noch genug Geld«, sagte Lalo ausweichend, aber in diesem Moment fiel ihm der schwarze Ford mit den texanischen Nummernschildern ein, den der Taxifahrer vor einer Woche gesehen haben wollte. Konnte es sein, dass der Pistolero, oder vielleicht sogar El Piojo, ihn überwachen ließen, um sicherzugehen, dass er es ernst meinte und alles richtig machte?

Der Pistolero lächelte jetzt und nickte dann der Frau zu. Sie übergab Lalo einen Ziploc-Beutel mit rosarotem Pulver.

»Für dich«, sagte sie. "Falls es dir schlecht geht und du zu zweifeln anfängst, nimm was davon. Es wird dir helfen, in der Nacht vom Freitag auf den Samstag mit der Angst fertig zu werden. Du wirst allein sein. Willst schlafen, aber es gelingt dir nicht. Das Zeug ist kein Schlafmittel, Junge, aber es schärft deine Sinne. Da macht es am Morgen nichts mehr aus, ob du geschlafen hast oder nicht. Nimm nicht zu viel davon. Es ist potentes Zeug."

»Ich weiß wie man mit Cristal Meth umgeht«, erklärte Lalo.

»Brauchst du sonst noch was? « fragte die Frau. »Gold?« Sie ging zu einem Schrank, öffnete eine Schublade und kam mit einem kleinen Plastikbeutel zurück. »Hier, geh sorgfältig damit um. Es ist bestes Acapulco-Gold.«

Der Pistolero legte ihm die Hand auf die Schulter, während Lalo die beiden Beutel in der Jeanstasche verstaute. Dabei fiel ihm der Rosenkranz aus der Hose. Beim Anblick der Kette mit dem Kreuz lachte die Frau auf.

»Wir sind für dich da, Tercero«, sagte sie. »Wir sind deine Familie.«

»Das weiß er«, sagte der Pistolero, hob den Rosenkranz auf, betrachtete ihn kurz und gab ihn Lalo, der ihn in der Hosentasche verschwinden ließ. »Bueno, ich sag's dir noch einmal, lass dich nicht dazu verleiten, zu viel Geld auszugeben. Hier unten, in unserem Revier, können wir dich vielleicht schützen, aber auf der anderen Seite der Grenze da bist du für die Gringo-Bullen und für die Killer, die für das Golf-Kartell arbeiten, Freiwild.«

»Ich gehe nicht so schnell wieder zurück über die Grenze. Dort sucht man mich inzwischen bestimmt.«

»Ich dachte, du willst vielleicht deinen Freund sehen.«

Lalo senkte für einen Moment den Kopf.

»Er ist nicht mehr mein Freund«, sagte er, als er wieder aufblickte.

Jetzt lächelte auch die Frau.

»Du lernst schnell, Tercero«, sagte sie. »Miete dir im El Rey ein Zimmer. Der Besitzer dort ist einer von uns.« Sie öffnete die Tür. »Vamos, gehen wir.«

Lalo verstaute die Drogen in seiner Tasche, hängte sich den Beutel über die Schulter, verließ das Zimmer und ging die Treppe hinunter. Mit jedem Schritt fühlte er sich stärker. Und als er unten das Haus verließ, wünschte er sich, Rafa hätte ihn jetzt gesehen.

Er blickte zur Stelle hinüber, wo Rafa damals gewartet hatte. Es war niemand dort. Lalo überquerte die Straße. Der Cowboy gab ihm ein Zeichen, dass alles okay war.

Lalo mischte sich unter die Leute und ging im Gewühl des Mittagsverkehrs weiter. Im El Rey, einer billigen Absteige im Zentrum von Ciudad Juárez, mietete er sich ein Zimmer. Doppelzimmer mit Dusche und einem kleinen Balkon hinten hinaus.

Er schaltete das Licht ein, verriegelte die Tür, zog die Vorhänge zu, nahm die Pistole aus dem Hosenbund und legte sie unters Kopfkissen.

Er zog sein Hemd aus. Darunter trug er ein ärmelloses weißes Unterhemd, das ihm am Leib klebte. In einem fleckigen Spiegel stand er sich gegenüber.

»Ich bin ein Sicario«, sagte er. »Und du?«

»Ich auch«, antwortete ihm sein Spiegelbild grinsend. Er mochte es, mit seinem Spiegelbild zu reden. Noch lieber hätte er mit Rafa geredet. Rafa war einer, der zuhören konnte, nicht einer, der immer nur von sich reden wollte.

Er ging zur Tür, schloss sie auf und ging hinunter. An der Rezeption kaufte er zwei Flaschen Tecate-Bier und ging wieder hinauf.

Dann nahm er die Fernbedienung vom Fernseher und drückte auf den grünen Knopf. Der Fernseher ging an. Lalo legte sich aufs Bett, öffnete die eiskalte Flasche und rollte sie mit einer Hand kurz über seine heiße Stirn.

Er trank zwei, drei Schlucke, stellte die Flasche auf den Nachttisch und zappte durch die Kanäle.

Bei einem Kanal, wo Spiderman lief, blieb er hängen. Spiderman. Er erinnerte sich daran, wie er und Rafa als kleine Jungs davon geträumt hatten, einmal Superhelden zu werden. Rafa Batman und er Spiderman. Sie waren zusammen durch die Nachbarschaft gelaufen, hatten sich von den Mauern einer Hausruine abgeseilt und waren einmal fast von herunterfallendem Schutt begraben worden.

In seinen Erinnerungen entfloh Lalo der Wirklichkeit.

Er sah zwar in die Glotze, aber er dachte an die vergangenen Zeiten und vergaß dabei, warum er hier in diesem kleinen Hotelzimmer lag.

Lalo rauchte einen Joint und trank die Flaschen leer. Er überlegte sich, ob er hinuntergehen sollte, auf die Straße hinaus. Er hatte Freunde in Ciudad Juarez, mit denen er den Abend hätte verbringen können. Zu seinen Freunden gehörten auch ein paar Mädchen. Nicht dass er sich viel aus Mädchen machte, aber warum sollte er nicht heute eines dieser Mädchen dazu bringen, mit ihm diese Nacht zu verbringen?

Der Gedanke erregte ihn. Er dachte daran, sich selbst zu befriedigen, aber er tat es nicht.

Lange nach Mitternacht schlief er ein, ohne es zu merken.

In seinem Traum spielte er Fußball. Mit Kaká, dem Kleinen.

Aber der Ball war kein Ball. Der Ball war der Kopf eines Menschen. Und der Kopf hatte ein Gesicht. Das Gesicht von Ernesto Diaz. Er hatte ein Loch auf der Stirn, genau zwischen den Augen.

Schweißgebadet wachte Lalo auf.

*

»Du hast Besuch, Latisha«, sagte Señora Mendoza, als ihre Tochter nach Hause kam.

Es war Nachmittag. Fast anderthalb Stunden lang hatte es wie aus Kübeln gegossen. Der Platz vor dem Haus war voller Pfützen. Ein Bach, der vorher nicht existiert hatte, floss am Haus vorbei durchs Mesquitegestrüpp.

Latisha sah Rafa auf dem Sofa sitzen, stockte kurz im Schritt und eilte dann in die Küche, wo sich ihre Mutter befand, um einen Topf mit Carne Menudo und einige Maistortillas warm zu machen.

»Mama, was macht er hier?«, erkundigte sie sich im Flüsterton. »Warum ist er hierhergekommen? Die Polizei sucht überall nach seinem Freund. Es steht sogar in den Zeitungen.«

»Er ist hier, um dich zu sehen.«

»Ich halte es für ziemlich gefährlich, wenn er hierher kommt. Es könnte gut sein, dass nicht nur die Polizei hinter ihm her ist, sondern auch irgendwelche Killer.«

»Latisha, bitte, reiß dich zusammen«, flüsterte ihre Mutter. »Der Junge ist kein Verbrecher.«

»Wie weißt du das so sicher?«

»Er ist schon seit einigen Stunden hier. Ich habe mit ihm gesprochen. Rafa ist verzweifelt, das ist alles. Sein Freund, mit dem er wie ein Bruder aufgewachsen ist, ist weg. Jetzt ist er hierhergekommen, weil er sehr allein ist. Geh und rede mit ihm. Das wird ihm gut tun.«

Latisha sah ihre Mutter bestürzt an. »Mama, du traust ihm, obwohl du jetzt weißt, was damals geschehen ist, als er und sein Freund hierher kamen?«

»Was geschehen ist, hat nichts mit ihm zu tun. Er war zufällig dabei. Er hat nichts anderes getan als seinen Freund begleitet. Er wusste nicht, worauf er sich einlassen würde, als er mit Lalo nach Mexiko ging.«

»Hat er dir das gesagt?«

»Ja. Er hat mir alles gesagt. Sein ganzes Leben hat er mir erzählt, von jenem Tag an, als ihn drei Männer aus einem brennenden Auto befreiten. Seine Eltern starben in diesem Auto. Sie kamen damals aus Mexiko, genau wie dein Vater und ich. Sie träumten die gleichen Träume wie wir. Dann passierte das Unglück.«

Latisha blickte zur Türöffnung hinüber, die ins Wohnzimmer führte.

»Dann ist er Vollwaise?«

»Er ist in der Casa Loretta groß geworden. Dorthin hat man ihn als Baby gebracht. Lalo übrigens auch. Aber Lalo weiß nicht, wer sein Vater war. Wenige Tage nach seiner Geburt verließ ihn seine Mutter. Er denkt heute noch, dass sie neben ihm im Kindbett gestorben ist, aber es ist wohl so, dass sie ihn einfach im Spital zurückgelassen hat.«

»Ich muss noch einmal weg, Mama. Wir haben heute in der Schule einen Vortrag, den ich mir nicht entgehen lassen will.«

»Dann frag ihn, ob er mitkommen will.«

»Mama, das werde ich …«

Latisha brach ab, als Rafa in der Türöffnung auftauchte.

»Ich glaube nicht, dass ich länger bleiben kann«, sagte er. »Loretta macht sich bestimmt schon Sorgen um mich. Ich war nicht in der Schule. Vielleicht denkt sie, ich sei auch abgehauen.«

»Zuerst gibt es etwas zu essen«, sagte die Frau und hob den Deckel vom gusseisernen Topf. »Menudo, mit Schweinefleisch und frischen Kutteln und Gemüse aus unserem Garten. In einigen Minuten ist es soweit. Latisha, es ist Apfelsaft im Kühlschrank. Oder vielleicht trinkt unser Gast lieber Wasser?«

»Magst du lieber Wasser?«, fragte Latisha, ohne Rafa direkt anzusehen.

»Nein, ich mag Apfelsaft.«

Latisha öffnete den Kühlschrank, nahm eine Halbgallonenflasche Apfelsaft heraus und füllte drei große, grünschimmernde Gläser. Eines ließ sie auf dem Küchentisch stehen, die anderen beiden trug sie in die Wohnstube. Dabei musste sie so dicht an Rafa vorbei, dass sie sich beinahe berührten.

»Ich muss leider schon in einer halben Stunde wieder zur Schule«, sagte Latisha und stellte die Gläser auf den Esstisch im Wohnzimmer. »Ein Wissenschaftler aus Dallas hält heute einen Vortrag über die Bedeutung des Rio Grande für die Leute, die in seiner Nähe leben.«

»Wo ist deine Schule?«, fragte Rafa.

»In der Stadt. Ich besuche seit einem halben Jahr die Mission Early College Highschool. Es ist ein Junior College, in dem ich mich für die Uni vorbereiten kann.«

»Nimmst du mich mit in die Stadt?«

»Aber ja. Ich fahre dich bis zur Kreuzung Alameda Avenue und North Piedras Street.«

»Gut, von dort sind es nur noch einige Häuserblocks bis nach Hause.«

Latisha ging in die Küche zurück. »So, jetzt ist das Essen fertig«, sagte ihre Mutter. Die Hände mit zwei dicken Topflappen schützend, trug sie den Kochtopf ins Wohnzimmer.

»Mama macht das beste Menudo weit und breit«, erklärte Latisha. »Vergiss bitte nicht, ihr ein Kompliment zu machen, Rafa. Das wird sie dir nie vergessen.«

Sie gingen ins Wohnzimmer und setzten sich an den Tisch. Rafa brauchte sich nicht anzustrengen, das Essen in den höchsten Tönen zu loben. »Ich habe noch nie ein besseres Menudo gegessen als das Ihre«, versicherte er ihr genüsslich und nahm einen großen Löffel voll mit gut gewürzten Kutteln und Kichererbsen.

»Rafa, erzähl Latisha bitte, wer dich hierher gebracht hat«, forderte Señora Mendoza ihn mit einem Schmunzeln auf.

Rafa wischte sich mit dem Handrücken die Lippen sauber.

»Wer denn?«, fragte Latisha neugierig. »Etwa dein Freund, Lalo?«

»Die Migra«, sagte Rafa etwas unsicher.

»Die Migra?«

»Zwei von ihnen in ihrem brandneuen Streifenwagen.«

»Wenn das wahr ist, musst du gute Freunde bei der Migra haben.«

»Nein, nein, ich habe ihnen nur eine Geschichte von meiner gerade verstorbenen Tante in Cincinnati erzählt, und dass ich hier einen Onkel habe.«

»Hier in El Paso oder hier hier?«

»Hier hier.«

Latisha verdrehte die Augen.

»Dann hast die Migra angelogen?«

Er lachte fröhlich. »Stört es dich etwa? Das würde mir zwar leidtun, aber ich kann es nicht mehr rückgängig machen. Ich ging weg und wusste nicht wohin. Kurz bevor die Migra-Bullen auftauchten, dachte ich daran, zu dir zu kommen, aber von dort wo ich war bis hierher sind es über zwanzig Meilen. Ich wollte dich unbedingt sehen, aber ich wusste nicht, wie ich es anstellen konnte, herzukommen. Zu Fuß ist es zu weit und ein Taxi kann ich mir nicht leisten.«

Sie aßen Tortillas und Menudo und tranken dazu Apfelsaft, und sie redeten Belangloses, doch sie wussten alle drei, dass es andere Dinge gegeben hätte, wichtigere Dinge, über die sie hätten reden sollen, nur waren das nicht der Ort und die Zeit dazu.

Stattdessen redeten sie über die Fahrbewilligung, die das Verkehrsdepartement Latisha erteilt hatte, damit sie schon mit fünfzehn und einem provisorischen Führerschein den kleinen Mitsubishi Colt fahren durfte, weil sie in einer solch entlegenen Gegend der Stadt wohnte und als besonders begabte Schülerin früher von der Highschool ins College hatte wechseln dürfen.

»Es ist nicht immer nur so, dass Mexikaner in diesem Land benachteiligt werden«, meinte Latishas Mutter dazu. »Ich würde nicht mehr drüben, auf der anderen Seite des Rio Grande leben wollen, Rafa. Es gibt hier viel Schlechtes, das stimmt, aber es gibt auch viel Gutes. Unseren Verwandten in Mexiko geht es nicht so gut. Viele von ihnen leben von der Hand in den Mund. Es herrscht überall Korruption. Die Bosse der Kartelle sind die Könige. Und wer nicht tut, was sie sagen, der wird umgebracht. Deshalb gibt es diesen Drogenkrieg. Es ist ein Krieg ohne Ende, Rafa. Es gab ihn schon, als ich so jung war, wie Latisha es heute ist. Ich kann mich erinnern, wie unser Nachbar auf offener Straße niedergeschossen wurde, weil er sich mit den falschen Leuten eingelassen hatte. Es hört nie mehr auf. Nie mehr.«

»Mama, wollen wir nicht lieber von anderen Dingen reden?«, schlug Latisha ihrer Mutter vor.

»Vor einigen Tagen nur hat man in einer kleinen Stadt die Bürgermeisterin erschossen«, fuhr ihre Mutter fort. “Am Montag hat sie das Amt angetreten und bei ihrer Rede gesagt, dass sie gegen die Kartelle vorgehen würde, die so viele Menschenleben auf dem Gewissen haben. Am nächsten Tag ist sie niedergeschossen worden. Aber gut, reden wir lieber über etwas anderes als über diesen unseligen Krieg.«

Rafa erzählte ihnen, dass er gerne Journalist werden würde oder vielleicht sogar einmal ein Buch schreiben könnte.

»Ich glaube, dass aus dir ein guter Schriftsteller würde«, sagte Latishas Mutter. »Einer wie Octavio Paz, der ein genauer Beobachter der Gesellschaft ist.«

So redeten sie und aßen und tranken, und obwohl sie alle drei immer wieder an ihn dachten, fiel Lalos Namen kein einziges Mal mehr, bis Latisha und Rafa aufbrachen und zurück in die Stadt fuhren.

Es war später Nachmittag, und die Sonne trocknete die Straßen schnell. Zwischen der Stadt, dem Fluss und den fernen Hügeln in Mexiko hing der Dunst wie hauchdünner Nebel.

Auf dem Freeway überraschte Latisha Rafa plötzlich mit der Frage, wo sie hinfahren könnten.

»Ich dachte, du musst in die Schule zurück.«

»Nein, ich wollte nur nicht zu Hause bleiben. Dort fällt mir manchmal die Decke auf den Kopf, seit mein älterer Bruder nicht mehr da ist. Meine Eltern sind gut zu mir, aber sie versuchen zu stark, mich zu behüten. So als hätten sie Angst, auch mich zu verlieren. Manchmal habe ich das Gefühl, als gehörte mein Leben ihnen, Rafa.«

»Dieses Gefühl kenne ich nicht«, sagte Rafa. »Nur Lalo und ich, wir gehörten zusammen.«

»Wolltest du mich deswegen sehen? Weil du ihn so sehr vermisst?«

»Er fehlt mir, Latisha.«

»Ich weiß wie das ist, wenn du plötzlich sehr einsam bist. Als man uns die Nachricht brachte, dass mein Bruder tot ist, wollte ich nichts anderes, als auch dorthin zu gehen. Ich dachte ernsthaft daran, mich umzubringen.«

»Zum Glück hast du es nicht getan.«

»Ja, zum Glück. Wohin sollen wir fahren, Rafa?«

»Zur Grenze.«

»Du willst zur Grenze?«

»Ja. Ich kann von dort zu Fuß rüber nach Ciudad Juárez.«

»Ist das für dich nicht zu gefährlich, Rafa? Glaubst du denn wirklich, dass du irgendwo Lalo begegnest? Das wäre doch ein unglaublicher Zufall.«

»Ich weiß, aber ich muss es versuchen. Ich glaube einfach, dass wir uns begegnen werden. Es ist schon so oft geschehen,

Latisha. Schon als wir klein waren. Wenn ich gedacht habe, jetzt kommt Lalo um die Ecke, stießen wir meistens tatsächlich einen Augenblick später zusammen. Wir haben uns einmal beim Rodeo aus den Augen verloren und da waren tausende von Menschen und als ich dachte, ich finde ihn nie mehr, stand er plötzlich neben mir.«

»Das ist was anderes.«

»Nein, das ist nichts anderes. Ich habe in der vergangenen Nacht sogar geträumt, dass wir uns in Juarez begegnet sind.«

Danach schwiegen sie beide bis zur Ausfahrt, über die man vom Freeway über die Santa Fe Avenue zur Grenzbrücke kam.

»Was tust du, wenn du ihn tatsächlich triffst?«, fragte Latisha, während sie sich in den Verkehr einordnete.

Rafa starrte durch die Windschutzscheibe und gab ihr keine Antwort.

»Würdest du versuchen, ihn aufzuhalten?«

»Er würde dich auslachen. Niemand kann ihn aufhalten. Eine Kugel vielleicht, ja. Oder ein paar Killer in einem Gefängnis, die ihn mit ihren Fäusten totschlagen, wie sie das bei meinem Bruder getan haben.«

»Ich weiß nicht was ich tun würde«, antwortete ihr Rafa jetzt.

Es war eine kurze Strecke bis zur Grenzbrücke. Sie redeten kein Wort mehr miteinander. Hingen beide ihren Gedanken nach.

»Gut, wir können es versuchen, obwohl ich denke, dass es nichts bringt, wenn wir die ganze Stadt nach ihm absuchen. Als mein Bruder ging, haben wir Dutzende von unseren Verwandten benachrichtigt und alle haben nach ihm gesucht, aber es hat ihn niemand gefunden.«

»Ich sage nicht, dass wir ihn antreffen, Latisha. Und ich sage auch nicht, dass du mitkommen sollst. Ich geh allein. Lass mich einfach aussteigen, dann geh ich zu Fuß hinüber.«

»Kennst du Leute in Ciudad Juárez. Verwandte? Freunde?«

»Nein. Ich kenne dort niemand. Lalo kennt einige Leute. Ich weiß nur, wo sich das Haus befindet.«

»Welches Haus?«

»Das Haus, wo Lalo sein Handgeld bekommen hat und den Zettel mit der Telefonnummer von Gatos Handy.«

»Rafa, dorthin darfst du nicht gehen! Wenn dich diese Leute, mit denen Lalo es zu tun hat, entdecken, bringen sie dich um.«

»Ich habe dir gesagt, dass du nicht mitzukommen brauchst. Ich geh allein! Als Mädchen würdest du mich nur behindern. Also bleibst du besser …«

»Was soll denn das heißen, Rafa? Willst du mich beleidigen?«

Latisha bog auf die rechte Spur ein und fuhr langsam auf die Brücke über den Rio Grande zu.

Es war viel Verkehr an diesem Spätnachmittag. Leute, die in El Paso arbeiteten, kehrten nach Mexiko zurück. An der Grenze würde niemand Zeit haben, die Autos anzuhalten, niemand Ausweise verlangen.

»Halte bitte an!«

»Nein, Rafa. Das werde ich nicht tun. Ich werde mit dir kommen.«

»Findest du das etwa eine gute Idee?«

»Eine Super-Idee. Ich habe zwar auch keine Tante in Cincinnati, aber dafür mehrere Onkel und Tanten in Juarez. Falls wir Hilfe brauchen, kann ich mich auf sie verlassen.«

»Das ist nicht irgendein Kinderspiel, Latisha. Es kann ziemlich …«

»Entschuldige, dass ich dich unterbreche, Rafa, aber ich weiß, dass es kein Kinderspiel ist, glaube mir.«

Dort, wo die Straße eine Rechtskurve machte, fuhr sie auf die Brücke. Rafa forderte sie noch einmal auf, anzuhalten, doch Latisha gehorchte ihm auch jetzt nicht. Sie reihte sich in die Kolonne der Autos ein, die zur Zollstation fuhren. Rechts warteten die großen Lastwagen. Einige der Fahrer standen im

Schatten der achtzehnrädrigen Kolosse und rauchten und redeten und verglichen ihre Zollpapiere miteinander.

»Latisha, lass mich bitte an der Grenze raus und fahr zurück!«

»Du kannst reden so viel du willst, Rafa. Hast du überhaupt deinen Ausweis dabei?«

Rafa holte seinen Ausweis aus dem Geldbeutel. Sie befanden sich in der Maschen- und Stacheldrahtschleuse über die Grenzbrücke.

Umdrehen konnten sie jetzt nicht mehr.

*

Auf der Straße, wo sich das rosarote Haus befand, fuhren die Autos im Schneckentempo. Staus an den Kreuzungen. Ungeduldiges Hupen. Schimpfende Männer. Ein Maulesel, der einen Karren zog, behinderte den Autoverkehr.

Rafa zeigte zum Haus hinüber.

»Dort ist es«, sagte er, »das rosarote Haus.«

Latisha musste auf den Verkehr achten, aber sie streifte das Haus doch mit einem schnellen Blick.

»Es sieht harmlos aus«, sagte sie.

»Ist es aber nicht.«

»So ist es in Mexiko. Schau dir die Leute an. Alle sind harmlos. Dagegen sprechen aber die vielen Morde, nicht wahr?«

»Kannst du hier irgendwo anhalten?«

»Hier, in diesem Gewühl? Was hast du vor? Du willst doch nicht etwa da reingehen?«

»Nein, so verrückt bin ich bestimmt nicht.«

Nach einer Parklücke suchend, bog Latisha in eine schmale Nebenstraße ein und parkte ihren Mitsubishi vor einem Kindergarten, der von einem hohen Zaun umgeben war. Sie schaltete den Motor aus und sah Rafa von der Seite an.

»Und jetzt?«

Rafa wischte sich die feuchten Handflächen an der Hose ab.

»Ich geh nur dorthin, wo ich die Straße beobachtet habe, als Lalo im Haus war.«

»Okay. Dann gehen wir.« Latisha langte nach dem Türgriff.

»Du bleibst besser hier.«

»Rafa, glaubst du nicht, dass ich mit bald sechzehn alt genug bin, für mich selbst zu bestimmen, was ich tue und was nicht?«

»Gut. Das sehe ich ein. Obwohl, sechzehn ist noch ziemlich jung.«

»An welchem Tag bist du denn geboren, Rafa?«

»In meinen Papieren steht der vierzehnte Februar.«

»Dann bist du gerade zwei Monate und zwei Tage älter als ich. Mein Geburtstag ist der sechzehnte April. Ich bin im Sternzeichen des Widders geboren. Meine Mutter sagt, deshalb hätte ich einen Kopf aus Stein.«

»Niemand kann dir was sagen, das stimmt.«

»Sagen schon, aber ich lass mir nichts einreden.«

»Okay. Komm mit, wenn du willst. Ich habe nichts dagegen.«

»Und selbst wenn du etwas dagegen hättest …« Latisha ließ das Ende des Satzes in der Luft hängen und öffnete die Fahrertür.

Sie stiegen beide gleichzeitig aus, gingen zur Hauptstraße zurück und am rosaroten Haus vorbei.

Eine hagere, blasse Frau kam in dem Moment heraus, als sie an der Tür vorbeigingen. Die Blicke der Frau und von Rafa kreuzten sich nur für einen kurzen Augenblick, aber Rafa spürte trotzdem, dass diese Frau ihn schon einmal gesehen haben musste und ihn deshalb sofort wiedererkannte.

Rafa merkte, wie ihm das Blut in den Adern gefror, während er an Latishas Seite weiterging. Es schien ihm, als durchbohrte ihn der Blick der Frau von hinten, aber er wagte es nicht, sich nach ihr umzudrehen.

»Wer war das?«, fragte Latisha leise.

»Die Frau?«

»Ja. Sie hat nur dich gesehen, mich nicht, obwohl ich sie beim Vorbeigehen beinahe streifte.«

»Ich weiß nicht, wer sie ist. Lalo hat mir nichts erzählt.«

»Vielleicht sollten wir über die Grenze zurückfahren und zwar augenblicklich.«

»Schau dich unauffällig nach der Frau um, Latisha. Sag mir bitte, was sie tut.«

»Nein, wir tun, als gehörten wir nicht zusammen. Ich bleibe jetzt am Straßenrand stehen und überquere dann die Straße. Dabei schau ich nach links und rechts und kann so sehen, was sie tut. Du gehst hundert Schritte weiter in die gleiche Richtung, Rafa. Dann überquerst auch du die Straße und wir treffen uns auf der anderen Seite.«

»Okay. Ich geh jetzt einfach weiter.«

Ohne eine Antwort zu geben, blieb Latisha am Rand des Gehsteiges stehen und blickte zuerst nach links, dann nach rechts.

Die Frau stand noch immer im Hauseingang und redete am Handy mit jemandem. Die Tür hinter ihr war geschlossen gewesen, ging aber in diesem Moment auf und ein Mann in Stiefeln und mit einem Cowboyhut auf dem Kopf kam heraus.

Die Frau sagte etwas zu ihm und zeigte in Rafas Richtung.

Der Mann nickte und langte mit der rechten Hand unter das Hemd, das ihm über die Hose herunterhing. Es war nur eine schnelle Bewegung, aber Latisha war klar, dass der Mann nicht zum Gürtel gegriffen hatte, um sich zu vergewissern, dass er richtig zugeschnallt war, sondern zum Griff einer Waffe.

Die Frau sagte noch etwas zu ihm.

Wieder nickte er, aber dieses Mal antwortete er ihr auch und die Frau nickte, dann sagte sie etwas in ihr Handy und der Cowboy wollte sich in Bewegung setzen, aber in diesem Augenblick geschah etwas, das Latisha auch später nie ganz begreifen konnte.

Der Frau zersprang von einem Augenblick auf den anderen der Kopf, als wäre er explodiert.

Gleichzeitig sackte sie zusammen, als ob ihr jemand mit einem Baseballschläger und mit voller Wucht die Beine unter dem Körper weggeschlagen hätte. Sie schien dabei ihre Arme von sich zu schleudern, während sie auf der Stufe zur Tür zusammenbrach.

Ungläubig starrte Latisha auf das viele Blut, das an der Hauswand und an der Tür herunterlief. Gleichzeitig sah sie, wie sich der Cowboy umdrehte und seine Hand wieder unter das Hemd fuhr. Aber er kam nicht dazu, seine Waffe zu ziehen. Wie von unsichtbaren Faustschlägen getroffen taumelte er gegen die Außenwand des rosaroten Hauses und rutschte an ihr herunter in die Knie. In seinem Gesicht breitete sich jäh ein ungläubiges Staunen aus. Fast so, als verstehe er die Welt nicht mehr, als der Tag für ihn so plötzlich zur Nacht wurde.

Erst jetzt zog er seine Hand unter dem Hemd hervor. Sie umklammerte den Griff eines Revolvers.

Cowboys tragen keine Pistolen. Cowboys tragen Revolver. Einen Colt, der nun seiner Hand viel zu schwer wurde. Obwohl er sich anstrengte, konnte ihn nicht mehr festhalten. So entglitt er seinen kraftlosen Fingern und fiel in eine kleine Pfütze auf dem Asphalt.

Der Cowboy hockte an der Wand, etwas verkrümmt und mit herunterhängenden Schultern. Der Hut rutschte ihm in den Nacken. Es sah grotesk aus.

Die Leute, die in der Nähe waren, wagten es nicht, zu ihm hinzugehen. Einige wichen sogar zurück, rannten davon, flohen über die Straße, auf der der Verkehr zum Stillstand gekommen war.

Da hockte der Cowboy und obwohl er noch lebte, hörte er die Leute nicht mehr.

Und obwohl seine Augen offen waren, sah er nichts mehr.

Und obwohl er atmete, erstickte er schließlich an seinem Blut, bevor er es erbrechen konnte.

Latisha starrte auf die beiden Toten, die Frau ohne Kopf und den Cowboy. Noch immer wusste sie nicht, was genau vorgefallen war, aber es mussten Kugeln gewesen sein, die die beiden getötet hatten. Kugeln aus schallgedämpften Waffen, sodass die Schüsse im Straßenlärm dieses Abends untergegangen waren.

Latisha schrak zusammen, als Rafa sie am Arm packte und sie mit sich zwischen den Autos hindurch über die Straße zerrte.

Vor dem rosaroten Haus entstand ein Gedränge. Leute versuchten jetzt näher an die beiden Toten heranzukommen, um besser zu sehen. Kinder waren unter ihnen. Ein Junge mit einem kleinen Hund auf dem Arm. Rafa hätte ihn wiedererkannt, aber er sah ihn nicht, während er auf der anderen Straßenseite Latisha mit sich zog, bis sie sich losriss und stehenblieb.

Erst jetzt bemerkte er den Schreck in ihren großen Augen und ihren entsetzten Gesichtsausdruck. Sie zitterte am ganzen Leib, aber als er mit beiden Händen nach ihr griff, hob sie die Arme und hielt ihn dadurch weg von sich.

»Fass mich nicht an!«, stieß sie völlig verstört hervor. »Fass mich jetzt nur nicht an, Rafa!«

»Latisha! Wir müssen weg von hier!«

»Das weiß ich selbst. Aber ich muss mich erst hinsetzen, verstehst du. Ich muss mich irgendwo hinsetzen.«

»Dann komm.« Noch einmal versuchte Rafa, nach ihrem Arm zu greifen, aber sie schüttelte den Kopf.

»Lass mich!«

Rafa zeigte zu einer kleinen Kneipe, einer Bodega, die sich kaum zwanzig Schritte von ihnen entfernt befand. Ein Pacifico-Bier-Neonschild leuchtete im einzigen Fenster.

Sie drängten sich an den Leuten vorbei, die alle zum Ort der Schießerei eilten. Die Bodega war bis auf einen Mann, der an der Bar saß, leer. Aus einem Nebenraum tauchte ein zweiter Mann auf, der einen dicken Schnurrbart trug und eine Schürze umgebunden hatte.

»Kinder sind hier nicht gestattet«, näselte der Mann auf Spanisch.

»Es … es geht ihr … nicht gut«, stotterte Rafa.

»Ich will mich nur eine Minute hinsetzen«, sagte Latisha. »Das ist bestimmt nicht verboten.«

»Mädchen, du siehst leichenblass aus. Habt ihr etwa mit der Schießerei zu tun gehabt?«

»Wir … wir haben es nur gesehen.«

Der Mann an der Bar drehte sich auf dem Stuhl und nahm seine Schildmütze vom Kopf.

»Gib der Kleinen einen Tequila, Rudi. Bevor sie dir vom Stuhl kippt. Der Junge kann sicher auch einen vertragen, stimmt's, Muchacho?«

Rafa merkte erst jetzt, dass sein Mund völlig ausgetrocknet war. Er ließ sich an einem der drei kleinen Tische auf einen wackligen Stuhl fallen.

Draußen heulten Polizeisirenen, aber für die Streifenwagen war in der verstopften Straße kein Durchkommen.

»Das wird dauern, bis die Bullen hier auftauchen«, sagte der Mann hinter der Theke, während er zwei kleine Gläser mit Tequila vollmachte. Randvoll.

Er brachte die Gläser zum Tisch.

Der Mann an der Theke nickte ihnen aufmunternd zu.

»Trinkt, Kinder«, forderte er sie auf. »Nicht dass ihr meinem Freund Rudi hier noch seine schöne Bar vollkotzt.«

»Geht auf Rechnung des Hauses«, meinte Rudi.

Rafa griff nach dem Glas. Auch Latisha kam der Aufforderung des Mannes nach. Sie nippten beide am Tequila. »Leckt euch ein bisschen Salz von der Hand«, sagte der Mann an der Bar. »Es steht auf dem Tisch. Bring ihnen eine Zitrone, Rudi. So kann man das nicht trinken.«

Der Barbesitzer ging hinter die Theke, zerschnitt eine Zitrone, tat die Schnitze auf einen kleinen bunten Teller, brachte ihn zum Tisch und zeigte auf einen kleinen, gläsernen Salzstreuer in der Mitte des Tisches.

»Habt ihr denn genau gesehen, was dort drüben passiert ist?«, wollte der Mann an der Bar wissen, während sich Rafa und Latisha Salz auf die Hand streuten.

»Ich weiß nicht«, sagte Latisha leise. »Ich weiß nicht, was ich gesehen habe.«

»Sie wurden von einem der Autos aus unter Feuer genommen«, erklärte Rafa. »Mit Pistolen. Ich hab es erst gesehen, als ich mich umdrehte. Ich sah das Auto und ich hörte sogar die Schüsse, trotz der Schalldämpfer. Die Frau lag schon am Boden, als ich zurückblickte. Der Mann stand noch an der Wand, aber er begann an ihr herunterzurutschen.«

»Und was ist mit dem Auto, aus dem heraus geschossen wurde?«

»Das steckte im Stau fest.« Rafa biss in ein Zitronenstück.

»Du meinst das Auto steht noch dort draußen?«

Rafa nickte und trank einen kleinen Schluck vom Tequila, spülte damit Salz und Zitronensaft hinunter.

»So ist das hier, verflucht nochmal. Da brauchen Killer nicht einmal mehr abzuhauen.«

»In diesem Krieg geht alles«, bestätigte der Barbesitzer. »Es gibt längst keine Regeln mehr. Keine Gesetzmäßigkeit. Keine Strukturen, nach denen sich einer orientieren könnte. Nur Leute von anderswo nennen diesen Krieg den Drogenkrieg. Für uns hier ist es längst ein Alltagskrieg geworden. Das ist eine Scheißstadt, Kinder. Ihr beide, ihr kommt von drüben, stimmt's?«

»Aus El Paso«, sagte Latisha.

»Ah, siehst du, Rudi, schon kehrt die Farbe in ihr Gesicht zurück. Trink noch einen kleinen Schluck, Mädchen. Rudis Tequila ist wie Medizin zum Wecken der Lebensgeister.«

»Was macht ihr eigentlich hier in dieser Gegend? Hierher verirren sich selten Kids von drüben, es sei denn, sie haben was mit Drogen zu tun.«

»Wir sind auf der Suche nach einem Freund«, erklärte Rafa dem Barbesitzer.

»Einen von drüben?«

Rafa zuckte mit den Schultern. »Ja, er ist mein Freund«, sagte er.

»Suchst du ihn, weil er abgehauen ist?«

»So ungefähr.«

»Ist er jung wie du?«

Rafa nickte. »Ein bisschen jünger.«

»Dann vergiss ihn schnell. Solche Jungs kommen nur aus einem Grund hierher, nämlich weil sie ganz schnell ganz viel Geld verdienen wollen. Die Kartelle heuern sie an. Die meisten der jungen Killer hier sind mexikostämmige Jungs von drüben. Sie sind abgebrühter als unsere Jungs. Richtige kleine Killer. Das macht die Gringo-Kultur aus ihnen. Die denken, dass sie Amerikaner sind und allein schon deswegen allen anderen überlegen. Du bist ein verdammter Amerikaner und denkst, du kannst die ganze Welt ficken, weil du stärker bist und größer und eine dickere Knarre hast. Weißt du, dass mexikostämmige Jungs wie du, die drüben aufgewachsen sind, immer denken, dass wir hier unten alle einfältige Arschlöcher sind?«

»Das habe ich nie gedacht«, wandte Rafa ein.

»Du vielleicht nicht, aber ich sehe die anderen, die hier in der Gegend rumfahren in ihren feinen Schlitten und mit der Knarre unterm Hemd. Die Herzen unserer Mädchen fliegen ihnen zu, weil sie Geld haben und weil die Mädchen denken, so einer nimmt sie mal mit nach drüben und dann leben sie mit all dem Scheiß, den die Amerikaner zum Leben eben so brauchen. Ich würde nie hinüber gehen, dabei habe ich zwei Brüder, die dort leben und die haben beide Familie und wahrscheinlich sogar anständige Kinder.«

Der Mann an der Bar trank von seinem Bier und wischte sich den Mund mit dem Handrücken ab.

»Die Bosse der Kartelle und ihre Handlanger wollen nicht ihre eigenen Kinder die Drecksarbeit verrichten lassen. Ihre Söhne besuchen die guten Schulen und man bringt ihnen Manieren bei und Anstand und Respekt. Die Töchter werden schön angezogen und sitzen bei Papa im Auto, wenn er sie zum Reitunterricht fährt. Das ist der Unterschied zwischen denen dort drüben und uns. Dein Freund ist wahrscheinlich schon einer dieser Auftragskiller. Anstatt nach ihm zu suchen, solltest du dein Mädchen nehmen und schleunigst zurückgehen. Vergiss deinen Freund, Junge. Radiere ihn aus deinem Gedächtnis! Er existiert nicht mehr, verstehst du? Er ist sozusagen ein lebender Toter, der …«

»Hör auf mit dem Scheiß, Mann«, fiel der Barbesitzer seinem Gast ins Wort.

»Das ist kein Scheiß, Rudi. Ich weiß wovon ich rede, verdammt!«

»Okay. Hier, trink noch ein Bier. Lass die Kinder in Ruhe. Wer sagt denn, dass sein Freund ein Killer ist.«

»Das sage ich!«, sagte der Gast. »Warum sonst ist er abgehauen?

»Vielleicht hat er ein Mädchen hier«, schlug der Barbesitzer vor. »Hat dein Freund vielleicht ein Mädchen hier?«

Rafa sah Latisha an.

»Komm«, sagte er zu ihr. »Wir gehen.« Er nahm sie beim Arm und zog sie vom Stuhl. Dieses Mal ließ sie es geschehen. Sie bedankten sich beim Barbesitzer und verabschiedeten sich von beiden Männern, bevor sie hinausgingen. Die Sonne stand jetzt tief über den Dächern der Häuser auf der gegenüberliegenden Straßenseite.

Als sie über die Straße gingen, klingelte Rafas Handy. Das Display zeigte Lalos Nummer. Rafas Finger zitterte, als er auf die Receive-Taste drückte.

»Rafa?«, fragte Lalos Stimme.

»Ja«, stieß Rafa hervor. »Wo bist du? Alle suchen nach dir.«

»Ich weiß. Jemand hat mir gesagt, dass ihr hier seid, du und das Mädchen.«

»Lalo, ich ...«

»Hör mir zu, Rafa!«

»Lalo, ich ...«

»Du sollst zuhören, verdammt! Wenn du dich hier rumtreibst, ist mein Leben keinen blutigen Cent mehr wert, verstehst du. Und deines auch nicht! Nimm dein Mädchen und hau ab! Vergiss mich! Vergiss, dass wir einmal Freunde waren! Lösch deine Erinnerungen aus und komm nie mehr hierher, verstehst du?!«

»Lalo, wir haben gesehen, wie eine Frau und ein Mann, die aus dem rosaroten ...«

»Ich seh dich und Latisha, Rafa. Ich seh euch über die Straße gehen. Haut ab, bevor es dazu zu spät ist. Und kommt nie mehr hierher!«

Rafa blieb mitten im Stau stehen und fuhr herum. Seine Blicke jagten zwischen den Autos hin und her, dann zur anderen Straßenseite hinüber, wo sich inzwischen auch ein Menschenauflauf gebildet hatte, an den alten Fassaden der Häuser entlang, streiften die Fenster, in denen sich die untergehende Sonne spiegelte.

»Wo bist du, Lalo?«, fragte er so leise, als wäre jemand in der Nähe, der mithörte.

Er vernahm ein leises Klicken. Die Verbindung war unterbrochen, aber Rafa wollte es nicht wahrhaben.

»Sag mir wo du bist, Lalo!«

»Lalo!«

Das Handy blieb stumm. Rafa nahm es vom Ohr und drückte auf die Aus-Taste. Noch immer suchte er Lalo, konnte ihn aber nicht entdecken.

Er sah zwar das Schild mit der Aufschrift HOTEL EL REY,

aber Rafa bedeuteten die Worte nichts, außer dass sie der Name eines Hotels waren. Er wandte sich Latisha zu.

Latisha sah ihn nur stumm an.

»Das war Lalo«, sagte er stockend. »Latisha, das war mein Freund Lalo.«

Sie senkte den Kopf. Ein Auto hupte, obwohl der Verkehr nicht weiterging. Rafa starrte sein Handy an, aber es klingelte nicht mehr. Enttäuscht steckte er es ein.

»Komm«, sagte er zu Latisha. »Es hat keinen Sinn mehr, nach ihm zu suchen.«

Sie überquerten die Straße und merkten erst jetzt, wie weit sie sich von Latishas Auto entfernt hatten.

Als sie endlich dort ankamen, war die Sonne untergegangen. In der schmalen Straße standen Streifenwagen der Polizei, die auf Umwegen bis auf hundert Meter an den Tatort herangekommen waren.

Rafa und Latisha stiegen ein und fuhren davon, zurück über die Grenze nach El Paso. Als sie die Grenze hinter sich hatten, schien es ihnen beiden, als wären sie einem Albtraum entronnen.

»Bringst du mich nach Hause, Latisha?«

Rafa sah sie von der Seite an und bemerkte, dass ihr die Tränen über das Gesicht rannen.

Er streckte die Hand aus und berührte ihre Wange leicht mit den Fingern.

*

Lalo saß auf seinem Bett im Hotelzimmer.

Es war Freitagabend. Lärm drang von der Straße herauf.

Weil es am Nachmittag geregnet hatte, war die Luft stickig schwül.

Der Pistolero war gekommen, um Lalo die letzten Instruktionen zu geben und ihm zu sagen, dass dieser erste Auftrag für ihn eine relativ einfache Sache werden würde, wenn er sich an die Anordnungen hielt und keinen Fehler beging.

»Du tötest ihn auf der Haupttribüne des Fußballstadions«, erklärte ihm der Pistolero. »So wie wir es ausgemacht haben. Du brauchst keine Angst zu haben, Tercero. Es werden wenige Leute dort sein. Eltern von Spielern. Da dich niemand kennt, werden dich alle für jemanden halten, der zu einem der kleinen Spieler gehört, einen Bruder oder einen Onkel.«

Eine Sache des Verstandes sollte es sein, der Kaltblütigkeit und der Bereitschaft, den ersten Schuss im richtigen Moment abzugeben, erklärte ihm der Pistolero ruhig.

»Der richtige Moment ist der, in dem das Opfer die Gefahr, die ihm droht, überhaupt nicht wahrnimmt«, hatte ihm der Cowboy während der Ausbildung erklärt. »Wenn er abgelenkt ist und nicht mehr daran denkt, wer er ist und dass ihm etwas passieren könnte.«

Aus nächster Nähe sollte es geschehen. Ein einziger Schuss, vielleicht aus einem Meter Entfernung, höchstens aus zwei.

»Je näher du an ihn herankommst, desto größer ist die Treffsicherheit. Vielleicht gelingt es dir sogar, einen aufgesetzten Schuss anzubringen«, sagte der Pistolero. »So wie du es in den vergangen zwei Wochen bei uns geübt hast. Du setzt dich in die Reihe hinter ihn, berührst ihn leicht an der Schulter und wenn er den Kopf dreht, schießt du ihm eine Kugel genau zwischen die Augen. Aber genau zwischen die Augen.«

»Und wenn er den Kopf nicht dreht?«

»Er wird ihn drehen. Verlass dich darauf. Und sollte er ihn tatsächlich nicht drehen, jagst du ihm die Kugel von hinten in den Nacken. Das ist eigentlich egal, von vorne in die Stirn oder von hinten in den Nacken, die Wirkung, die ist die gleiche.«

Der Pistolero hatte den Einsatz, wie er es nannte, bis ins Detail geplant. Für Fehler war wenig Raum. Das Risiko, dass trotzdem etwas Unvorhergesehenes passieren konnte, war gering.

Die einzige Gefahr würde von Harrys Leibwächter ausgehen. Jairo begleitete seinen Boss überall hin, während andere Killer sein Grundstück und das Haus bewachten. Sie fuhren mit ihm im Auto. Folgten seinem Auto mit einem SUV. Manchmal waren es nur zwei oder drei, manchmal mehr als ein halbes Dutzend.

Am Samstag, wenn Harry seinem Sohn beim Fußballspiel zuschaute, war meistens nur Jairo bei ihm.

Und von der Polizei hatten weder Lalo noch der Pistolero etwas zu befürchten. Von all den Morden, die im letzten Jahr in Ciudad Juárez verübt worden waren, war noch immer kein einziger Fall aufgeklärt.

»Die Bullen sind meine Freunde«, versicherte der Pistolero Lalo, als dieser fragte, ob das Stadion nicht doch von den Federales oder der Stadtpolizei kontrolliert würde. »Das ist alles geregelt. Es gibt wahrscheinlich kaum einen Polizisten in unserer Stadt, der sich nicht bestechen lässt. Sie lassen sich von uns bezahlen, und beim nächsten Mal von den anderen. Ich habe es schon erlebt, dass die einen den anderen einen Teil des Geldes abgeben, damit die den Mund halten. Weißt du, wie man das nennt, Junge? Das nennt man Korruption. Hier sind alle korrupt. Alle. Sie tun zwar so, als wären sie es nicht, aber sie sind es alle.«

»Weil sie alle arm sind.«

»Richtig. Sie leben in ihren kleinen Häusern mit ihren vielen Kindern, und sie träumen von einer besseren Zukunft, von einem schönen Auto, von einer Fahrt ans Meer. Und weißt du, wovon sie alle träumen, jeder einzelne von ihnen? Sie träumen davon, einmal nach Norden zu gehen, in die USA, weil dort das Paradies ist, im Vergleich zu dem, was hier ist, nämlich die Hölle.«

»Drüben ist nicht das Paradies«, wandte Lalo ein.

»Aber es ist auch nicht die Hölle, Lalo. Hier ist die Hölle. Ciudad Juárez, das ist die Hölle. Hier hast du einen Traum und wenn du aufwachst, bist du tot. Das kann dir nur in der Hölle passieren, sonst nirgendwo.«

Lalo lächelte, sagte aber nichts. Er wollte dem Pistolero

nicht von seiner Mutter erzählen, von jenem Tag, als sie tot neben ihm im Bett lag.

»Der Cowboy versicherte mir, dass du einer der besten bist, die je von uns im Töten geschult wurden«, sagte der Pistolero. »Deshalb bin ich sicher, dass nichts schiefgehen wird.«

Er erhob sich und ging zur Tür des Hotelzimmers. Dort drehte er sich noch einmal um. Musterte Lalo mit prüfendem Blick.

»Gibt es sonst noch etwas, was du mir sagen willst?«

Lalo überlegte nicht lange. Schüttelte den Kopf.

»Alles klar«, sagte er bestimmt.

»Bueno. Keine Fehler, verstehst du. Du musst konzentriert sein. Der erste Schuss zählt, Junge. Er wird dich stark machen oder vernichten. Wenn du triffst, ist beim nächsten Mal alles viel einfacher«

»Ich werde treffen«, sagte Lalo ruhig, während er die Pistole in seiner Hand betrachtete.

»Aber denk daran, es ist ein Unterschied, im Training ein Ziel zu treffen oder einem Mann aus einem Meter direkt zwischen die Augen zu schießen. Das kann man zwar üben, aber dann, wenn's richtig darauf ankommt, können einem Zweifel kommen. Und das kann tödlich sein, verstehst du?«

Lalo legte die Pistole unters Kopfkissen und ergriff die Fernbedienung des Fernsehers. Ohne den Fernseher einzuschalten, fingerte er an daran herum.

»Du kennst nun alle Details, Tercero. Falls Zweifel kommen und Fragen auftauchen, die du dir nicht selbst beantworten kannst, kannst du morgen mit mir darüber reden. Wichtig ist, dass du nicht schlapp machst. Leg dich hin und ruh dich aus. Rauch einen Joint und schau dir im Fernseher einen Film an? Geh nicht mehr auf die Straße, klar. Rede mit niemandem.«

»Ich weiß Bescheid«, sagte Lalo.

»Bueno, dann geh ich jetzt«, sagte der Pistolero. »Morgen treffen wir uns um Punkt sieben. Du nimmst ein Taxi zur Busstation. Von dort nimmst du ein anderes Taxi zum Parque Borunda. Wir treffen uns beim Eingang zum Park. Du steigst bei mir ein und unser Fahrer bringt uns rüber zum Fußballstadion. Das Spiel beginnt um neun.«

»Okay. Alles klar.«

Lalo drückte auf die Ein-Taste der Fernbedienung, als der Pistolero die Tür hinter sich schloss.

Eine Sekunde später öffnete er sie noch einmal.

»Vergiss nicht abzuschließen, Junge! Nicht dass ich morgen alles alleine machen muss.«

Lalo schaltete den Fernseher wieder aus, stand auf, ging zur Tür und schob den Riegel vor, als der Pistolero draußen war.

Dann öffnete er seine Tasche und entnahm ihr den Plastikbeutel, in dem er ein bisschen Crystal Meth und ein Stück Aluminiumfolie aufbewahrte.

Er tat etwas von dem rosa eingefärbten Pulver auf die Aluminiumfolie und erhitzte es mit der Flamme seines Gasfeuerzeuges. Sein Herz schlug schnell, während er darauf wartete, dass sich das Pulver aufzulösen begann. Nach wenigen Minuten beugte sich Lalo tief über die Folie und inhalierte die aufsteigenden Dämpfe.

Nach wenigen Sekunden spürte er die Wirkung.

Das Hochgefühl, das ihn durch die Nacht bringen würde. Seine Sinne schärfen und ihm die Angst nehmen konnte.

Sicherheit geben.

Als das verflüssigte Pulver verdampft war, war Lalo nicht mehr Lalo. Jetzt, jetzt war er endlich Spiderman.

Sein großer Traum ging in Erfüllung.

Er schlief keine Sekunde in dieser Nacht.

Um Mitternacht rauchte er einen Joint und trank ein Glas Wasser.

Etwas später erhitzte er ein bisschen mehr von dem Pulver. Inhalierte tief.

Einige Minuten nachdem die Wirkung eingesetzt hatte,

fing sein Herz wie wild an zu schlagen. Galoppierte ihm davon. Ein schwarzes Pferd mit fliegender Mähne.

Er fiel aufs Bett zurück.

Schweiß perlte ihm auf der Stirn, lief ihm über die nackte Haut ins Unterhemd. Das Betttuch wurde nass. Er setzte sich auf. Der Wind des Ventilators berührte eiskalt seine Haut.

Vornübergebeugt saß er fast eine Stunde lang auf dem Bettrand. Sein Herz schlug immer schneller, aber es schien kein Blut mehr durch seine Adern zu pumpen.

Lalo begann zu frieren.

Die Angst kehrte zurück. Die Angst, in diesem schmutzigen kleinen Hotelzimmer zu sterben. Allein zu sterben.

Lalo stand auf, verlor beinahe das Gleichgewicht, und musste sich mit einer Hand auf der Bettkante aufstützen. Nach einigen Minuten wankte er ins Badezimmer und stellte sich unter die Dusche.

Er duschte heiß bis er das Gefühl hatte, seine Haut finge an zu glühen.

Zurück im Zimmer umhüllte er sich mit der Bettdecke und schaltete den Fernseher ein. Es lief ein uralter Film. Schwarz-Weiß.

Lalo hatte die Stumm-Taste gedrückt.

Er starrte auf den Bildschirm.

Ein Mann redete auf eine Frau ein. Die Frau trug einen großen Hut. Sie fing an zu weinen. Versuchte den Mann am Weggehen zu hindern, fiel auf die Knie. Klammerte sich an seiner Hose fest. Der Mann sagte etwas und stieß die Frau zurück. Er drehte sich um und verließ den Raum. Die Frau krümmte sich auf dem Boden zusammen.

Lalo schaltete auf einen anderen Kanal.

Eine nackte Frau und ein nackter Mann lagen auf einem Bett. Der Mann küsste die Brüste der Frau.

Als der Tag graute, saß Lalo noch immer vor dem Fernseher.

Er warf die Decke zurück und ging zum Spiegel.

»Ich bin bereit«, sagte er.
Sein Spiegelbild lächelte.
»Ich bin bereit«, sagte es.

*

Der Fußballplatz ist eine holprige Wiese im Estadio 20 de Noviembre, das sich gegenüber des Borunda Parks befindet.

Rund um den Park und das Fußballstadion breitet sich wie ein Geschwür die Stadt aus, wuchert ohne klare Grenzen nach Süden, nach Osten und nach Westen, nicht aber nach Norden, denn dort, am Rio Grande, ist die Grenze, die ihrem Wuchern Einhalt gebietet.

Ciudad Juárez ist eine bunte, lärmige Stadt, ganz anders als El Paso auf der anderen Seite des Flusses. Hier ist die Armut allgegenwärtig. Für Leute, die nach Mexiko kommen, gehören die armseligen Hütten und Häuser entlang der löchrigen Straßen genauso zur exotischen Fremdheit Mexikos, wie das belebte Stadtzentrum mit seinen Restaurants und Bars, mit der alten Kirche, die von Einheimischen stolz zur Kathedrale erhoben wurde, mit dem Mercado Cuauhutemoc, dem Parque Borunda und dem Fußballstadion mit einem fast graslosen Spielfeld und der Laufbahn und der überdachten Tribüne.

Verlottert sieht dies alles aus, und nur wer sich in Ciudad Juárez sehr gut auskennt, weiß von versteckten Oasen im Zentrum, dem ältesten Teil der Stadt, wo es scheint, als wäre die Zeit vor hundert und mehr Jahren stehengeblieben.

Außerhalb der Stadt, dort wo die Häuser und die meisten Straßen aufhören, stehen Pferde und Rinder in der Sonne, suchen träge in der Hitze des Tages nach zähem Büschelgras, fressen sogar Kakteen und stachelige Äste der wenigen Bäume und Büsche, die hier imstande waren, extremen Temperaturschwankungen und Wetterbedingungen zu trotzen.

Vaqueros, Cowboys, reiten durch die Gegend, als hätten sie sich in die Neuzeit verirrt.

Kinder spielen im Schatten kleiner Hütten mit Hunden und jungen Schweinen. Am Straßenrand ist eine meckernde Ziege angepflockt. An Leinen hängt bunte Wäsche in der Sonne, nach knapp einer halben Stunde ist sie trocken. Autos fahren von hier nach dort, von Nirgendwo nach Nirgendwo.

Ein Reiter, der mit seinem Pferd verwachsen scheint, galoppiert über eine Kreuzung und verschwindet zwischen den Häusern. Ein fluchender Mann liegt unter seinem Auto. Ein Nachbar ist dabei, eine Ziege zu schlachten. Irgendwo feiern Kinder einen Geburtstag und schlagen mit Stöcken auf eine Piñata ein, bis sie aufplatzt und die Süßigkeiten unter die schreienden Kinder schleudert.

Es ist ein schöner Tag.

Samstag. Für Ciudad Juárez ein ganz gewöhnlicher Tag.

In der Nacht von Freitag auf Samstag sind in Ciudad Juárez vierzehn Männer getötet worden.

Vier davon in der Bar El Centro. Zwei in einem Lagerschuppen am Stadtrand. Zwei im Mittelstreifen einer Ausfallstraße. Einer auf einem staubigen Platz. Zwei im Hinterhof eines Restaurants und zwei auf dem Platz vor dem Mercado, als sie auf ein Taxi warteten. Einer auf einer Müllhalde.

Der einzige, der sofort identifiziert werden kann, ist ein Mann, der unter dem Decknamen El Sapo bekannt ist und eigentlich Ernesto Diaz heißt. Er stand, das war seit Tagen bekannt, auf irgendeiner Abschussliste.

Die meisten der vierzehn Männer sind regelrecht exekutiert worden. Ein paar wurden aus vorbeifahrenden Autos heraus niedergeschossen. Am Morgen liegen die Leichen dort, wo die Männer zusammengebrochen sind.

Polizisten stehen da und sehen sich ratlos an. Es gibt keine Zeugen. Keine Spuren. Viel Blut. Kugeln in aufgequollenen Leibern und in durchschossenen Köpfen.

Die Sonne brennt auf die Stadt nieder.

Die Toten werden in schwarze Leichensäcke gepackt und in Krankenwagen abtransportiert. Das Blut wird vom Asphalt gewaschen. Wegen der Fliegen. Zurück bleiben ein paar Kreidemarkierungen.

Leute gehen ihres Weges. Keiner schaut genau hin. Keiner will etwas sehen, keiner etwas wissen. Die Leute sind dankbar, wenn bei Tageslicht für ein paar Stunden Ruhe einkehrt. Die meisten vergessen schnell. Vergessen, dass in dieser Stadt seit Jahrzehnten Krieg ist. Ein Krieg ohne Fronten. Ohne Erbarmen. Ohne Gnade.

Nur wenn Soldaten in ihren Jeeps langsam an den Häusern vorbeifahren, fällt den Leuten schlagartig ein, dass sie ihres Lebens nie sicher sind. Und wenn sich der Himmel im Westen über den kahlen Hügeln blutrot färbt und die ersten Sterne zu funkeln beginnen, verkriechen sie sich in ihren Häusern, versperren die Türen, ziehen die Vorhänge zu und schalten den Fernseher ein.

Längst haben sie gelernt, mit der Angst zu leben. Wenn Schüsse fallen, ducken sie sich nicht einmal mehr. Wenn Polizisten auftauchen, beobachten sie diese argwöhnisch.

Wenn Soldaten in der Nähe sind, verziehen sie sich in ihre Häuser.

Der Krieg ist nicht ihr Krieg. Er ist der Krieg der Politiker und der skrupellosen Beamten, wie fast jeder andere Krieg auch, egal wo auf der Welt. Und es ist der Krieg der Drogenkartelle, der Mafia, und auch das ist nicht anders als anderswo auf der Welt. Auch hier in Ciudad Juárez arbeiten sie Hand in Hand, die korrupten Beamten, die korrupten Politiker, Drogenbosse und ihre Killer.

Wer sich gegen sie stellt, wird aus dem Weg geräumt.

Die meisten Leute wünschen sich, es wäre Friede. Aber gleichzeitig wissen sie auch, dass dieser Wunsch nicht in Erfüllung gehen wird. Drogen, Waffen und Menschen sind das große Geschäft. Ohne die Drogen, ohne die Politiker, ohne die Drogenbosse, ohne die Schmuggler und die Killer, hätte Ciudad Juárez keine Zukunft.

Und die Leute wären noch ärmer.

Die Kinder hätten noch weniger zu essen.

*

Ein Fahrer, den Lalo nicht kannte, brachte sie über kaum befahrene Straßen zu einer Kreuzung in der Nähe des Stadions. Es war nicht viel los an diesem Morgen. Auch im Stadion würden kaum mehr als etwa zwanzig oder dreißig Leute anwesend sein. Auf der Fahrt telefonierte der Pistolero mit jemandem, von dem er die neuesten Informationen erhielt. Viel änderte sich deswegen nicht. Der Fahrer hielt am Straßenrand kurz an um den Pistolero aussteigen zu lassen. Der Pistolero machte Lalo Mut. »Denk dran, Junge, ich bin immer in deiner Nähe und pass auf dich auf. Zeig mir deine Pistole!«

Lalo zog die Pistole unter seinem Hemd hervor. Der Pistolero inspizierte sie genau und war zufrieden. Er klopfte Lalo auf die Schulter. »Wenn du deinen Auftrag erledigt hast, verlässt du das Stadion und gehst zurück zum Hotel. Keine Panik, wenn die Federales auftauchen. Sie wissen Bescheid. Nur vor den Soldaten musst du dich in Acht nehmen. Wir können nicht die gesamte mexikanische Armee bestechen.« Der Pistolero machte die Seitentür auf. »Falls was schief geht, bin ich bei dir, Tercero«, versprach er und stieg aus.

Der Fahrer fuhr sofort weiter. Lalo blickte sich kurz nach dem Pistolero um, aber der war bereits wie vom Erdboden verschwunden.

»Bist du okay, Junge?«, fragte der Fahrer.

»Alles okay«, sagte Lalo.

Als wüsste er, dass Lalos Mund ausgetrocknet war, reichte

ihm der Fahrer eine kleine Flasche mit Mineralwasser nach hinten. Lalo trank sie fast leer.

»Der Pistolero wird dir den Rücken frei halten, Junge«, sagte der Fahrer. »Auf ihn ist immer Verlass.«

Sie fuhren in einem weiten Bogen um das Stadion herum. Im Industriegebiet, in einer Lücke zwischen zwei Wellblechbarracken, ließ der Fahrer Lalo aussteigen.

»Machs gut, Junge«, sagte er, bevor er davon fuhr.

Lalo betrat das Stadion um Punkt neun Uhr.

Er sah sich kurz um, suchte die leeren Ränge ab, konnte aber den Pistolero nirgendwo sehen. Und trotzdem wusste er, dass er da war. Irgendwo im großen leeren Rund lauerte er, bereit einzugreifen, falls Lalo einen Fehler machte.

Niemand beachtete Lalo. Die Leute, die für die Spiele der Junioren anwesend waren saßen auf den untersten Bankreihen im Morgenschatten der Tribüne hinter der Abgrenzung zur Laufbahn.

Das Spielfeld war in zwei Halbfelder aufgeteilt, damit vier Mannschaften gleichzeitig spielen konnten. Die Tore waren etwas kleiner, und die Ecken der beiden Felder waren mit orange-roten Plastiktellern markiert. Krumme Auslinien, ein nicht ganz runder Anspielkreis, die Elfmeterpunkte und die Strafraumbegrenzung waren kaum erkennbar.

Lalo brauchte nicht nach Harry Ortega zu suchen. Der Polizeichef eines Außenbezirks von Ciudad Juárez saß ganz unten, trug ein schneeweißes, frisch gebügeltes Hemd mit Krawatte, eine Anzughose und modische Schuhe.

Italienische Wixerschuhe, dachte Lalo.

Der Pistolero hatte Lalo am Tag zuvor bei seinem Besuch im Hotelzimmer mehrere Fotos von Harry gezeigt.

Während sich Lalo fast gemächlich nun von hinten dem Mann näherte, den er erschießen sollte, erschien ihm dieser massiger als auf den Fotos.

Vielleicht lag es auch daran, dass er seinen linken Arm um die schmalen Schultern eines Mädchens gelegt hatte, das in einem blütenweißen Kleid neben ihm saß, eine rosarote Seidenblume im pechschwarzen Haar, das ihm glänzend und lang auf den Rücken fiel.

Die Anwesenheit eines Mädchens so nahe bei Harry verunsicherte Lalo.

Der Pistolero hatte mit keinem Wort ein Mädchen erwähnt. Er hatte ihm nur erklärt, dass Harry manchmal seinen anderen Sohn mitnahm, den achtzehnjährigen Juan, der an der Uni in El Paso studierte.

Doch wer war das Mädchen?

Lalo setzte sich etwa zwanzig Schritte von Harry entfernt in die nächsthöhere Sitzreihe.

Jairo, der Leibwächter, saß zu Harrys Linken. Er aß Erdnüsse aus einer Tüte.

Die Spiele waren bereits in vollem Gang. Zwei gleichzeitig. Kleine Kinder jagten hinter einem Ball her, mal in diese Richtung, mal in die andere.

Harrys Sohn war der Junge mit der 10 auf dem Rücken.

Hellblau-weiß gestreiftes Leibchen. Weiße Shorts. Weiße Stulpen. Der Kleine sah gut aus. War voll bei der Sache. Der beste Dribbler seiner Mannschaft. Er schoss das erste Tor, drehte ab, als der Ball im Netz lag, lief über das ganze Spielfeld zum Rand und winkte seinem Vater zu.

Das Mädchen neben Harry stand auf.

»Vamos, Antonio! Andale! Andale!«, rief es zum Spielfeldrand hinunter und klatschte in die Hände.

Jairo, von dem der Pistolero Lalo ebenfalls zwei Fotos gezeigt hatte, sagte etwas zu seinem Boss. Harry nickte. Andere Leute, Eltern der Mitspieler, gratulierten ihm. Er nahm die Huldigungen lächelnd entgegen. »Dein Sohn ist der beste«, sagte einer der Väter. »Er wird einmal einer wie Hugo Sanchez und für Mexiko spielen.«

»Er macht mich sehr stolz«, antwortete Harry dem Mann. Jairo war nicht nur sein Leibwächter, er war auch sein Freund. Der einzige, dem er wirklich trauen konnte.

Sein Sohn schoss auch das zweite Tor. Und das vierte. Die gegnerische Mannschaft hatte keine Chance, das Spiel zu drehen, obwohl sie einen Anschlusstreffer erzielte.

Lalo erhob sich von seinem Sitz und klatschte. So war es abgemacht. »Klasse, Carlito«, rief er zum Spielfeld hinunter. Der Pistolero hatte ihm gesagt, dass einer der Spieler der anderen Mannschaft Carlito genannt wurde.

Auf den Rängen riefen die Zuschauer ihren Söhnen, die auf die zwei Spielfelder verteilt waren, Aufmunterungen zu, applaudierten und reklamierten alle zur gleichen Zeit und versuchten, das Stimmendurcheinander zu übertönen.

»Bleib vorne, Carlito!«, rief Lalo. »Los, schieß ein Tor!«

Das Mädchen neben Harry blickte über die Schulter zurück. Lalo lächelte ihm zu. Es war ein sehr hübsches Mädchen. Etwa dreizehn Jahre alt. Mit einem ebenmäßigen, kaffeebraunen Gesicht und dunklen Augen.

Wahrscheinlich ist das Mädchen Harrys Tochter, dachte Lalo. Es sieht ihm ähnlich.

In diesem Moment bemerkte Harry, dass das Mädchen sich umgedreht hatte.

Er wandte den Kopf in Lalos Richtung. Der hob als Entschuldigung, dass er zum Anschlusstreffer applaudiert hatte, die Schultern.

»Carlito ist mein Cousin«, sagte er dabei. Jetzt blickte sich auch Jairo nach ihm um, die Tüte mit den Nüssen in der linken Hand. Sein Blick streifte Lalo misstrauisch, aber er erkannte ihn nicht. Lalo hörte auf zu klatschen. »Er ist mein Cousin«, sagte er noch einmal.

»Dein Cousin spielt gut«, sagte das Mädchen.

»Danke«, sagte Lalo höflich.

Unten wurde angespielt.

Lalo setzte sich. Er schaute dem Spiel zu, ohne etwas wahrzunehmen. Ungeduldig wartete er auf den Halbzeitpfiff.

Gleich würde es soweit sein. In zwei, drei Minuten. Inzwischen musste sich auch der Pistolero in Position gebracht haben. Lalo war versucht, nach ihm Ausschau zu halten, aber der Pistolero hatte ihn auf der Fahrt davor gewarnt.

»Du schaust nur dem Spiel zu, Junge. Du denkst an nichts anderes als daran, dass Harry in der Pause aufstehen und an dir vorbeigehen wird, um zum Spielfeld zu gehen und mit seinem Sohn zu reden. Er muss dabei an dir vorbei. Das ist der Moment, in dem du ihn tötest.«

Lalo merkte, wie sein Herz ein wenig schneller klopfte. Und er spürte auch, wie seine Handflächen feucht wurden. Verstohlen wischte er sie an der Hose ab.

Es fiel kein Tor mehr.

Vier zu Eins stand es, als der Schiedsrichter die erste Halbzeit abpfiff.

Die Spieler kamen zum Spielfeldrand und wurden dort von ihren Trainern in Empfang genommen. Es gab Wasser zu trinken und Bananen zu essen. Die Trainer redeten auf die Spieler ein.

Harrys Sohn Antonio schälte die Banane und blickte zu seinem Vater hinauf. Sein Vater winkte ihm, während er die Sitzreihe entlang zum Gang ging.

Harry Ortega war jetzt nur noch Vater. Kein korrupter Polizeichef mehr. Seine ganze Aufmerksamkeit galt seinem Sohn. Er wollte schnell unten sein, am Spielfeldrand, und seinem Sohn sagen, wie stolz er auf ihn war, wollte ihm nur einen Kuss geben, wenn gerade niemand hinsah.

Lalo erhob sich von einem Sitz. Das Mädchen folgte dem Vater und streckte die Hand aus. Harry nahm seine Tochter bei der Hand.

Lalo stand an seinem Platz, als wäre er dort angewurzelt.

Auf seiner Stirn glitzerte Schweiß. Für einige Augenblicke

wirbelten in seinem Kopf alle Gedanken durcheinander. Wie Motten im Licht einer Glühbirne. Sein Herz schlug wie verrückt. Als wollte es zerspringen.

Jairo war der erste, der an Lalo vorbeiging. Er war ahnungslos, das sah ihm Lalo an. Er beachtete Lalo überhaupt nicht. Erst als er die Treppe erreichte, blieb er stehen und drehte sich noch einmal um. Dabei streifte sein Blick Lalo. Dann sagte er Harry, dass er nun das Eis holen würde. »Was magst du denn, Mariella?«, fragte er das Mädchen. »Vanille und Pfefferminze?«

»Zitroneneis für Mariella, bitte.«

Jairo machte sich daran, die wenigen steilen Stufen hinunter zu gehen. Dabei hatte er Lalo den Rücken zugedreht. Das war der Augenblick auf den Lalo gewartet hatte. Unauffällig langsam glitt Lalos Hand unter die Hemdstöße zum Griff der Pistole, die in seinem Hosenbund steckte.

Im Moment, als Jairo am Fuß der Treppe ankam, drehte Jairo den Kopf. Wahrscheinlich tat er es, weil ihm das Gesicht Lalos im Kopf hängen geblieben war. Vielleicht tat er es aber auch, weil er das Ende der Treppe erreicht hatte und sich noch einmal vergewissern wollte, dass auf der Tribüne alles in Ordnung war, bevor er sich umdrehen und durch den Durchgang zum Ausgang gehen wollte, wo sich die Imbissbude und der kleine Wagen des Eisverkäufers befanden.

Ein einziger Blick genügte einem erfahrenen Bodyguard wie Jairo die Gefahr erkennen zu lassen, in der sich sein Boss befand. Er bemerkte Lalos Hand unter dem Hemd verschwinden. Seine rechte Hand fuhr zur Pistole, die er auf die gleiche Art trug wie Lalo, unter dem Hemd, im Hosenbund.

»Verfluchter Bastard!«, brüllte er, während er herumfuhr und in den Knien einknickte, aber noch bevor er dazu kam, seine Pistole zu gebrauchen, fielen Schüsse aus einer AK-47, die Lalos Beschützer, El Pistolero, im Anschlag hatte. Die schweren Geschosse, abgefeuert von der Pressekabine aus, trafen Jairo, warfen ihn gegen das gebogene Ende des Treppengeländers, von dem aus er rückwärts bis zum Absperrzaun am Spielfeldrand taumelte. Dort fiel er der Länge nach hin und knallte auf den Betonboden.

Lalo hob in aller Ruhe seine Pistole, setzte sie Harry Ortega ins Genick und drückte ab.

Harry brach wie vom Blitz getroffen zusammen. Dabei zerrte er seine kleine Tochter mit sich. Lalo sah für einige Sekunden Mariellas große, entsetzte Augen und den zum Schrei aufgerissenen Mund. Aber es kam ihm kein Laut über die Lippen, als sie neben ihrem Vater in die Knie fiel.

Unten, auf dem Spielfeld, flohen schreiende Kinder in die Arme ihrer Mütter und Väter.

Ein Mann, der Lalo bisher gar nicht aufgefallen war, zog eine Pistole und begann zu schießen. Eine Kugel traf Lalo, als er den Gang entlang zum Ausgang lief. Lalo taumelte ein paar Schritte, verlor beinahe das Gleichgewicht und prallte gegen eine Wand.

Noch immer hatte er die Pistole in der Hand. Er sah den Mann, der vom Spielfeldrand auf ihn geschossen hatte, den Gang entlang kommen. Lalo richtete die Pistole auf ihn und schoss ihn nieder.

Benommen von den Schmerzen hastete Lalo durch den Gang zwischen den Tribünen und durch das Tor hinaus auf die Straße. Eltern die mit ihren Kindern zum Eingang des Parque Borunda unterwegs waren, starrten ihn voller Entsetzen an und wichen ängstlich vor ihm zurück.

Ein Mann hob seine kleine Tochter auf den Arm und drückte ihr Gesicht gegen seine Schulter, sodass sie Lalo nicht sehen konnte.

Niemand versuchte ihn aufzuhalten.

Mit der Pistole in der Hand irrte er über den Platz mit der Bushaltestelle und eine Straße entlang, auf der kaum Verkehr war. Er wusste nicht, wohin er laufen sollte und wie lange seine Kraft noch ausreichte, ihn auf den Beinen zu halten.

Kurz bevor er die nächsten Kreuzung erreichte fuhr der Pistolero einen schwarzen Geländewagen an den Gehsteigrand heran und stieß die Beifahrertür auf.

»Verdammt, bist du getroffen?«, schrie er Lalo an, als er das Blut auf dessen Hemd bemerkte.

Lalo langte mit seiner freien Hand nach der Tür, um in das langsam fahrende Auto einzusteigen, aber der Pistolero ergriff eine Waffe, die in der Mittelkonsole seines Fahrzeuges lag. Ohne auch nur einen Moment zu zögern, richtete er sie auf Lalo.

»Das hättest du dir gottverdammt nochmal ersparen können, Junge!«, brüllte er. »Stümper haben bei uns nichts verloren, das ist ein ungeschriebenes Gesetz. Fahr zur Hölle!«

Der Pistolero drückte ab. Aus nächster Nähe traf die Kugel Lalo in die Brust.

So heftig war der Einschlag, dass er vom Auto rückwärts über den Gehsteig gestoßen wurde und erst bei einer Mauer zusammenbrach.

Der Pistolero schoss noch einmal, doch diese Kugel verfehlte Lalo um Haaresbreite. Während der Geländewagen mit durchdrehenden Reifen in die nächste Seitenstraße abbog rappelte sich Lalo auf, aber als er auf den Füßen stand, gelang es ihm kaum, das Gleichgewicht zu halten. Die Schmerzen krümmten ihn zusammen. Wie ein Betrunkener wankte er die Mauer entlang, die ein unbebautes Grundstück von der Straße trennte. Immer wieder prallte er mit der Schulter gegen die Zementblöcke, aus denen die Mauer gebaut war. Obwohl ihm die Schmerzen beinahe den Verstand raubten, merkte er, dass ihm die Pistole aus der Hand fiel. Er blieb stehen, kniete nieder und hob sie vom Boden auf.

Als er die Sirenen eines Streifenwagens hörte, lief er zum Ende der Mauer und über das leere Grundstück auf eine Lücke zwischen zwei Häusern zu. Kaum war er dort angekommen, rasten auf der Straße ein Streifenwagen und zwei Militärjeeps vorbei in Richtung des Stadions.

Lalo wollte weiterlaufen, aber seine Füße verfingen sich in einem Stück Stacheldraht. Er fiel der Länge nach in dorniges Distelgestrüpp, prallte hart auf den Boden, hatte Staub im Mund und den Geruch von Blut in der Nase. Nach Atem ringend blieb er im Schatten des Gestrüpps liegen und starrte an sich hinunter. Sein Hemd war blutdurchtränkt, sein rechter Arm voll mit Blut.

Auf der Straße fuhren Federales vorbei. Blaulicht. Drei Streifenwagen hintereinander, das Geheul ihrer Sirenen ein ohrenbetäubender Lärm.

Lalo lag flach auf dem Rücken. Sein Herz schlug wild, jagte die Schmerzen durch seinen Körper. Jeder seiner kurzen Atemzüge schmerzte.

Als er aufstehen wollte, merkte er, dass ihm dazu die Kraft fehlte. Er befreite sich aus den Drähten, zerriss sich dabei beide Hosenbeine und kroch auf allen vieren auf einen Maschendrahtzaun zu, der an einer Stelle bis fast zum Boden niedergedrückt war. Dort, zwischen einigen Büschen im Schatten eines Maulbeerbaumes, standen ein kleiner Junge und ein Mädchen.

Mit unglaublich großen Augen starrten sie ihn voller Angst an, unfähig, sich vom Fleck zu rühren oder gar davonzulaufen. Die Lippen des Jungen zuckten. Das Mädchen presste beide Hände gegen seinen Kopf.

Lalo wollte ihnen sagen, dass sie ihm helfen sollten, doch es kam nur ein gequältes Stöhnen aus seinem Mund. Er spuckte Blut aus und kroch auf die niedrigste Stelle im Zaun zu. Als er mit seiner freien Hand nach den Drähten griff, um über den Zaun zu klettern, blieb er mit der Jeans an einem von ihnen hängen. Er versuchte sich loszureißen, aber das schaffte er nicht.

Mit dem Handrücken wischte er sich das Blut vom Mund und streckte den beiden Kindern die linke Hand entgegen.

»Komm her und hilf mir, Junge«, keuchte er.

Die Kinder rührten sich nicht vom Fleck.

Lalo verzog den Mund zu einem Grinsen hielt seine Pistole aber immer noch fest umklammert.

»Helft mir!«, forderte er die beiden noch einmal auf.

Der Junge schüttelte den Kopf, nahm das Mädchen bei der Hand.

»Ich tu euch nichts«, keuchte Lalo. »Seht ihr nicht, dass ich Hilfe brauche?!«

Der Junge schüttelte noch einmal den Kopf, während er einen kleinen Schritt zurückwich und dabei das Mädchen mit sich zog.

Bei einem der Häuser in der Nähe begann eine Frau, die wahrscheinlich durch das Sirenengeheul aufgeschreckt worden war, nach den beiden Kindern zu rufen.

»Manu! Rosa! Wo seid ihr? Kommt sofort nach Hause!«

Jetzt drehten sie sich um und liefen Hals über Kopf davon. Lalo gelang es schließlich, sich vom Draht zu befreien. Dabei blieb ein Stück des linken Hosenbeines am Zaun hängen. Als er sich aufrichtete, sah er die Frau den Zaun entlang kommen.

Sie war jung. Jung, wie seine Mutter es damals gewesen war, als sie ihn geboren hatte.

Die Frau blieb stehen, als sie ihn beim Zaun entdeckte, sah ihn nur an, als wäre er einer, den die Hölle ausgespuckt hatte.

»Ich … ich habe Ihren Kindern nichts getan«, versicherte er ihr mit zitternder Stimme.

Die Frau hob die Hände und hielt sie ihm beschwörend entgegen.

»Geh weg!«, zischte sie. »Verschwinde!«

»Helfen Sie mir, Señora«, flehte Lalo sie an.

»Geh, bevor ich meinen Mann rufe. Er würde dich niederschießen wie einen tollwütigen Hund!«

Lalo krümmte sich zusammen. Blut quoll aus seinem Mund. Er versuchte sich hochzustemmen, kam auf die Knie und fiel vornüber.

Die Frau half ihm auf die Beine, wich jedoch sofort wieder zurück, als er sein Gleichgewicht gefunden hatte.

»Beten Sie für mich, Señora«, sagte Lalo so leise, dass sie ihn kaum verstand.

»Geh!«, befahl sie ihm.

Lalo drehte sich um und ging schwankend davon, durch das Nachbargrundstück und zwischen zwei Lehmhäusern auf die Straße.

Er überquerte sie, lief weiter und überquerte auch die nächste. Eines der vorbeifahrenden Autos rammte ihn beinahe. Der Fahrer verwünschte ihn mit einem derben Fluch, aber die anderen Leute, die ihm begegneten, taten, als sähen sie ihn nicht.

Niemand wollte etwas mit ihm zu tun haben.

Niemand wollte sich einmischen.

*

Noch mehr Stadtpolizisten, Federales und Soldaten in Geländewagen fuhren zum Stadion. Dort lagen vier Menschen in ihrem Blut.

Harry Ortega war einer von ihnen.

Jairo der andere.

Der Mann, der auf Lalo geschossen hatte, lag auch noch immer mit dem Gesicht nach unten regungslos auf dem Boden. Jemand hatte eine schmutzige Regenjacke über ihm ausgebreitet.

Einer der Spieler, ein kleiner Junge, rief nach ihm, aber der Mann hörte ihn nicht mehr.

Und dort, wo Harry zusammengebrochen war, lag auch seine Tochter Mariella.

Sie atmete noch, aber das weiße Kleid war voll mit dunkelroten Flecken. Das Mädchen hatte die Augen geschlossen. Jemand versuchte, Mariella von ihrem toten Vater wegzuziehen, aber sie umklammerte seine Hand so fest, als wollte sie sie nie mehr loslassen.

Eine Frau führte Harrys Sohn zu ihrem Auto. Der Junge wollte von ihr wissen, warum das Spiel aus sei.

»Ihr habt gewonnen«, sagte die Frau eindringlich. »Du warst gut, Antonio. Der beste. Drei Tore hast du erzielt.«

»Eines für Papa«, sagte Antonio. »Und eines für Mama. Und dann noch eines für Mariella.«

Der Junge wollte jetzt wissen, wer denn geschossen habe.

»Irgendwer«, sagte die Frau ausweichend. Es erschien ihr sinnlos, dem Jungen irgendetwas über das, was geschehen war, zu erzählen. Sie hatte selbst einen kleinen Sohn, der für das andere Team gespielt hatte und um den sich ihr Mann kümmerte.

»Wo ist mein Vater?« Antonio blickte zum Eingang des Stadions zurück. »Und meine Schwester, Mariella?«

»Dein Vater kommt später«, antwortete die Frau. »Komm, Antonio, ich bringe dich nach Hause.«

*

Samstagvormittag.

Rafa lag auf seinem Bett. Er starrte zur Decke hoch. Der Ventilator stand still, aber aus den Lüftungsschlitzen über der Tür blies gekühlte Luft auf ihn nieder.

Der Fernseher lief, der Ton auf leise geschaltet. Manchmal schaute Rafa kurz hinüber. Es lief die Wiederholung eines Fußballspiels. Kaká fiel ihm ein. Der Kleine, der von einer Kugel tödlich getroffen worden war.

Er dachte auch an Gato, aber die meiste Zeit dachte er an Lalo.

Das Handy hatte sich Rafa auf die Brust gelegt. Er wartete darauf, dass es endlich klingeln würde, und erschrak, als es tatsächlich klingelte.

Latisha war dran.

»Hallo Rafa, was machst du?«

»Nichts«, sagte er und versuchte sich die Enttäuschung

darüber, dass sie es war und nicht Lalo, nicht anmerken zu lassen.

»Bist du enttäuscht, dass es nicht Lalo ist?«, fragte Latisha trotzdem.

»Nein.«

»Ich wollte dich schon früher anrufen, aber ich dachte, dass du vielleicht eher einen Anruf von Lalo erwartest.«

»Du kannst anrufen wann immer du willst, Latisha. Wo bist du?«

»In der Stadt«.

»Und was machst du?«

»Ich war in der Bibliothek. Und dann war ich bei der Polizei.«

»Bei der Polizei, warum?«

»Ich habe mich dort mit Loretta getroffen.«

Rafa setzte sich auf.

»Ich wollte wissen, ob wir etwas tun können, Rafa. Ich weiß, dass du nicht zur Polizei gehst, weil du denkst, du würdest dadurch zum Verräter.«

»Die Polizei kann nichts für Lalo tun!«

»Das weiß ich inzwischen auch. Und trotzdem musste ich es versuchen.«

»Hast du ihnen gesagt, dass du mit mir drüben warst?«

»Nein. Ich habe dich mit keinem Wort erwähnt. Ich wollte nur wissen, ob unsere Polizei auf das, was in Ciudad Juárez passiert, Einfluss nehmen kann.«

»Und?«

»Die Antwort ist nein. Wenn Lalo für eines der Drogenkartelle arbeitet, ist er verloren. Ich habe mit Detektiv Burton Mills gesprochen. Er kennt die Zustände auf der anderen Seite sehr gut. In einigen Fällen hat er versucht, mit der mexikanischen Polizei zusammen zu arbeiten, aber es hat nie geklappt. Er sagt, dass wohl in keinem Land der Welt schlimmere Zustände herrschen als in Mexiko, nicht einmal in Kolumbien.

Gestern sind allein in Ciudad Juárez 14 Menschen ermordet worden.«

»Ich habe es in den Nachrichten gesehen. Vier davon wurden in der Bar niedergeschossen, in der wir waren.«

»Es ist unfassbar, Rafa. Tausende von Menschen werden ermordet und niemand kann etwas dagegen tun. Mills sagte mir, dass mehr als fünftausend Soldaten im Einsatz sind, aber gegen die Drogenmafia können sie nichts ausrichten.«

»Weil sie nicht wollen.«

Latisha sagte nichts darauf. Sie wusste selbst, was in Mexiko los war und dass die Korruption in diesem Land nicht gestoppt werden konnte, weil für einflussreiche Leute am illegalen Drogengeschäft so viel Geld zu machen war.

»Wo bist du jetzt?«

»In deiner Nähe. Ich dachte, wenn du mich sehen willst, komme ich zu dir und wir können irgendwohin gehen.«

»Wohin denn?«

»Irgendwohin.«

»Ich wüsste nicht wohin«, sagte Rafa.

»Dann bleiben wir bei dir.«

»Hier?«

»Ja. Warum nicht? Aber nur wenn du willst, Rafa.«

»Ich will schon, aber ...«

»Rafa, was ist los?«

»Ich muss aufhören. Es versucht mich jemand anzurufen.«

«Ich bin in ein paar Minuten bei dir.«

»Okay.«

Die Nummer im Display war Lalos. Rafa merkte, wie sein Herz schneller zu schlagen anfing. Er drückte die Receive-Taste und hielt das Handy an sein Ohr.

»Rafa?«

»Lalo, bist du das? Ich höre dich schlecht.« Ein Stöhnen drang an Rafas Ohr. »Lalo, wo bist du?«

»Rafa, ich sterbe.«

»Verdammt, mach keinen Scheiß! Sag mir wo du bist!«

»Du … du sollst nicht … nicht fluchen.«

»Lalo, sag mir wo du bist!«

Rafa hörte Geräusche, die ihm das Blut in den Adern gefrieren ließen. Es schien, als ob Lalo irgendetwas im Hals stecken geblieben war, etwas, das er vergeblich loszuwerden versuchte.

»Lalo!«

»Ich bin …«, ein keuchender Husten erstickte Lalos Stimme.

»Lalo, sag mir wenigstens, ob du auf dieser Seite der Grenze bist oder unten in Mexiko?«

»In … Juarez. Die Kirche, Rafa, die Kirche …«

»Du bist in der Kirche? In welcher?«

»Ignacio.«

»In der Kirche des heiligen Ignacio? Die, in der wir drin waren?«

»Ja.«

»Und was ist mit dir? Bist du verletzt?«

»Ja.«

»Wo bist du getroffen?«

»Ich ... ich weiß es nicht. Die Schmerzen sind überall. In der Brust. Im Bauch. In den Beinen. Überall.«

»Bist du allein? Oder ist da jemand, der sich um dich kümmert. Wenn du allein bist, musst du um Hilfe rufen, Lalo! Jemand wird dich hören.«

»Es ist aus. Es ist alles aus. Ich weiß, dass ich sterben werde.«

»Du stirbst nicht! Warte auf mich, hörst du?! Latisha wird in wenigen Minuten da sein. Wir fahren zusammen über die Grenze und ich bin in zwanzig Minuten bei dir. Kannst du das schaffen, Lalo? Zwanzig Minuten? Kannst du das schaffen?«

»Ich blute stark. Der ganze Boden ist voll mit Blut. Alles ist voll mit Blut. Ich glaube, es ist bald kein Blut mehr in mir drin.« Lalo stöhnte. »Ich verblute. Weißt du überhaupt wie viel Blut in einem Menschen drin ist, Rafa?«

»Mehr als du denkst. Ich glaube nicht, dass man so schnell verblutet. Weißt du was, ich geh jetzt raus und zur Straße vor und wenn Latisha kommt, fahren wir zum nächsten Drugstore und kaufen Verbandszeug.«

»Okay«, keuchte Lalo. »Okay, ich versuche so lange durchzuhalten, bis du kommst, aber ich bin müde. Ich bin so furchtbar müde, dass mir die Augen einfach zufallen.«

»Bleib dran, Lalo. Ich rede mit dir, hörst du mich?!«

»Ich bin müde.«

»Hast du den Rosenkranz noch, Lalo, den, der hier im Zimmer gehangen hat?«

»Ja. Er ist in meiner Hosentasche.«

»Nimm ihn raus und halt dich an ihm fest, Lalo! Er wird dir Kraft geben. Ich gehe jetzt hinaus. Eigentlich sollte ich Loretta sagen, was los ist, aber ich tu es nicht. Schon allein deshalb musst du durchhalten, sonst bin ich es, der schuld an allem ist, wenn du stirbst oder was.«

Lalo hustete wieder.

»Hörst du den Kies unter meinen Füßen? Ich bin auf dem Weg zum Tor.«

»Schau zum Fenster hinüber …«

»Das habe ich bereits getan. Loretta ist nicht dort. Es scheint niemand im Büro zu sein.«

»Sag ihr, dass es mir leid tut.«

»Das weiß sie, ohne dass ich es ihr sagen muss.«

Lalo antwortete nicht.

»Lalo!«

»Ich bin zu schwach zum Reden.«

»Dann leg dich hin. Kannst du dich dort hinlegen, Lalo?«

»Ich liege schon. Hinter dem Altar mit dem heiligen Ignacio.«

»Ist sonst jemand in der Kirche?«

»Eine alte Frau. Sie hat eine Kerze angezündet und betet.«

»Hat sie dich gesehen?«

»Nein. Sie hat nur die Kerze angezündet.«

»Lalo, ich bin jetzt auf der Straße. Da kommt schon Latisha. Wenn an der Grenze wenig los ist, brauchen wir nicht mal zwanzig Minuten. Wir kaufen bei Walgreens Verbandszeug und Schmerzmittel. Dann bringen wir dich über die Grenze. Latishas Mutter wird bestimmt wissen, was zu tun ist, damit es dir …«

Rafa hörte auf zu reden, als die Verbindung nach einem polternden Geräusch plötzlich unterbrochen wurde.

»Lalo!«, rief er ins Handy. Dann noch einmal. Und noch einmal, aber es kam keine Antwort mehr.

Latisha hatte unterdessen ihren Mitsubishi Colt am Straßenrand angehalten. Lalo lief zu ihr, riss die Beifahrertür auf und warf sich auf den Sitz neben ihr.

»Lalo?«, fragte sie nur.

»Wir müssen zu ihm, Latisha!«, stieß Rafa hervor. »Fahr schnell. Zum nächsten Walgreens. Wir brauchen Verbandszeug und starke Schmerzmittel.«

Latisha legte den ersten Gang ein.

»Wo ist er?«

»In einer Kirche in Juárez. Fahr schnell!«

Rafa wählte Lalos Nummer. Es kam das Besetztzeichen.

»Wir sollten die Polizei anrufen«, drängte Latisha.

»Nein! Nein, Latisha! Ich habe Lalo versprochen, dass ich nicht mal Loretta etwas sage.«

»Das ist nicht richtig. Dein Freund scheint in großer Not zu sein.«

»Er lebt. Er lebt so lange, bis ich bei ihm bin. Und wenn ich bei ihm bin, werde ich ihm weiterhelfen. Ich lasse ihn nicht einfach sterben. Dort drüben ist Walgreens.«

Die Ampel an der Kreuzung, auf die sie zufuhren, sprang auf Gelb.

»Fahr weiter!«

Latisha trat aufs Gaspedal und fuhr über die Kreuzung,

als die Ampel bereits rot leuchtete. Auf der anderen Seite rammte der kleine Wagen fast einen Fußgänger, als sie auf den Parkplatz des Drugstores einbogen.

Rafa versuchte verzweifelt, eine Verbindung mit Lalos Handy herzustellen, aber er schaffte es nicht. Kaum hatte Latisha das Auto geparkt, sprang er hinaus und jagte zum Eingang. Die wenigen Leute im Drugstore starrten ihn verdutzt an, als er quer durch den Laden zu einem Wandregal mit dem Verbandszeug lief.

Er nahm mehrere Rollen vom Regal, eilte zu den Schmerzmitteln, nahm einen Behälter vom Brett, lief zum Regal mit den Wundsalben, nahm zwei Tuben davon und rannte zurück zur Kasse, wo Latisha bereits ihren Geldbeutel in der Hand hatte.

Schnell verließen sie Walgreens, stiegen in den Wagen und fuhren in westlicher Richtung bis zur Brücke über den Rio Grande.

Als sie die Grenze passierten, regnete es in Strömen. Donnerschläge rollten durch die weite Niederung des Flusses. Blitze zuckten über Ciudad Juárez.

Latisha schaltete die Scheibenwischer ein.

Rafas Handy klingelte.

»Rafa?«

»Lalo! Bist du okay?«

»Es ist mir aus der Hand gefallen.«

»Halt es fest an dein Ohr, hörst du?! Ich rede mit dir. Wir haben eben die Grenze passiert. In einigen Minuten sind wir bei dir.«

»Ich … ich schaff das nicht, Rafa. Ich bin zu schlapp.«

»Zu schlapp! Nein, du gibst nicht auf, verdammt! Du bist nicht zu schlapp! Du bist schlapp, aber du bist nicht zu schlapp um weiterzuleben.«

»Mir ist kalt. So kalt wie noch nie. Ich friere, Rafa.«

»Das ist, weil du viel Blut verloren hast.«

»Es … es tut mir leid, aber … ich muss … jetzt …«

»Lalo, hör zu, wir sind in drei Minuten bei dir. Drei Minuten! Da hinten im Auto liegt eine Decke, wir bringen dir eine Decke, damit du nicht mehr frierst.«

»Mir ist furchtbar kalt.«

«Wir bringen dir die Decke!«

»Rafa …«

»Ja.«

»Ich will das nicht, hörst du?«

»Was denn?«

»Leben. Ich will nicht mehr weiterleben, verstehst du.«

»Lalo, du gibst nicht auf! Erinnerst du dich nicht mehr? Wir bleiben zusammen. Du und ich. Das haben wir uns versprochen, verdammt! Du und ich. Und einmal, wenn wir beide groß sind, suchen wir deine Mutter. Das haben wir abgemacht, Lalo. Du kannst jetzt nicht einfach was anderes machen, wie zum Beispiel sterben.«

»Rafa …«

»Lalo!«

Es kam keine Antwort mehr.

»Lalo! Ich sehe die Kirche! Wir sind gleich da! Hörst du mich, Lalo? Sag was! Sag was! Ein Wort. Nur ein einziges Wort!«

Rafa drückte das Handy fest an sein Ohr. Er glaubte irgendwelche Geräusche zu hören, aber er wusste nicht, ob es der Regen war oder das Grollen des Donners, oder ob die Geräusche tatsächlich aus dem Handy an sein Ohr drangen.

Latisha steuerte den Mitsubishi in die schmale Nebenstraße und stoppte ihn beim Seiteneingang der Kirche so hart, dass die Räder blockierten und das Auto auf der nassen Straße ins Schleudern geriet.

Noch bevor der Wagen zum Stillstand kam, stieß Rafa die Tür auf. Die Plastiktasche mit dem Verbandszeug in der linken Hand, das Handy in der rechten, lief er im niederprasselnden Regen zur Tür des Seiteneingangs.

In diesem Moment schlug irgendwo in der Nähe ein Blitz ein. Der Donnerschlag ließ die Erde erbeben.

»Bring die Decke!«, rief er Latisha zu.

Rafa wartete nicht auf Latisha. Das Handy am Ohr, zog er die schwere Holztür auf und stürzte in das Halbdunkel der Kirche.

Bis auf die Gestalten einer alten Frau und eines alten Mannes, die in verschiedenen Bankreihen knieten, war die Kirche leer. Die kühle Luft roch nach Weihrauch und Kerzenwachs, nach alten Stofftüchern und nach dem Kalkverputz an den Wänden.

Rafa fand Lalo hinter dem Seitenaltar, auf dem der heilige Ignacio aufgebahrt war. Lalo lag in einer Blutlache auf dem gekachelten Boden, den Kopf zwischen den angewinkelten Armen, ein Bein lang ausgestreckt, das andere angezogen. Flackerndes Kerzenlicht tanzte über der zusammengekrümmten Gestalt.

Rafa kauerte bei ihm nieder, beugte sich tief über ihn und rief leise seinen Namen. In diesem Moment kam auch Latisha um den Altar herum. Als sie Lalo am Boden liegen sah, drückte sie die Decke an sich und presste gleichzeitig ihre Fäuste gegen den Mund, um einen Aufschrei zurückzuhalten.

»Lalo!«, rief Rafa noch einmal und er packte ihn bei den Schultern und zog ihn hoch.

Lalos Kopf fiel gegen Rafas Schulter. Sein Handy, das die Finger seiner rechten Hand umklammert hatten, fiel in die Blutlache in der auch der Rosenkranz lag.

Rafa legte einen Arm um Lalos Schultern, damit er ihn stützen konnte und blickte verzweifelt zu Latisha auf. «Er atmet nicht mehr, Latisha«, stieß er hervor. »Ich glaube, er ist tot.«

Latisha warf die Decke auf den Boden und kniete nieder. Sie hielt den Handrücken ihrer linken Hand dicht an Lalos Gesicht, während sie mit den Fingern der rechten am blutverschmierten Hals nach seinem Puls suchte.

Ganz schwach nur spürte sie dabei Lalos Atem auf der Haut ihrer Hand.

»Er atmet noch, Rafa. Und ich kann seinen Puls fühlen. Er lebt. Wir müssen jemanden zu Hilfe rufen. Einen Krankenwagen oder …«

»Nein! Hier in Juárez hat er keine Chance. Wir müssen ihn über die Grenze bringen.«

»Das schafft er nicht. Sein Puls ist ganz schwach. Die Gefahr, dass er auf der Fahrt stirbt, ist zu groß.«

»Und was ist, wenn die Polizei kommt? Man wird ihn vielleicht schon auf dem Transport im Krankenwagen sterben lassen oder sogar umbringen. Oder dann später, im Spital. Sein Leben ist hier unten nichts wert. Um ihn zu retten, müssen wir versuchen, ihn über die Grenze zu bringen.«

»Nicht alle Polizisten in Mexiko sind …«

»Es braucht nur einen, der sich für einen Meuchelmord bezahlen lässt, einen Polizisten, jemanden im Krankenwagen oder im Spital.«

»Und wenn er die Fahrt nach El Paso nicht überlebt? Willst du diese Verantwortung auf dich nehmen, Rafa? Willst du …«

»Ich will mich nicht mit dir streiten. Hilf mir, bitte! Wir schlagen die Decke um ihn und tragen ihn hinaus zu deinem Auto. In zehn Minuten sind wir drüben.«

»Wohin willst du ihn bringen?«

»Irgendwohin, wo wir uns um seine Wunden kümmern können.«

»Er braucht ärztliche Hilfe, er muss ins Spital!«

»Die wird er bekommen. Loretta wird wissen, was zu tun ist. Und deine Mutter kann …«

»Meine Mutter? Rafa, wir können mit ihm unmöglich zu mir nach Hause fahren!«

»Komm, hilf mir lieber! Wir reden darüber, wenn wir in El Paso sind.«

»Und was ist, wenn wir an der Grenze durchsucht werden?«

»Bei dem Unwetter werden sie uns nicht aufhalten. Wir legen ihn hinten rein und decken ihn zu. Mit ein bisschen Glück kommen wir durch.«

Latisha schüttelte zwar den Kopf, aber sie half Rafa trotzdem, Lalo auf die ausgebreitete Decke zu legen. Behutsam ließ Rafa den Oberkörper seines bewusstlosen Freundes zurückgleiten, da öffnete Lalo seine fiebrig glänzenden Augen.

»Rafa«, hauchte er und hob mühsam den Kopf etwas an.

Rafa legte eine Hand sachte an den Hinterkopf Lalos um ihn zu stützen. Das Haar war klebrig vom Blut. Auch sein Gesicht war über und über mit Blut verschmiert. Es gab überhaupt kaum eine Stelle an Lalo, die noch sauber war.

»Wo bist du getroffen?«

»Zwei Kugeln. In die Brust«, stöhnte Lalo. »Überall Schmerzen, Rafa, überall. Und mir ist so kalt wie noch nie, Rafa. Eiskalt.«

»Wir verbinden dich und bringen dich über die Grenze!«

»Über die Grenze?«

»Dort wird uns Loretta helfen.«

»Nicht dieses Mal«, stieß Lalo leise hervor. Er fing am ganzen Körper an zu beben. Seine Zähne schlugen gegeneinander.

»Warum ist es hier so kalt?« würgte er hervor.

»Es regnet. Komm, lass uns nach deinen Wunden sehen. Ich helfe dir auf.« Rafa stützte Lalo, bis dieser aufrecht saß. Latisha half ihm, Lalo das blutbesudelte Hemd auszuziehen. Lalo hatte eine faustgroße Einschusswunde auf der rechten Brustseite, direkt unter seinem Schlüsselbein, aber Rafa suchte auf seinem Rücken vergeblich nach einem Ausschussloch. Die andere Kugel hatte seine Brust auf der Seite durchschlagen.

»Eine Kugel steckt wirklich drin, Lalo. Die Wunden bluten. Hier, schluck diese Schmerztabletten!«

Rafa drückte Lalo mehrere Tabletten in den Mund, aber Lalo konnte sie nicht schlucken.

»Er braucht Wasser.« Latisha erhob sich und lief hinaus.

Nach kurzer Zeit kam sie mit einer kleinen Trinkflasche zurück. Rafa hatte unterdessen damit begonnen, Lalos Oberkörper mit einer Bandage zu umwickeln. Latisha kauerte sich nieder und hielt Lalo die Flasche an die Lippen. Er trank einige Schlucke und schaffte es, die Tabletten hinunterzuwürgen.

Plötzlich hörte Lalo auf zu trinken. Blut kam ihm über die Lippen. Er hustete.

»Er erstickt an seinem eigenen Blut!«, rief Latisha. »Lass mich Hilfe holen, Rafa.«

Latisha wollte aufspringen, aber Rafa hielt sie am Arm zurück.

»Wir bringen ihn über die Grenze!« Rafas Stimme klang hart. Er hielt Latishas Arm fest umklammert. »Hilf mir! Gemeinsam schaffen wir es! Glaube mir, Lalo ist zäh. Ich kenne ihn. Er will leben!«

Lalo hörte auf zu husten. Die Augen fielen ihm zu. Rafa ließ den Oberkörper seines Freundes sachte auf die Decke zurückgleiten.

Sie schlugen die Decke um ihn, ließen nur ein kleines Stück seines Gesichtes frei, damit er atmen konnte. Rafa hob das Handy und den Rosenkranz auf und steckte beides in die Hosentasche. Dann schleifte er ihn gemeinsam mit Loretta um die Blutlache herum über den gekachelten Boden, vorbei am Altar und durch den Mittelgang der Kirche zum Seitenausgang.

Der alte Mann in der Bankreihe konnte nicht glauben, was sich direkt vor seinen Augen abspielte und bekreuzigte sich mehrere Male.

»Seid ihr des Teufels, ihr verlorenen Seelen!«, keifte er mit krächzender Stimme. »Verlasst dieses Gotteshaus! Hinweg mit euch! Geht zurück in eure sündige Hölle und lasst uns hier in Frieden!«

Rafa und Latisha beachteten weder ihn noch die Frau, die ihnen ihre knochigen Krallenfinger entgegenstreckte, als wäre sie eine alte, hässliche Krähe.

Rafa stieß die Tür mit einem Fußtritt auf.

Draußen regnete es in Strömen, und es war so dunkel, als wäre die Sonne bereits untergegangen.

Rafa und Latisha trugen Lalo zum Auto, und verstauten ihn auf der Rückbank.

Latisha setzte sich hinters Steuer, drehte den Zündschlüssel und wartete, bis Rafa eingestiegen war. Dann legte sie den Rückwärtsgang ein, wendete den Mitsubishi und bog in die Seitengasse ein, die um die Kirche herum zur Hauptstraße führte.

Es waren nicht einmal zwei Kilometer bis zur Grenze.

Die Straße war überflutet. Fast wie in einem Flussbett floss das Wasser Richtung Rio Grande. Wasser von entgegenkommenden Autos klatschte gegen die Windschutzscheibe des Mitsubishis.

Latisha schaltete den Scheibenwischer auf die höchste Stufe und machte das Licht an.

Vor der Grenze stauten sich die Autos. Mit zitternder Hand holte Latisha ihre Papiere aus dem Handschuhfach, die Identitätskarte und den Grenzpassierschein.

Die Zufahrt zur Brücke und zur Zollstation war durch Maschendraht und Stacheldraht gesichert. Es gab jetzt kein Zurück mehr. Ihre einzige Chance war der strömende Regen. Vielleicht würde man sie durchwinken. Vielleicht hatten sie auch Pech und die Zollbeamten fragten nach Lalos Ausweis.

Rafa spürte, wie ihm der Schweiß aus allen Poren drang. Das nasse Haar klebte an seiner Stirn. Er ballte die Fäuste und betete.

Er betete für Lalo, so wie er es schon immer getan hatte.

»Nie mehr werde ich dich um etwas bitten, wenn du Lalo hilfst!«, betete er. Er ballte die Fäuste dabei so hart, dass die Knöchel zu schmerzen anfingen.

Die Beamten am Zoll standen im Schutz eines Daches.

Sie ließen Autos, die sie kontrollieren wollten, auf einen

Parkplatz fahren. Anderen Fahrern deuteten sie, einfach weiterzufahren.

Einer von ihnen hob seine Hand um Latisha anzuhalten.

Sie ließ das Seitenfenster herunter und hielt ihm ihre Papiere hin. Der Mann warf nur einen kurzen Blick darauf, dann bückte er sich und sah zu Rafa hinüber.

»Alles okay?«, fragte er.

»Alles okay,« antwortete Rafa. Seine Fäuste waren noch immer geballt.

»Was habt ihr drüben gemacht, Kids?«

»Unsere Großmutter besucht«, sagte Latisha.

»Hast du deine Papiere dabei, Junge?«

»Sicher.« Rafa zeigte ihm seinen Ausweis.

Der Beamte schenkte auch ihm kaum Beachtung. Er richtete sich auf.

»Fahr weiter, Mädchen«, sagte er. Latisha ließ das Seitenfenster hochfahren. Gleichzeitig versuchte sie anzufahren, aber ihr Fuß rutschte vom nassen Kupplungspedal. Der Mitsubishi tat einen Satz, wodurch der Motor abgewürgt wurde.

Latisha griff nach dem Zündschlüssel und drehte ihn. Da beugte sich der Beamte noch einmal herunter und klopfte gegen die nasse Seitescheibe.

»Fahr weiter!«, zischte Rafa.

Der Beamte trat zurück und richtete sich auf, als Latisha anfuhr, dieses Mal ohne Probleme.

Erst als sie die Brücke hinter sich gelassen hatten, fiel die Anspannung von Rafa.

Er drehte sich auf dem Sitz und beugte sich zu Lalo hinunter. Lalos Augen waren offen.

»Wir haben es geschafft!« Rafa machte die Decke noch ein Stück weiter auf. »Wir sind durch.«

Lalos Mund zuckte. Es schien Rafa, als wollte er lächeln.

»Wir bringen dich in Sicherheit«, sagte Rafa. »Kannst noch eine halbe Stunde durchhalten, Lalo?«

Lalo bewegte die blutverkrusteten Lippen, aber die Worte, die er sagen wollte, kamen tonlos aus seinem Mund.

Latisha schwenkte auf den Parkplatz eines McDonald's ein.

»Wo willst du hin?« erkundigte sich Rafa.

»Ich muss auf die Toilette.«

»Okay? Aber mach bitte schnell, wir können …«

Rafa brach ab, als sie den Mitsubishi zwischen zwei geparkte Autos steuerte und gegen einen Abgrenzungsstein fuhr. Das Glas des rechten Scheinwerfers zerplatzte.

Latisha sank über dem Lenkrad zusammen. Ihr Kopf fiel auf ihre Arme nieder, die sie über das Steuer gelegt hatte. Sie fing an zu schluchzen. Ihre Schultern zuckten dabei auf und ab. Rafa legte ihr die Hand flach auf den gekrümmten Rücken.

»Entschuldige, Latisha«, sagte er leise.

Sie weinte haltlos und alle seine Versuche, sie zu trösten, nützten nichts.

Der Regen trommelte auf das Autodach nieder. Eine Gruppe schreiender Kinder kam aus dem McDonald's. Begleitet von einer Frau in einem gelben Regenumhang rannten sie über den Parkplatz zu einem Van.

Ein Streifenwagen der Polizei parkte auf der anderen Seite des Parkplatzes. Zwei junge Polizisten verschwanden im McDonald's.

»Latisha, wir müssen Lalo in Sicherheit bringen.«

Sie hob den Kopf. Aus roten Augen, das Gesicht voller Tränen, schaute sie Rafa an.

»Er darf nicht sterben.«

Sie nickte und wischte sich mit der Hand die Augen aus. »Ich weiß«, presste sie mit erstickter Stimme hervor. Dann öffnete sie die Tür und eilte über den Parkplatz. Rafa sah sie im McDonald's verschwinden und sogleich fielen ihm die beiden Polizisten des Streifewagensein. Im ersten Moment fragte er sich, ob Latisha sie an die beiden Polizisten verraten würde. Wohl kaum, denn sie hätte schon an der Grenze die Gelegenheit gehabt, dem Beamten zu sagen, wer hinten im Mitsubishi lag.

Und trotzdem war Rafa nicht ganz sicher. Aus den Augenwinkeln beobachtete er die Tür des Restaurants.

Nach einigen langen Minuten kam Latisha heraus. Allein. Sie lief über den Platz und setzte sich hinters Steuer.

»Wie steht es um Lalo?«, fragte sie ihn. Ihre Stimme klang jetzt wieder fester.

»Er ist bewusstlos«, antwortete ihr Rafa. »Es muss jetzt schnell gehen.«

Latisha startete den Mitsubishi und fuhr vom Parkplatz auf die Straße hinaus.

An der nächsten Kreuzung bog sie nach Westen ab, das war die Richtung in die sie fahren musste, um bei ihren Eltern anzukommen.

Rafa blickte durchs Heckfenster zurück. Es schien ihnen niemand zu folgen, aber im Sprühnebel, den die Reifen hochwirbelten, konnte er ohnehin kaum etwas anderes erkennen, als die Umrisse einiger Autos, die zufällig in die gleiche Richtung fuhren.

Es hatte aufgehört zu regnen, als sie in die schmale Seitenstraße einbogen, die durch ein Stück Wüste zum Haus von Latishas Eltern führte. Sie war vom Regen überflutet, voll mit Spurrillen und tiefen Schlaglöchern.

Dort wo die Straße durch Vertiefungen führte, wurde sie komplett von einer schmutzig-braunen Brühe überspült. An einigen Stellen waren die Sturzbäche so tief, dass das aufgewühlte Wasser bis über die Motorhaube hochschwappte und gegen die Windschutzscheibe klatschte.

Latisha manövrierte das Auto vorsichtig, um nicht in einer Ansammlung von Schwemmsand stecken zu bleiben, oder gegen einen im trüben Wasser nicht sichtbaren Stein zu fahren.

Für die zwei Kilometer der Straße, die zwischen vereinzelten kleinen Häusern hindurch bis zu ihrem Haus führte, brauchte Latisha fast zwanzig Minuten. Als sie endlich dort ankamen, fiel Rafa sofort auf, dass der Vorplatz mit den großen Pfützen völlig aufgewühlt worden war. Tiefe Rillen, in denen sich Wasser gesammelt hatten führten kreuz und quer über den Platz, so als wären hier mehrere Fahrzeuge ziellos herumgefahren.

Rafa warf einen Blick zum Haus hinüber. Dann zum kleinen Schuppen. Er merkte, wie er dabei nervös wurde und tief in seinem Inneren ein Gefühl der Panik erwachte.

Seine Blicke flogen zum leeren Nachbarsgrundstück hinüber, das von niederem Dornengestrüpp und hüfthohem Gras überwachsen war. Es gab dort mehrere Mesquite-Bäume. Wie kleine Inseln ragten sie aus dem Gestrüpp.

Nirgendwo konnte Rafa irgendetwas entdecken, das ihn auf eine konkrete Gefahr hingewiesen hätte.

Und doch spürte er, dass etwas nicht stimmte.

»Fahr langsamer«, sagte er leise.

Latisha fuhr noch langsamer, wich einer der größten Pfützen aus und sah Rafa kurz von der Seite an, sah sein angespanntes Gesicht und den Schweiß, der auf seiner Stirn glitzerte.

»Was hast du, Rafa?«

»Ich weiß nicht, was es ist, aber hier stimmt was nicht.«

Die Sonne brach jetzt durch die Wolken, blendend gelb, wie sie es nur nach Gewittern tat, wenn die Wolken sich auflösten und die Strahlen von der nassen Wüste reflektiert wurden, von den Ästen der Bäume und von der glatten Haut der Kakteen, von jedem Dorn im Gestrüpp, jedem dürren Grashalm und jedem Blatt im Geäst der Büsche, von jedem der nass glänzenden Steine und von den Blechdächern der Häuser.

»Halt an!«

Latisha stieg auf die Bremse.

Jetzt blickte er sie an. Sie ließ sich von seinem Blick nicht ablenken und starrte zum Haus hinüber.

»Wen hast du angerufen? Hast du Loretta angerufen? Oder

deine Mutter? Hast du uns an die Polizisten verraten, die im McDonald‘s …«

Rafa brach mitten im Satz ab, als er beim offenen Schuppentor eine Bewegung erspähte. Eine Sekunde lang glaubte er die Umrisse einer Gestalt zu erkennen, die dort tief im Halbdunkel des Schuppens auftauchte und sofort wieder verschwand.

Er packte Latishas rechten Arm.

»Fahr weiter!«, schnappte Rafa. »Nichts wie weg von hier! Los! Los!«

»Rafa, ich …«

»Latisha, fahr los! Jetzt sofort! Da sind Leute von der Mafia. Wir müssen weg, bevor …«

Weiter kam Rafa nicht mehr. Beim Schuppen und an der Schmalseite des Hauses tauchten plötzlich einige dunkel uniformierte Männer auf, die Schusswaffen in den Händen hielten.

Im selben Moment kam Loretta mit einem Mann aus dem Schuppen, den Rafa nicht kannte. Er trug Zivilkleidung, eine khakifarbene Hose und ein weißes Hemd. An seiner rechten Hüfte hatte er in einem ledernen Halfter eine Pistole.

Sie kamen aus dem Schatten des Schuppens ins grelle Licht der Sonne und blieben etwa zwanzig Schritte vom Mitsubishi entfernt stehen.

Die Männer beim Haus verteilten sich und gingen auf dem Platz in Position, ihre Waffen im Anschlag.

Das Auftauchen der Männer lähmte Rafa, aber es war der Anblick Lorettas, der ihm den Atem verschlug.

»Du hast uns doch verraten, Latisha«, sagte er leise. »Ich wollte es nur nicht wahrhaben. Du hast im McDonald‘s Loretta angerufen.«

»Ich musste es tun«, antwortete ihm Latisha ebenso leise. »Lalo hat nur eine Chance, wenn sein Leben neu beginnt.«

»Sie werden ihn vor Gericht stellen und einsperren, Latisha. Ein Leben hinter Gittern ist kein Leben. Nicht für Lalo.«

»Was immer er getan hat, er hat es in Mexiko getan und nicht hier. Außerdem ist Lalo minderjährig und ein Staatsbürger unseres Landes. Der Mann dort drüben, der bei Loretta steht, das ist Detektiv Burton Mills. Er wird dafür sorgen, dass Lalo eine faire Chance bekommt.«

Loretta kam ihnen nun entgegen. Mills folgte ihr mit wenigen Schritten Abstand. Die anderen Männer rührten sich nicht. Aber sie waren bereit, einzugreifen, falls dies notwendig würde.

Latisha öffnete die Fahrertür.

»Steig aus«, forderte sie Rafa auf. »Dann sehen sie, dass du nicht bewaffnet bist.«

»Hast du es Loretta am Telefon nicht gesagt?«

»Dazu war keine Zeit. Ich habe ihr nur gesagt, dass Lalo sterben wird, wenn er nicht schnell zu einem Arzt kommt.«

»Deine Mutter hätte ihn verarzten können, Latisha.«

»Meine Mutter macht das beste Menudo weit und breit, aber sie ist kein Arzt, Rafa!«

Latisha stieg aus. Rafa starrte durch die Windschutzscheibe und sah Loretta an. Ihr Gesicht erschien ihm in diesem Moment grau und eingefallen, ihre Augen waren müde.

Rafa machte die Tür auf, aber er stieg nicht aus. Er drehte sich auf dem Sitz und beugte sich über die Rücklehne. Lalo lag noch so, wie sie ihn hingelegt hatten. Seine Augen waren geschlossen, sein Mund leicht geöffnet. Rafa hörte seine leisen Atemzüge. Er atmete durch den Mund. Seine Nase war voll mit eingetrocknetem Blut.

Von hinter dem Schuppen hervor fuhr ein Krankenwagen auf den Platz vor dem Haus. Ganz kurz ging die Sirene an, so als ob jemand sie aus Versehen eingeschaltet hätte.

»Lalo!«

Rafa berührte das Gesicht seines Freundes mit den Fingern.

»Ich wollte das nicht«, sagte er leise. »Aber vielleicht ist es besser so.«

»Lass den Arzt nach ihm sehen«, drang Lorettas Stimme wie von weither an seine Ohren.

Rafa stieg aus. Seine Hände, sein Gesicht und die Kleider waren über und über mit Lalos Blut verschmiert.

Loretta streckte ihre Hand nach ihm aus.

»Komm her, Rafa«, forderte sie ihn leise auf, aber er schüttelte den Kopf, und öffnete hintere Tür des Mitsubishi. Die Sanitäter vom Krankenwagen eilten herbei und halfen ihm, Lalo herauszuheben.

Noch während sie ihn auf eine Bahre legten und darauf festschnallten, setzten sie ihm eine Infusion in die Armbeuge.

Rafa wollte ihnen hinterher laufen, aber Loretta trat ihm in den Weg.

»Bleib hier, Rafa«, sagte sie mit fester Stimme. »Du musst ihn jetzt gehen lassen. Er bekommt gleich die Hilfe, die er braucht. Man wird ihn in die Notfallstation fahren und dort wahrscheinlich sofort operieren.«

»Und wenn er stirbt? Ich will bei ihm sein, wenn er stirbt.«

Rafa riss sich los und rannte zum Krankenwagen. Einer der Sanitäter hielt die Tür für ihn auf.

»Setz dich da hin, Kid! Und verhalte dich ruhig. Was immer auch geschieht, du bleibst ruhig, verstehst du?«

Rafa setzte sich auf den Platz, auf den der Sanitäter zeigte.

Der Arzt drehte sich kurz nach ihm um.

»Wie heißt dein Freund?«, fragte er.

»Hilario. Hilario Gutierrez.«

»Und du?«

»Rafael Robles.«

»Hast du ihm den Verband angelegt?«

»Ja. Ich und Latisha. Er lag in einer Kirche in Mexiko auf dem Boden.«

»Er hat viel Glück, Rafael.«

»Er hatte noch nie viel Glück, Sir. Vom Anfang an nicht.«

»Er hat Glück, dass du sein Freund bist«, wandte der Arzt

ein, während er an Lalos Arm die Kanüle für eine Bluttransfusion einführte.

Einer der Sanitäter verglich den Vermerk zur Blutgruppe auf Lalos blutbesudelter Identitätskarte mit dem auf dem Etikett eines Beutels, den er an einen Haken über Lalo hängte.

Rafa sagte nichts mehr, aber er ballte die Hände zu Fäusten. und fing an zu beten.

*

Stundenlang bemühten sich die Ärzte in einem Operationssaal des University Medical Centers von El Paso darum, Lalo am Leben zu erhalten.

Rafa wartete draußen in einer Fensternische auf einer Bank sitzend. Auch Loretta und Latisha waren kurz nach dem Notfallwagen im Spital eingetroffen. Loretta holte in der Cafeteria Sandwiches und Cola.

Sie redeten kaum über das, was geschehen war. Die Atmosphäre in der Notaufnahme machte sie alle drei benommen. Sie warteten nur darauf, dass endlich die Tür aufging und einer der Ärzte herauskäme, um ihnen zu sagen, wie es um Lalo stand.

Ein kleiner Hoffnungsschimmer war das Lächeln einer Operationsschwester, die an ihnen vorbei eilte. Ein Zeichen, dass Lalo noch lebte? Vielleicht. Vielleicht aber auch nur ein Lächeln des Mitgefühls.

Es war schon beinahe neun Uhr, als endlich ein Arzt aus dem Operationssaal kam. Die grüne Maske hing ihm vom Hals. Auf seiner Stirn glitzerte Schweiß. Die Schürze war mit Blut befleckt.

Der Arzt wandte sich an Loretta. Ich bin Dr. Singh«, stellte er sich vor. »Der Junge, an dem wir operieren, hat keine Eltern, nicht wahr?«

»Nein. Hilario lebt bei uns in der Casa Loretta. Ich bin Loretta.«

»Ah, wunderbar. Ich habe viel über Sie und Ihre Arbeit gehört und auch schon über Sie gelesen, Loretta.«

»Wie steht es um Lalo, Doktor Singh?«

»Ich fürchte, nicht sehr gut. Es ist uns noch nicht gelungen, die Kugel zu entfernen. Sie steckt nahe bei seinem Rückgrat. Wir haben an ihm zwei Schussverletzungen festgestellt, eine davon ein ziemlich harmloser Durchschuss, die andere jedoch umso lebensbedrohlicher. Die Kugel muss aus nächster Nähe abgefeuert worden sein. Sie wurde von einem Medaillon leicht gebremst und abgelenkt. Sie hat im Inneren des Brustkorbes ein Chaos angerichtet und den rechten Lungenflügel, verletzt, bevor sie schließlich am Rückgrat stecken blieb.«

»Was heißt das, Doktor Singh? Hat Lalo eine Chance?«

»Er hat sehr viel Blut verloren ...«

»Sie weichen mir aus, Doktor Singh«, unterbrach Loretta den Arzt. »Ich habe gefragt, ob Lalo eine Chance hat, mit dem Leben davonzukommen.«

»Auf diese Frage kann ich Ihnen keine eindeutige Antwort geben. Ich denke, dass er ein starker junger Mann ist, im Vollbesitz seiner Kräfte. Er hat die Fahrt von Juárez hierher überlebt und wer weiß, was er vorher durchmachen musste. Ich denke, dass er um sein Leben kämpfen wird, Loretta. Ob er es schafft, kann ich Ihnen nicht sagen.«

Dr. Singh wandte sich an Rafa.

»Du hast ihn in Mexiko geholt?«

Lalo nickte und zeigte gleichzeitig auf Latisha.

»Sie und ich.«

»Es wäre besser gewesen, die Polizei in Juárez zu alarmieren. Er wäre schneller zu ärztlicher Hilfe gekommen. Der Blutverlust ist gravierend. Seine Venen waren bereits am Vertrocknen. Meiner Ansicht nach ist es ein Wunder, dass er überhaupt noch am Leben ist.«

»Es ... es ging nicht anders«, murmelte Rafa.

»Gut. Ich kann mir denken, warum ihr ihn geholt habt. Nun empfehle ich euch, nach Hause zu gehen. Die Operation kann noch Stunden dauern.«

Rafa schüttelte den Kopf.

»Ich bleibe hier!«

»Ich auch!«, bekräftigte Latisha.

»Wir bleiben«, nickte Loretta.

»Das habe ich befürchtet«, entgegnete ihr der Arzt. »Gut, ich werde dafür sorgen, dass ihr ein Zweibettzimmer bekommt. So können zwei von euch schlafen, während einer hier Wache hält.«

Loretta bedankte sich bei Dr. Singh. Aber das Zimmer, das ihnen zur Verfügung gestellt wurde, blieb in dieser Nacht unbenutzt.

Rafa machte kein Auge zu. Latisha auch nicht. Nur Loretta wurde von der Müdigkeit übermannt. Es war vier Uhr am Morgen, als ihr Kopf gegen Latishas Schulter fiel.

Um sechs Uhr wurde sie aufgeweckt, als Dr. Singh aus dem Operationssaal kam, völlig übermüdet, mit rotgeränderten Augen, aber auch mit einem Lächeln.

Er streckte ihnen die rechte Faust entgegen, öffnete sie und zeigte ihnen ein Stück Metall, das kaum mehr als Pistolenkugel zu erkennen war.

»Hier, das haben wir aus seinem Brustkorb gefischt. Es war mal ein Kupferhalbmantelgeschoss. Hätte es nicht zuerst das Medaillon durchschlagen, wäre Lalo auf der Stelle getötet worden.«

»Hat er es überstanden?«, fragte Loretta hoffnungsvoll.

»Nein, es wäre verwegen von mir, dies zu behaupten. Falls er es überhaupt schafft, wird es Wochen dauern, bis er von seinen schweren Verletzungen genesen ist. Aber die Kugel ist raus. Ebenfalls die Metallstücke des Medaillons. Außerdem ist es uns gelungen die Blutungen zu stoppen, aber seine Lunge ist von einem Metallstück perforiert worden.«

»Können wir ihn sehen?«

»Nein. Die Operationswunden werden vernäht. Danach kommt er auf die Intensivstation, wo er unter ständiger Überwachung stehen wird. Dort wird man euch erlauben, ihn kurz zu sehen.«

»Wann wird das sein?«

»In etwa einer Stunde.«

»Was machen Sie mit der Kugel?«, wollte Loretta wissen.

»Ein Detektiv hat angerufen. Burton Mills. Er will die Kugel. Außerdem fragte er nach dir, Junge. Ich sagte ihm, dass du da bist und kaum daran denkst, abzuhauen.«

Rafa spürte, wie Latisha nach seiner Hand griff und sie drückte.

Die Wärme ihrer warmen Hand gab ihm Kraft.

»Der Krieg dort unten ist die Hölle«, sagte Dr. Singh und sah dabei Rafa und Latisha an.

»Sie haben beide nichts damit zu tun«, sagte Loretta.

»Sie nicht«, lächelte Dr. Singh und betrachtete kurz die Kugel in seiner Hand. Dann zeigte er auf die Tür des Operationssaales.

»Den Jungen dort drin, den haben wir zurückgeholt.«

*

Lalo öffnete die Augen als Rafas Schatten über ihn fiel. Regungslos lag er in seinem Spitalbett, der rechte Arm auf der Decke liegend, durch einen dünnen Schlauch verbunden mit dem Transfusionsbeutel über ihm.

Nicht einmal seine Augen bewegten sich. Sie waren starr auf einen Punkt gerichtet, so als versuchte Lalo, sich daran für seine Rückkehr in die Wirklichkeit zu orientieren.

Rafa setzte sich auf den Stuhl neben dem Bett und lehnte sich zurück. Es war ihm bewusst, dass er Lalo Zeit lassen musste. Viel Zeit.

Irgendwann kam Latisha ins Zimmer, betrachtete das blasse Gesicht Lalos und blickte dann besorgt Rafa an.

»Er war wach«, sagte er ihr und sie umarmten sich und hielten sich aneinander fest. Latisha legte ihren Kopf gegen seine Brust und hörte sein Herz schlagen.

»Fast zehn Minuten lang war er wach, aber ich glaube, er wusste nicht, wo er war.«

Sie warteten darauf, dass Lalo wieder aus der Ohnmacht erwachte, aber sie warteten vergebens.

In der zweiten Nacht im Spital wurde Rafa geweckt.

»Lalo ist aufgewacht«, sagte die Schwester. »Wenn du ihn sehen willst …«

Als Rafa im Zimmer seines Freundes ankam, waren Lalos Augen geschlossen.

Rafa beugte sich über ihn.

»Lalo«, sagte er leise.

Lalo öffnete die Augen. Sein Blick war jetzt klarer als am Tag zuvor. Er erkannte Rafa und schloss die Augen wieder.

Die Krankenschwester kam zum Bett.

»Er ist noch nicht so weit, dass er es schafft, wach zu bleiben.« Sie beugte sich über ihn, hob Lalos rechtes Lid etwas an und leuchtete ihm mit einer kleinen Stablampe ins Auge. Dann maß sie seinen Puls und richtete sich auf. »Man wird dich rufen, wenn er wieder wach ist«, sagte sie. »Tut mir leid.«

»Kann ich hierbleiben?«

»Aber natürlich. Nur, es ist mitten in der Nacht.« Sie warf einen Blick auf ihre Armbanduhr. »Es ist noch nicht mal drei Uhr.«

»Das ist okay«, sagte Rafa.

Als die Schwester draußen war, setzte er sich auf den Stuhl neben dem Bett. Der Stuhl war ihm inzwischen vertraut. Er lehnte sich zurück. Studierte Lalos Gesicht. Die dunklen Augenhöhlen. Die verkrusteten Kratzwunden, wahrscheinlich von irgendwelchen Dornen. Die blau verfärbte Schwellung an der Stirn.

Ein dünner Schlauch führte in die Nase Lalos.

Rafa beobachtete die Flüssigkeit, die aus einem Beutel in Lalos Arm lief, jeden einzelnen Tropfen. Er war müde. Manchmal fielen ihm die Augen zu, aber er schlief nicht ein. Jedes Geräusch drang überlaut in sein Bewusstsein. Die flachen Atemzüge Lalos. Die leisen Schritte im Gang, wenn jemand vorbeiging. Ein fernes Flugzeug am Nachthimmel. Eine Polizeisirene.

Dann die Stimme Lalos.

»Rafa.«

Rafa schrak hoch.

»Bin ich zurück?«

Lalos Stimme war so leise, dass Rafa ihn kaum verstehen konnte.

Rafa beugte sich vor.

»Ich bin zurück, nicht wahr?«

»Ja, du bist zurück, Lalo«, antwortete Rafa leise. »Du bist zurück.«

»Und ich werde nicht sterben?«

»Nein, du wirst nicht sterben.«

Ein Lächeln umspielte Lalos Mundwinkel. Er schloss für einen Moment die Augen, machte sie aber gleich wieder auf.

»Bist du sicher?«

»Sicher bin ich sicher. Du wirst nicht sterben. Garantiert.«

»Was würdest du tun, wenn ich sterben würde?«

»Du wirst nicht sterben.«

»Was würdest du tun, Rafa? Würdest du auch sterben wollen?«

Jetzt war es Rafa, der die Augen schloss. Er lehnte sich in seinem Stuhl zurück und hielt die Augen geschlossen, die Stimme Lalos in den Ohren.

Als Rafa die Augen wieder öffnete, starrte ihn Lalo an.

»Wir gehören zusammen«, sagte Lalo leise.

»Dann musst du leben. Es geht nicht anders.«

»Ich versuche es.«

Lalo drehte den Kopf wieder, sodass seine Augen zur Decke gerichtet waren. Die Lider fielen ihm langsam zu. Später kam Latisha ins Zimmer. Sie hatte die Nacht zu Hause verbracht und war auf dem Weg zum College.

Draußen erwachte der Tag.

Ein neuer Tag. Neues Leben.

Rafa stand vom Stuhl auf.

»Ich muss raus«, sagte er.

Sie gingen zusammen aus der Intensivstation und verließen das Krankenhaus. Draußen wurde es hell. Ein wolkenloser Himmel über der Stadt, an dem noch einige wenige Sterne glitzerten.

Die Sonne ging auf, die Sterne erloschen.

El Paso erwachte. Und auf der anderen Seite des Rio Grande auch Ciudad Juárez.

Rafa blieb stehen und wandte sich Latisha zu.

»Gibst du mir einen Kuss?«, fragte er sie.

»Jetzt?« Latisha errötete leicht.

»Jetzt«, sagte er.

*

Hickman, Texas, am 16. August.

Jim Colder sieht, wie der Junge sich bückt und einen Stein vom Boden aufhebt.

Er gibt den Stein dem Mädchen. Das Mädchen betrachtet den Stein. Sagt etwas zu dem Jungen. Der Junge bückt sich und hebt einen zweiten Stein auf und gibt ihn dem Mädchen.

Jetzt kommen sie beide zur Tankstelle zurück.

Das Mädchen ist sehr hübsch.

Sie hält die zwei Steine in der geschlossenen Hand und geht zum Mitsubishi.

Das Mädchen macht die Beifahrertür auf und beugt sich in den Fond des Autos. Es verstaut die beiden Steine in einer Sporttasche und holt eine Kreditkarte heraus.

Der Junge steht abwartend bei der Tanksäule. Blickt dabei auf die Kreuzung hinaus. So viele Jahre sind vergangen, denkt er. So viele Jahre.

Das Mädchen macht die Beifahrertür zu, geht zur Tanksäule, steckt die Kreditkarte in den Schlitz und tippt den Code ein.

Der Junge dreht sich um und nimmt den Einfüllstutzen vom Haken.

Das Zählwerk beginnt zu surren.

Ein dumpfes Grollen rollt durch Hickman.

Als das Gewitter losbricht, sind die beiden weg. Der Wind treibt den Regen über die Kreuzung.

Jim Colder steht auf, geht in seinen Laden und macht die alte Glastür zu, an der so viele Sticker kleben, dass man fast nicht mehr hindurchsehen kann.

Aber Colder braucht das sowieso nicht.

Er setzt sich auf einen der alten Stühle am Tisch beim Fenster und schließt die Augen.

Alles was er sieht, sind die Bilder in seiner Erinnerung, das Baby, das er vom hinteren Sitz eines brennenden Autos hebt, um es vor dem Flammentod zu retten.

Weitere Bücher bei ARAVAIPA

Werner J. Egli

Der letzte Kampf des Tigers

ISBN 978-3-03864-000-4

Weil ein sibirischer Tiger Yuris Vater getötet hat, entschließt sich Yuri, diesen „Menschenfresser“ zur Strecke zu bringen. Er überredet den alten Wildhüter Wladimir, ihn zu begleiten. Die beiden sind nicht die Einzigen, die Jagd auf diesen Tiger machen, und Yuri beginnt auf dessen Fährte durch Schnee und Eis zu begreifen, dass die letzten Tiger Sibiriens um ihr Überleben kämpfen müssen. Sein Hass auf den „Killer“ seines Vaters verschwindet, und er fängt an, diese mächtige Raubkatze zu bewundern. Doch dann greift der Tiger Yuris Freundin Lena an …

Werner J. Eglis Roman ist ein packendes Abenteuer in den fernen Wäldern der Taiga und gleichzeitig ein engagiertes Plädoyer für den Schutz des sibirischen Tigers, der größten Raubkatze der Welt.

Hubert Flattinger

Baboon

ISBN 978-3-03864-001-1

Südafrika, gegen Ende des 19. Jahrhunderts. Denny lebt in einem kleinen Nest irgendwo in der Weite des afrikanischen Steppenlands. Schon seit Wochen kümmert er sich um die kleine Tochter der Dorflehrerin, die an einem seltenen Fieber erkrankt ist. Aber auf Ona aufzupassen, ist alles andere als leicht und oft fühlt sich der Dreizehnjährige dieser Aufgabe kaum gewachsen. Gäbe es nicht die Bahnstation, wo Denny und Ona bei einem schrulligen alten Bahnwärter und dessen dressierten Affen Zuflucht finden, sähe die Sache oft düster aus …

Hubert Flattingers Roman „Baboon" wurde mit dem österreichischen MIRA-LOBE-Stipendium ausgezeichnet.